彼 岸

乔 木 著

江西高校出版社
JIANGXI UNIVERSITIES AND COLLEGES PRESS

图书在版编目（CIP）数据

彼岸/乔木著. --南昌 ： 江西高校出版社，2021.6
（2022.3 重印）

ISBN 978-7-5762-1486-4

Ⅰ.①彼…　Ⅱ.①乔…　Ⅲ.①短篇小说—小说集—中国—当代　Ⅳ.①I247.7

中国版本图书馆 CIP 数据核字（2021）第 117425 号

出版发行	江西高校出版社
社　　址	江西省南昌市洪都北大道 96 号
总编室电话	（0791）88504319
销售电话	（0791）88522516
网　　址	www.juacp.com
印　　刷	天津画中画印刷有限公司
销　　售	全国新华书店
开　　本	880mm×1230mm　1/32
印　　张	9.375
字　　数	227 千字
版　　次	2021 年 7 月第 1 版
	2022 年 3 月第 2 次印刷
书　　号	ISBN 978-7-5762-1486-4
定　　价	68.00 元

赣版权登字-07-2021-793

目　录

桃花缘

1

时近中午，Y 城通往城隍庙的街道上，人们匆匆忙忙地行走着，一辆白色的两轮电动车穿行其间。

骑车人是 Y 城规划中心的胡海山。这几天工作忙，连续熬夜的他突然牙痛起来。

俗话说：牙痛不算病，痛起来要命。起初，只顾赶工作，胡海山没把牙痛放在心上，只是默默地忍受着，后来被同事田科长看出了端倪，告诉他在棉球上挤一点牙膏，含在牙痛处，疼痛就能缓缓减轻或慢慢止住。

他照着田科长说的做了，足足含了六个棉球，不但牙痛没止住，眼角里还悄悄分泌出黄色黏稠液体，迷糊了眼睑。对着镜子看去，白眼珠上分明布满了蜘蛛网一样的血丝，眼球也时不时地隐隐作痛。

胡海山偷空到附近的诊所看了医生，说是急火攻心，内热上行所致。他拿回几包大大小小黄白间杂的药片子，遵从医嘱吃下去，竟然没有什么效果！牙还是一阵一阵地痛，眼还是一丝一丝地红，觉也睡不着了，右侧腮帮子开始不声不响地肿胀，火辣辣地凑起了热闹。

“什么牙痛不算病？再不抓紧看医生，这牙保不准能痛掉呢！”他没好气地说。

田科长耳朵尖，听说胡海山要去看牙医，连忙摆手一笑说：“不知道 Y 城牙医都是莆田系吗？他们黑得要命，逮着你钱包就瘪了！上门挨宰呀？”

“挨宰也得去呀，这牙痛得……”

“到城隍庙看阆先生吧，他那里有个草药堂，保证你花不了几个钱儿，就手到病除了！”

胡海山知道城隍庙有个阆先生。听闻他肚子里墨水不多，早年在乡下做过赤脚医生，手头有不少“海棠方子”，用花草、菜根、野蓬蒿给人看病，是他的拿手戏，在当地坊间的确有一些口碑。这些年因为没办理执业证，阆先生不乐意厚着脸皮包装炒作草药堂，论名声远远赶不上莆田系和正规医院的专家医生，至多不过是坐地行医“吃熟”罢了。

“嘿嘿，有病乱投医，这治牙痛，阆先生行吗？”胡海山疑惑地问。

“有道是行医气死名医，行不行体验体验才知道。”田科长恳切地说，“花小钱治大病，反正我看行！”

真不是钱多钱少的事儿，关键是胡海山忒尊重田科长！田科长是单位的顶梁柱，作风老辣，业务练达，人情世故精通圆融，令胡海山佩服得五体投地。他自偏远的乡镇到 Y 城上班以来，田科长就拿他当亲哥们相待，工作上关照不说，生活上更是体贴有加，这次介绍阆先生，也是为他好。

好归好，医归医，胡海山心底里还是疑窦未解：治牙痛，阆先生真有那么神吗？

2

疑窦归疑窦，医牙得抓紧。胡海山下了班，骑上电动车就奔城隍庙“体验”去了。

三月暖风吹，Y 城丽日蓝天，溪水流碧，杏花儿放，桃花儿开，芬芳清香中鸟雀啁啾鸣唱；一路两旁的垂柳摆动着鹅黄色的丝条，装点得街道清朗明丽，更令行人心旷神怡。

那些衣着花红柳绿的小姐姐们，三三两两，拉拉扯扯，摇晃着一串串的桃花或柳枝儿，嘻嘻哈哈地比俏，把串串银铃般的笑声肆意挥洒在街道上空，青春活力越发激情飞扬，像极了作家刘湛秋散文《三月桃花水》描绘的情景：燕子飞过天空，翅膀上裹着白云……垂柳披上了长发，如烟如雾……

城隍老爷真是好眼力，把一年一度的古庙会设在这当儿，招引四面八方的善男信女可劲儿往这里涌，尽情分享这人间艳阳春风，浓情蜜意。眼前诗意般美好的街景，竟使胡海山一时忘却了牙痛，倏然想起唐代文人刘禹锡“紫陌红尘拂面来，无人不道看花回”的诗句，车速不由自主地慢下来。

“来、来、来，小伙子，仙姑等你多时了，看你眉清目秀，飘然而至的样子，就断你一定是结上桃花缘了!”

跟胡海山打招呼的，是一位眼角堆满褶子的半老徐娘。看她虽然是五十有余的样子，光鲜时髦的打扮更像一位红粉佳人。只见她来回忽闪着手背朝外的右掌，对迎面而来的胡海山微笑示意，花瓣一样的五个红指甲高低错落，隐约闪耀着浅浅的钛金光泽，无名指上套着的那个铂金红宝石钻戒，格外引人注目。

胡海山轻轻握一下手把，刹住车子的同时，旋即抬头瞥一眼“红粉佳人”。只见她微胖的身材，被粉底桃花的旗袍映衬得略显修颀，起伏的线条和丰润的白腿展现得淋漓尽致；浓妆艳抹的脸蛋上，轻轻横卧着两道柳叶眉，洒了金铂的双眼皮包不住两颗灵动的大眼，殷红的樱桃嘴边堆砌着热情的笑意。他不禁眉头紧蹙，心底儿里早泛出一股呃逆不得的腻味。

“小伙子，你天庭饱满，地阁方圆，鼻峰高耸，双耳垂轮，说笑不笑自来笑，色不迷人人自迷。就你这一脸福相，十足的桃花运，是打着灯笼满大街都难找得着的！给大姐说句实话，是不是看上谁家姑娘了？”“红粉佳人”全然不顾胡海山有什么反应，樱桃嘴儿连珠炮似的喋喋不休。

暗自生厌的胡海山瞅了一眼街道和地面，原来是靠近城隍庙了，阎先生的草药堂就在眼前，满足了心愿的香客三五成群地出了庙门，从草药堂这边走过；几位衣着异样的“半仙”，都在甜言蜜语地争先招徕顾客。

“红粉佳人”脚下的地面上，铺着一块米黄色的方巾。方巾一角堆放着几本泛黄的麻衣相书，正中分明写着“陶花仙姑　铁口神断”的墨楷；几只毫无生机的马扎子静静地半围着方巾，一位半张着嘴的瘦削老汉怔怔地盯着“红粉佳人”发呆。

“什么桃花缘、桃花运？连个牙痛都看不出来，还大言不惭铁口神断？”胡海山不屑“红粉佳人”的热情，兀自在路边停好车子，转身欲进草药堂。

“哎呀呀，小伙子，三月桃花旺，给你道喜了，不想知道喜缘结在哪儿吗？让仙姑给你指点指点！”“红粉佳人”麻利地上前一步，伸手拉住胡海山的衣襟说，“来、来、来，不着急，暂且坐下，坐下，听仙姑慢慢给你细说！”

“呵，见了陶花仙姑就是交了桃花运，喜缘还不是结在这卦礼上？”胡海山忽然想逗一逗陶花仙姑，回身把右手巴掌伸到“红粉佳人”面前。

“唉，卦礼小意思，信服仙姑了不是？”“红粉佳人”得意地给胡海山飞了一个媚眼，瞅了瞅他的手掌心，顿时惊诧不已，说道，“啊呀呀，小伙子，你这手五指似铁棒，掌心如鱼池，生命线、智慧线五行得配，开阖有度，还真是抓色抓财抓福的相啊！”

“哎哟——”胡海山一阵子牙痛上来，想抽回手掌捂脸颊，不料却被“红粉佳人”抓得结结实实。

“看你这感情线，天纹流苏，斜纹飞羽，丰采闪烁，是隔山跳海遇桃花，天长地久大福寿之相，少见，真是少见呀！今天仙姑帮衬你的洪福，卦礼可得往上升升，百儿八十的可拿不出手啊！”

“嘀嘀嘀嘀，仙姑你是拧麻花了！”胡海山连连摇头讪笑，一字一顿地回应道，“我的意思是，你往我手心里随便写个字，我能算出今天你诳到了多少钱？”

“你是——”“红粉佳人”立马瞪圆了双眼，眸子里充满了狐疑。

“我是来看牙痛的。”胡海山莞尔一笑，转身迈步走进了阆先生的草药堂。

“什么牙痛？分明是乳臭未干的江湖童蒙！”尴尬的“红粉佳人”可能是在自圆其说。

瘦削老汉看着胡海山的背影，擦了一把哈喇子，奚落“红粉佳人”道：“嘿嘿嘿，完了，把戏收场了，老汉我今天算是开眼界了，陶花仙姑今天没撞上桃花运，倒给看牙痛的拧麻花了！”

陶花仙姑怒目圆睁，使劲地瞪着瘦削老汉说：“你胡咧咧个啥呀？我料定这小伙子还会回来的！”

3

胡海山第二天上班，是跟田科长去城郊察看一处工地。

两个人刚一碰面，田科长就急不可耐地在胡海山脸上瞅来瞅去，惊讶地说道：“呵呵，眼不红了，脸不肿了，牙还痛吗？阆先生神吧？”

“简直是真神，谢谢田科长！”胡海山高兴地回话。

"哦，阆先生都抓了什么药？"

"他是神仙一把抓！就诊后，阆先生问我怕不怕苦，我说不怕，他就拉开药厨，伸手抓几片黄草根，要我回家泡一大壶茶慢慢喝。哎呀那个苦啊，黄连啥味它啥味，一杯下肚就止住痛了！"

"哈哈哈，那就是黄连呗！花了多少钱？"

"阆先生说药不值钱，止住痛就行；硬是给钱不要，我好说歹说，他才勉强留下一个钢镚儿！"

"我说嘛，阆先生有几把刷子！"

"谢谢你的介绍，中午请你啃猪蹄！"

"牙痛刚好，猪蹄就免了，中午咱俩吃扯面，再来盘回锅肉！"

两个人刚进城郊，胡海山眼前倏然一亮：路边有一大片桃树园！

园子里的桃花竞相开放，密密层层，粉红、绯红、浅红、紫红，一眼望过去，就像一群群飘落在那里的小仙女，又像一片片姹紫嫣红的云霞，妩媚动人，目不暇接。

桃花散发出的阵阵清香，是那么沁人心脾，一缕缕钻入胡海山的鼻孔，扑进他的心里，使他心花怒放，忍不住孩子似的撒丫子跑过去，近距离品赏起来。

胡海山的举动让身后的田科长莫名其妙，笑道："嘿，你这个海山呀，还真有桃花缘！"

"桃花缘？嘿嘿，不怕你笑话，昨天我还交了桃花运呢！"胡海山站在花海里，抚摸着一枝半蕾半放的桃花，有点儿乐不可支了。

"昨天交了桃花运？咋回事，说来听听！"

胡海山就把昨天如何遇见陶花仙姑，仙姑如何给他观面相、看手相，问他看上了谁家姑娘的事情，一一说给了田科长。

"后来呢，你是怎样走脱的？"

“后来我诳她说，只要往我手心里随便写个字，我就能算出她今天挣了多少钱。仙姑把我误作测字先生，以为撞上了江湖同行，嘿嘿，我就头也不回地走开了。”

“哈哈哈，你机灵着呐！”田科长看胡海山眉飞色舞的样子，忽然灵机一动，拎起斜挎的相机说，“别动，给你拍张桃花照！”

和煦的阳光下，胡海山微笑着举起一枝桃花，凝眉直视。田科长捧起相机，推拉调焦，“啪”的一声，一张彩照就定格在相框里。“漂亮！”不知道田科长是夸自己取景的手艺，还是夸胡海山与桃花的形象。

胡海山跑过来，仔细端详起相框里的造型。

“海山，听说你还没有中意的姑娘？”田科长问。

“没呢！”胡海山回答得很干脆。

“桃花一簇开无主，可爱深红爱浅红。”

“嘿嘿，浪漫啊！”

“给哥说句实话，心里是不是有中意的姑娘了？”

“大哥要做红娘吗？海山不急！”

“海山呀，不是大哥往你伤口上撒盐，过去的破事不提了，都三十二三的人了，像你这么大，我都是俩孩子的爹了！”

“嘿嘿，海山的伤口愈合了，你就是撒盐也不痛！”其实伤口不痛是假的，海山只是不乐意提及罢了，他话题一转，逗趣田科长说，“谁像你呀，没结婚就住在一起了，听说当仨月新郎就抱儿子了。”

“如今这事稀松平常，该出手时就出手嘛！看来，你是真没有交上桃花运啊！”田科长皱着眉头想了想，忽然脑洞大开，继续说，“你在电脑上下载一款 QQ 软件，那里有‘单身狗’聊天室，没准真能撞上桃花运，不过千万要提防网络色情陷阱！”

“嗯，你还不知道我是菜鸟吗？电脑是刚刚组装的，每天只看新闻、听乐曲，不会玩什么QQ。”

“你笨，那东西，三岁的小孩子都会玩!”

看着田科长较真的样子，胡海山摸了半天后脑勺，哑然失笑：“是吗?”

“是马？还是驴呢!”田科长故作嗔怒，斜视着胡海山说，“我看呀，你的脑袋八成是被驴给踢了!”

“嘿嘿，我又不是贵州的老虎，怎么会被驴子踢?”

4

胡海山居住的小区，有几处匠心独运的园林景观。

小区绿植丰富多彩，处处彰显江南园林的精美别致。西北角有一座青石堆砌的小山，取名龙山；山顶镶嵌着一条青石雕琢的龙头，龙口里一年四季喷珠吐玉，流水如帘一瀑三跌，注入山脚下的深水潭里。

潭水清澈见底，一群群红黄驳杂的金鱼在水里游来游去，觅食逗趣，时而顺着人工修砌的小溪，随水缓缓地游荡。几座小巧玲珑的汉白玉石桥，造型或拱或平，风格迥异。溪流清清，水声潺潺，把两岸花木楼宇的倒影折射得曲曲弯弯，在阳光或灯光的照耀下，流光溢彩，美不胜收。前来驻足观赏的游人都怦然心动，流连忘返。

胡海山每次进入小区，总喜欢踅到小溪旁徜徉，或停在白石桥上小憩，呼吸那里的新鲜空气，品赏四季花草，聆听淙淙流水，或吐一口唾液挑逗游弋的金鱼，心满意足后才肯移步回家。

这天晚上，下了班的胡海山竟然一反常态，完全没有了观景的心思，把电动车骑进小区车棚，就急匆匆地转身回家，一头钻进书房，鬼使神差地打开了电脑。

他是一个“电脑盲”，在乡下从来没摸过，进Y城工作后才组装了一个“二手货”，只是用来撑撑门面。他压根不会五笔打字，手写输入又嫌程序烦琐，刚刚摸索着使用拼音，都是一个字母一个字母地敲，玩得很不熟练，最多是听听早年的老歌，看看时尚的电影大片，真不知道还有QQ聊天这档子事。

“不会就学呗，如果侥幸撞上桃花运，就好了！”

胡海山心里这样甜蜜蜜地想着，右手移动着鼠标先找一首老歌《望星空》听，再找“度娘”，输入QQ字样，刚一点击，QQ软件框就蹦了出来，跟着文图提示一路耐心点下去，嘿，你别说，真还有个“单身狗”聊天室！

他心里像是打了鸡血，顿时喜出望外，点击进入，却碰壁了：软件提示“你还没有注册”！再次点击进入，还是这样提示：“你还没有注册！”连连碰了几次壁，他倒是慢慢地学乖了。

注册就注册！他找到QQ注册框，点击，提示输入网名。他理解网名就是一副面具，不必使用真实的姓名，眼下网民千千万万，用的都是网名，用真实姓名聊天，有时可能拘谨不便，远不如用网名聊天酣畅淋漓，轻松自如。

人名是一种文化传承，起名是一种深奥的学问。近年来，起名改名演化为一种时尚，造就了不少起名的大师，他们腰缠万贯，常涉足会所等高档娱乐场所，他们周围常常云集着不同心态的起名改名者。胡海山虽然不大懂起名这种学问，但也知道优雅别致的名字，悦耳动听，招人喜欢。

起一个什么网名才好呢？他蹙紧眉头盯着天花板老半天，把熟知的汉语词汇悉数调集到脑海里，一次次进行排列组合，竟一直不满意，不是意境缺憾，就是韵味寡然，抑或直白平淡不入流。

唉，胡海山暗自悔恨学生时代的不努力，辜负了那么多语文老师的谆谆教诲！如果再有机会做学生，一定要孜孜不倦，学而不厌，熟背唐诗三百首，攻克遣词造句关，也好给自己起一个高大上的网名，或者专司给人起名改名，赚他个盆满钵满，做一位万人景仰的江湖“大师”！

这时，电脑屏幕突然暗了！胡海山急忙动了动鼠标，屏幕明亮如初，原来是间歇三十分钟的屏保要休息呢！

“呵呵，想什么呢？不就是一个网名吗，至于挖空心思地同自己过不去吗？”胡海山想起了小区园林，眼前跳出熟悉的龙山、叠瀑、云潭、溪流、造型花带、石桥景观，花木葱茏，流水潺潺——

“好！就是它了！”胡海山突然两眼放光，激动得仿佛心脏就要蹦出来似的，“啪”一声双手合掌爆响，脱口而出道，“流水潺潺，音节响亮，文辞优雅，多好的网名啊！真应了南宋诗人夏元鼎‘踏破铁鞋无觅处，得来全不费工夫’的绝句佳境！”

说心里话，这会儿胡海山真的喜出望外，乐滋滋的。他为自己的聪颖而骄傲！他觉得自己很伟大，伟大得实在了不起，不管是怎样的煞费苦心，自己终于起了一个满意的网名！

胡海山麻利地打上拼音和汉字，设置好登录密码，按照程序提示，一步步小心操作，全部完成 QQ 注册，再找到“单身狗”聊天室，点击，登录，成功进入，眼前的聊天室你进他出非常热闹。

他再三安慰自己，要平心静气，耐心观察，心急喝不得热稀饭，机缘可遇不可求，放长线才能钓大鱼，小学课本里的小猫为什么钓不到鱼？还不是缺乏足够的耐心。想到这里，他从音乐歌单里，找到古筝曲《高山流水》，一边撒网等好友，一边洋洋自得地听音乐。

听啊听，等啊等，随着《高山流水》乐曲的律动，胡海山悬起的心情完全放松下来。一曲终了，再播放一遍；再终了，再播放……足足播放了四遍古筝曲，他也没看到聊天室有什么动静，真是知音难求啊！

突然，他的头像动了动，有人发过来一个笑脸和打招呼的文字，“你好”，要添加为好友，求通过。

守株待兔终于成功！

胡海山的那颗心仿佛要跳出胸口，一下子激动得按捺不住。他左手捂住胸口，右手挪动鼠标，迅速地查看对方的信息：头像，一枝含苞待放的桃花；网名，桃之夭夭；性别，女；年龄，36岁；注册地址，连海；个性签名，五月桃花开，东方永不败。

苍天不负有心人，胡海山果然撞上了桃花运！

他不假思索，马上通过好友验证，发过去三朵花，回应了“美女好”几个字。

“你是哪里的朋友？”对方的文字飞快地发过来。

“中州河洛市。”他打字慢腾腾地，一个字母一个字母敲，好不容易才打好一句话，点击鼠标发过去。

“河洛有什么好吃的？”

“河洛回锅肉。”

“河洛有几个区、几个县市？”对方的问话还是那样快。

“河洛辖六区五县一市。”他打字太慢了，急得额头上沁出了汗粒子。

“你是市内的、郊区的，还是县城的、乡村的？”

“我是河洛市Y城的，老家住在偏远的乡村，我现在住Y城内。”他擦了一下脑门上的汗水，越打越急，越急越慢，不光慢还出差错，老半天才回过话去。

“你在同谁聊天？”

“我在同你聊天啊！”

“打字怎么这么慢？”显然，对方没有了耐心。

"慢吗？我才学习上网，电脑打字也刚刚学，自我感觉够快的了！"他不服气地自圆其说。

"猪，猪都比你快！"

"你怎么骂人？"

"骂你个猪，咋了？"

"骂人不文明。"

"姐姐陪不起文明人，拜！"

胡海山傻眼了，肚皮气得一鼓一鼓的，嘴里嘟囔着说："果然名副其实，真的逃之夭夭了！"

唉，交了一次桃花霉运！

5

第二天上午，田科长见到胡海山，劈头就问："怎么样，注册QQ了吗？"

"注册了。"胡海山讷讷地回答。

"有没有桃花缘？"

"有孽缘！"

"怎么，碰壁了？"

"何止碰壁？碰了一鼻子灰不说，还挨一顿臭骂，让我极不舒服！"

"哦，那么严重，说说咋回事？"

"打字慢，慢得像头猪，对方直接甩话走人，不聊了。"

"呵呵，网聊就是这么回事，网友都是虚拟的，该来的会来，该走的会走，你也别太在意。舍得金龟子，总有鱼上钩，任凭风浪起，稳坐钓鱼台！"

"我早看透了，火烧鱼秧子，姻缘是天意，想说爱桃花，桃花不爱你！”

“哎呀，你少说这丧气话，天涯何处无芳草，多情常被无情恼；玩电脑，打字都是基本功，没有天生的高手，一回生，二回熟，慢慢就上路了。”

“嗯，是得好好练练，没谁乐意陪一头猪！”

“想开了不是？走，骑车上工地！”

好话是开心的钥匙。田科长一阵子劝说，使胡海山昨晚的忧郁烟消云散，二人一前一后奔工地去了。

电动车再次走进城郊那片桃树园。田科长触景生情，想起昨天照相的事，就停下车子，一只手伸进衣兜里掏东西，等胡海山赶上来说：“哎，你的照片，看看漂亮吧？”

胡海山接过照片，仔仔细细左看看，右看看，又抬眼看了看路旁那片桃树园，美滋滋地笑了：“真漂亮！不知是照片漂亮还是我漂亮？我有这么漂亮吗？”

“你本来就是俊男，一般的靓女还真的配不上你！”

“嗯，别说桃之夭夭，就是她灼灼其华，就是有蕡其实，就是其叶蓁蓁，我流水也给她潺潺喽！”胡海山说得底气十足，信誓旦旦。

“海山你怎么了？背《诗经》啦？”田科长一时如坠五里雾中。

胡海山忽然意识到话语失控了，马上莞尔一笑说：“呵呵，没什么，是我鬼迷心窍了！”

“嘿，想糊弄大哥吧？”田科长盯着胡海山的眼睛说，“我看你就是跟桃花有缘！”

——是啊，要说胡海山跟桃花的情缘，那可是有一些年头了！

远在刚刚懂点事的童年时代，有一天胡海山跟着妈妈去打猪菜，野地里返青的麦苗一望无际，青绿茁壮；田边地头的罅隙里，盛开着金黄的油菜花。他高兴地在麦田里学小狗打滚，学小猴翻筋斗，可着劲儿玩。

妈妈边打猪菜，边教他认识什么是猪牙菜，什么是大蓟草。他听话地寻找起猪牙菜来，东瞅瞅西望望，忽然发现一株长相如柳枝一样的野草，长得比麦苗还高，正要连根拔起，被妈妈制止了。妈妈说那是野生的桃树苗，长大能开好看的花，结很甜的果，还说孙悟空大闹天宫时，吃的就是蟠桃园的寿桃。他听了妈妈的话，挖了一大坨“姥娘土”，把桃树苗移栽到自家的院子里。

从此，桃树成了胡海山的忠诚伙伴和未来遐想。在妈妈的帮助下，他给桃树苗培土，浇水，施肥，捉虫子，冬天来了，还用玉米秸秆给桃树穿上厚厚的棉衣，天天期盼它快长大，长得根深枝繁，叶阔花鲜，蕊香果甜。

功夫不负有心人，三年过去了，他上小学了，桃树结蕾了，开花了，粉红的花如火如霞，招引了很多小蜜蜂和花蝴蝶，还有一拨拨赏花的小朋友。大人们夸奖他的桃花情结，小朋友羡慕他的种花情怀，奶奶乐呵呵地说：“海山呀，你那么爱桃花，长大了就娶个叫作桃花的媳妇吧！”

奶奶虽然是逗他玩，可是在胡海山的心里，第一次有了成功的喜悦，第一次有了那个“叫作桃花的媳妇”，第一次种下了“娶桃花做媳妇”的种子！

“想什么呢？走呀，去工地！”田科长看胡海山愣了半天，提醒说。

“嘿嘿，想桃花呢！”胡海山激灵一下从回忆深处醒了神儿，回应说。

“桃花？呵呵，不会是杏花吧？”田科长开玩笑说。

“什么杏花？田大哥，不知道我那里痛吗？你还往伤口上撒盐，这种玩笑不能开！”胡海山一本正经地说，好像还有点儿生气的样子。

“嗯嗯，对不起，我失言了，你别介意!”田科长知道触碰了胡海山的痛处，连忙道歉。

其实心灵的创伤难愈合，往谁的伤口上撒盐都会痛。这一天，胡海山整个儿闷闷不乐，晚上回到家，也没了去看小区景观的心情，一屁股坐在书房里，打开了电脑，找到阿炳的《二泉映月》，一边听曲子，一边点击 QQ 聊天室，想排遣一下一天的郁闷和无聊。

《二泉映月》是中国民族音乐文化的瑰宝，二胡乐曲的独特技巧与风格，带起沉静、躁动与激扬，把阿炳内心的忧伤、酸痛、怨愤、豁达表达得淋漓尽致。

这是胡海山最爱听的一首曲子，那细腻深刻、洒脱磅礴的曲调苍劲有力，刚柔相济，曾多次让胡海山沉醉不已。可是，这一次却不行了，因为刚刚听到高潮处，QQ 聊天室的对话框里，就弹出了一个猪头的表情包!

胡海山看去，猪头表情包是桃之夭夭发来的。他连忙挪动鼠标，发过去一个笑脸和两个汉字“你好”。

“好什么，还在生我气吗?”

“见过猪生气吗?”他急忙打字回应。

“咯咯，不气就好，我是逗你呢!”桃之夭夭接着问，“你什么职业?”

“做规划。”

“牛啊，是公务员?”

“什么公务员？人家吃干饭，我们喝稀饭呗!”

桃之夭夭发了一个跷拇指的表情包，接着又问:“谦虚的公务员！你什么属相?”

“猪。”

"呵呵，真是猪啊？网上有几个女友呀？"

"一个。"

"谁？哪里的？叫什么名字？你们认识多久了？"

"你。"

"咯咯咯，我倒忘记了，你刚学上网，还是个雏！"

"嗯。"

"你今晚怎么了？一个字一个字地蹦，不想聊呀？"

"我是笨猪。"

"认怂了，挺逗的！"桃之夭夭问道，"你老婆漂亮吧？她做什么工作？"

胡海山的心好像被大黄蜂蛰了一下，迟疑半天，没作声。

"怎么不说话？是不是老婆看你长得丑，跟人家跑了？还是给你戴绿帽子了？"

"这玩笑开不得！"

"呵呵，让我说中了吧，这年头，臭男人戴绿帽子的多了，不差你一个！"

"不说行吗？"

"我去，有意思的话题你不聊，还聊个什么？姐不陪了！"桃之夭夭照抄昨天的作业，话落人走。

"唉！"胡海山一声叹息，怔怔地看着电脑发呆，又是逃之夭夭，什么人呀？

6

胡海山又是一天的闷闷不乐。

晚上打开电脑后，先寻找二胡名曲《江河水》，听曲解闷，再点击 QQ 聊天室，想打发那挥之不去的无聊。

忽然，对话框里蹦出了一个绿帽子的搞笑表情包，定睛一看，还是那个桃之夭夭！

“老猪，忙什么呢？这顶帽子喜欢吗？大姐送给你了！”桃之夭夭随即说了几句俏皮话。

胡海山好气又好笑：这个桃之夭夭，总是哪壶不开提哪壶，怎么这样不善解人意呢？他克制着杂乱的心情，没回话。

“真不愧是属猪的，比死猪还慢！姐都等你半天了，喜欢不喜欢你也哼一声呀？再不哼哼，姐闪人了！”桃之夭夭得寸进尺，像是下了最后通牒。

“绿帽子你留着吧，大姐以后用得着！”他想了好大一会儿，敲击键盘好大一会儿，不卑不亢地回敬了一句。

“咯咯咯咯，我的小猪崽崽，终于撬开你的金口了！”桃之夭夭不依不饶地说，“怕什么，爱戴不戴，那就是一个表情包，大姐逗你呢。”

“大姐，不聊这个话题好吗？”

“好啊，你想聊什么？你都喜欢什么？”

“你的网名能改改吗？”

“改什么？”

“桃花。”

“好啊，你的网名也要改一下？”

“改什么？”

“流水。”

“嗯，‘西塞山前白鹭飞，桃花流水鳜鱼肥’，有诗意，好创意！”

“咯咯，张志和的《渔歌子》啊？改成吵吵闹闹成双对，桃花流水鲅鱼肥，才更有创意！”

“鲅鱼是什么鱼？”胡海山没见过鲅鱼，甚至是第一次听说这个鱼名，忙问道。

“井底之蛙了吧？大姐给你科普一下：鲅鱼就是蓝点马鲛，也叫中华马鲛，盛产在渤海湾，是连海的特产。”

“知道连海海参，没听说过连海鲅鱼，它长什么样？”

“连海鲅鱼体色银亮，肉质细嫩，味道鲜美，营养丰富，具有平喘补气、滋阴壮阳的功效，贼好吃，吃了还想吃，姐问你吃不吃？”

“不吃。”

“为什么？”

“贼好吃，桃花好吃，流水我不好吃。”打字成句后，胡海山同时还发了一个坏笑的表情包。

“你挺逗的啊？贼好吃就是很好吃，方言而已，什么桃花好吃，流水不好吃？桃花从来就是素食主义！”

“哦，桃花流水鲅鱼肥，现在正是桃花盛开的季节，那鲅鱼一定是鲜嫩肥美了？”

“你太孤陋寡闻了，知道大唐白居易的《大林寺桃花》诗句吗？‘人间四月芳菲尽，山寺桃花始盛开。长恨春归无觅处，不知转入此中来’，说的就是四月桃花开！”

“大林寺在江西庐山，那里山高地深，时节绝晚，桃花四月开放；庐山到连海两千多公里，哪挨哪呀？你就忽悠吧！”

“真是站在风口上，猪也能飞，你打字进步了！”桃之夭夭调侃说，“你有所不知，连海地处东北，依山傍海，是中国历史文明海上丝绸之路的北方起点。桃花岛景区云深木秀，风光旖旎，石峰林立，峰雄谷幽，洞迷水奇，四至五月间桃花盛开，游客云集，怕忽悠你就来看呗，姐请你赏桃花、吃鲅鱼、品海鲜、泡海岛大姑娘！”

“呵呵，大忽悠改做广告了！你是推销景区的？”

“姐保密，就不告诉你！”

“四月底或五月初我去看桃花，欢迎吗？”胡海山突然萌发了去连海看桃花的想法。

“一言为定，来了姐陪你，不来是小狗！”

“一言为定，大丈夫吐口唾液钉个钉，五月桃花岛等我，谁再逃之夭夭，真就是夹着尾巴的汪汪汪了！”

“相约五月，姐不食言！”桃之夭夭刚发过来这句话，马上又追发了一句，“不过——你得答应姐一件事！”

“什么事？尽管说！”

“姐想听听你的爱情故事。”

“我只有失败的婚姻，没有甜蜜的爱情。”胡海山打好了这句话，迟疑了一会儿，但还是发了过去。

“失败是成功之母，介意说给姐听听吗？”

“反正伤痛已经麻木了，说出来也不怕你笑话。”

“你打字太慢，咱们 QQ 语音吧？那样直接又方便！”

“我不会语音。”

“姐给你做老师，按我说的操作就行了。”接着，桃之夭夭把 QQ 语音的要点告诉给胡海山，引导他一步步完成了 QQ 语音聊天的点击，然后耐心听他讲婚姻故事——

原来，胡海山的老婆名叫红杏，瓜子脸，杏子眼，顾盼生姿，貌美如花，还有一副“歌星范”的好嗓音。红杏在乡下的一所中学教书，经热心的“红娘”牵线撮合，他们二人一见钟情，很快就山盟海誓，没待领证就步入了如胶似漆的爱河，婚后的生活说不上甜蜜，也少有坎坷。

一年后，镇里召开教师节大会，学校推荐红杏代表全体教师发言。她用甜美的语调，激昂的言辞，历数镇领导对教育的关心和关爱，表衷心，献真情，回馈学校和社会，赢得了与会人员的掌声，深得新任镇主要领导的赏识，连声夸赞她是“才女、才女”。

教师节大会不久，红杏被提拔为学校团委书记，再借调到镇政府任妇女联合会副主任，后来改任镇政府××基金会主任。红杏的官欲开始膨胀，不想再过平淡的生活，每每以工作忙为噱头，吃住在镇里，很少回家，偶尔回家也是同床异梦，夫妻间的快活事越来越少了。坊间不时传言她与镇×领导关系暧昧，他们的婚姻由此渐次出现了裂痕。

后来的一天，那位镇领导调任县××总经理，再调任市××副总经理。红杏也不避嫌，与那位领导如影随形。其间，胡海山多次约她找她，红杏要么推辞不见，要么冷眼以对。再后来，法院一纸判决宣判他们的婚姻无效，从此棒打鸳鸯，各奔西东。

“你们有孩子吗？”桃之夭夭轻轻地问。

“红杏任基金会主任时怀孕了，但我不知道孩子是谁的。她到县里上班后，孩子被她做掉了。”说着说着，胡海山的声音有些呜咽了。

“哦，是这样——”

“姐呀，我这心里头，满是创伤啊！”听声音，胡海山好像要哭了。

“对不起，我不该问起你过往的事。”桃之夭夭忙道歉。

“没什么，过去了，都过去了。”胡海山的声音越来越小，小得完全听不到了。

男儿有泪不轻弹，只因未到伤心处！此时，巧舌如簧的桃之夭夭，已经不知道该说什么好了……

7

这人啊，说怪也真怪，心里有郁结有块垒，摁都摁不住，总要找个口儿往外排。排得出去，就一了百了；排不出去，就越积越多，越聚越大，最后精神崩溃，一发而不可收拾，抑或走向自残自绝之路。

胡海山虽然不至于精神崩溃、自残自绝，但多少天以来的愤懑与压抑，昨天晚上终于同桃之夭夭尽情倾诉了，像是把蓄积已久的一腔污浊，一股脑儿地倾倒出去，整个人显得异常轻松，第二天工作之余，不知把何炅的《栀子花开》唱了多少遍。

晚上下班回到家，胡海山脱下外套挂在衣架上，洗把脸就坐在书房里打开电脑，找到 QQ 聊天室，先给桃之夭夭发了一个笑脸表情，然后查找古筝曲《平沙落雁》，轻轻点击，眯起眼倾听起来。

随着悠扬流畅的曲调，旋律起而又伏，连绵不绝，胡海山好像走进了秋高气爽的季节，看到了风静沙平、云飘万里的情景，眼前青山秀水的上空，雁群在天际盘旋顾盼，飞鸣前行……

“哟嗨，今儿太阳从西边出来啦?”忽然，对话窗口弹出一张笑眯眯的太阳笑脸，接着是桃之夭夭的问话。

“怎么了?”胡海山疑惑不解。

“咱们俩从交友以来，都是我先找你聊天，今天你却破天荒地先我一步喽!”

“嘿嘿，今儿高兴呗!”

“有什么好高兴的，是出墙红杏回心转意了?”

“你总是哪壶不开提哪壶，现在流水心中再无红杏了!”

“那会有谁？是哪位玉美人走进了你的世界?”

“说出来你信吗?”

“信!”

“桃花!”

“哪个桃花?”

“你!”

“你坏!”桃之夭夭随之发过来一个害羞的大红脸表情包,“瞎说谎话折磨人,不带这样玩的!”

“呵呵,逗你呢!”

“哎,问你点儿琐事吧。”

“说。”

“你们单位天天都有什么事做?”

“城乡规划设计,监督检查执法,配合中心工作,看报扯皮喝茶。”

“你的具体工作是什么?”

“有啥做啥,没啥拉呱儿。”

“拉呱儿也给你发工资?”

“怎么不发?铁饭碗嘛!”

“你每月多少工资?”

“保密。”

“不就是几个死工资吗?有什么好保密的?”

“够吃够喝,打死不说。”

“不说拉倒,谁稀罕你?跟我一毛钱关系没有!”

“生气了,气生了,肚包脐子气崩了!”发这句话时,胡海山特意加了一个坏笑的表情包。

“行呀,青出于蓝胜于蓝,这学生教的,会对老师撒野了。”桃之夭夭说,“没德行,这世道真是礼崩乐坏!”

“礼崩乐不坏,我在听古筝名曲《平沙落雁》呢!”胡海山说，“旋律高亢激越，群雁正冲天飞鸣！”

“我看呀，你连一根雁毛都不如！”

“此话怎讲？”

“大雁还知道一飞冲天，志向高远。你呢？搂着铁饭碗过日子，胸无大志，浑浑噩噩，有意思吗？”

桃之夭夭这话才是真正戳着了胡海山的痛处！说实在话，这痛远比前几天牙痛厉害十分。他看着对话框，心头蓦然一震，随手关了音乐，半天没有吱声。

“说话呀，我倒要看看，哪里的平沙会落下你这只呆头雁！”桃之夭夭不依不饶，话语里充满了麻辣味儿，“还不是呆头雁，是呆头猪！”

“大姐，你就是我肚子里的蛔虫，我是什么人你已经一清二楚了！”

其实，话虽然这样说，胡海山心里实在憋屈。因为他不是不知进取，也并非鼠目寸光，是红杏出墙的事，像一座大黑山，压得他抬不起头来，使他一蹶不振，沉沦至此。

“古人曰‘道不同，不相为谋’，咱们‘三观’不合，还是趁早拜拜吧！”桃之夭夭发这些文字时，特意配上了一个摆手的表情包。

“大姐，老师，桃花，求你慢走，海山有话说！”胡海山挺了挺腰杆子，急忙打了这些文字发过去。

“没骨头！我不是你大姐，也不是你老师，权当我是大风刮来的路人甲、路人乙；风过无痕，逃之夭夭，拜拜喽！”在胡海山没来得及反应时，桃之夭夭的回话已经发了过来。

胡海山突然感觉脑袋“轰”的一声，刚刚挺起的腰杆子一下子软塌下来，身子似乎瘫痪在靠背椅上，心里却悔恨交加，他自言自语：“桃花姐，我怎么就没骨头呢？”

8

桃之夭夭走了吗？

没有，她不会这样不近人情，是故意把胡海山晾在那里的。也许她是在投石问路，要探探胡海山心志的底子；或者是欲擒故纵的激将法，想看看胡海山有什么回应。

回应还是来了！

这会的胡海山懵懵然、茫茫然，又渴又累，起身倒了一杯热茶，呷了一口，又呷了一口，慢慢地理了理思路，扪心自问，觉得是自己没来得及把话说清楚，桃之夭夭才误解了他。

既然朋友一场，他必须一吐为快，敞敞亮亮地推心置腹，把窝在心里的话兜底儿说出来，无论桃之夭夭在与不在、听与不听，都要告诉她海山是有骨头、有风骨的人！这样才无愧于她，两人就是从此不做网友，也心安理得了。

想到这里，胡海山挪动鼠标点击花朵图片，给桃之夭夭一连发了三个微笑表情，呷口茶水，静静地等了一阵子；看看没有回音，又一连发了三个问话的表情图片，耐下心情再等，依然没有回音。

看来桃之夭夭真的是一去不回了！他想了又想，不回就不回吧，反正不求心诚则灵，只求问心无愧。于是，他抬手在键盘上打起字来：

大姐，是天赐机缘，让我们在网络里萍水相逢！感谢你陪伴我聊天，打发我的孤独与寂寞，给我心灵上的安慰，海山得以扬家丑，吐苦闷，诉衷肠，实在感动不已，虽萍水相逢，也没齿难忘！海山明白你的鞭策与期盼，感激你恨铁不成钢的直爽，因此不想对你隐瞒什么。红杏出墙，是海山永远的遗恨；无所事事，是海山违心的无奈！海山是个男子汉，有骨头，有梦想，有抉择，有担当，‘不畏浮云遮望眼’，总要挺起腰杆子，干一番轰轰烈烈的事业！

——说不说在我，信不信由你!!

海山拜上!!!

“哎——”打完这些字，胡海山从头至尾看了两遍，增添了几个叹号，再配上两个拱手揖别的图片，这才满意地长长地出了一口气，点击鼠标发了出去，摸索着端起杯子，一边呷茶，一边目不转睛地盯着电脑显示器。

等胡海山喝完杯子里的最后一滴水，QQ对话框里弹出了三个泪眼簌簌的表情包，紧接着又弹出一排文字：“海山，对不起，大姐误解了你！”

是桃之夭夭！有情有义的桃之夭夭！

胡海山好激动！他马上放下水杯，认认真真地打了三个字发过去：桃花姐！

“海山，忌恨大姐吗？”桃之夭夭发来了问话。

“桃花姐，我发誓：上面的话，是真心的！”

“傻海山，发哪门子誓？大姐没有走，大姐有媚骨，大姐激将你，大姐相信你！”

“谢谢桃花姐！”

“海山，姐给你商量一件事好吗？”

“什么事？大姐快说！”

“我们做网友好吗？”

“我们已经是网友了！”

“我们做永远的网友好吗？”

“桃花姐，流水海山发誓：我们就是永远的网友！”

“既然是永远的网友，大姐也给你说句心里话。”

“姐你尽管说，海山洗耳恭听！”

“从今以后，你不喊大姐、桃花姐行吗？”

“为什么？”

“海山，我虽然年龄比你大几岁，可是我有深重的恋父情结，总感觉有个大男子汉陪伴，才有安全感。”

“哦，是这样，那我喊你什么？”

“我喊你流水，你喊我桃花，直呼网名不是更亲切吗？”

“桃花——”

“哎，流水——”

“桃花流水鳜鱼肥，呵呵，亲昵，好听，就这么叫吧！”

“你忘记了吗？是桃花流水鲅鱼肥，我们相约五月，不见不散！”

“想起来了，相约五月，赏桃花，吃鲅鱼，品海鲜，我们不见不散！”

“嗯，那挺好！桃花再问你，喜欢健身吗？”

“喜欢。”

“喜欢爬山吗？”

“喜欢。”

“喜欢下海吗？”

“喜欢。”

“喜欢做俯卧撑吗？”

“喜欢。”

“得了，五月来淦邱，姐不仅让你看芬芳桃花，凡是喜欢的，都让你看，都陪你做！”

“君子一言，驷马难追！”

“拜拜！”桃花发过来一个再见的表情包。

9

光阴如梭，一晃就到了四月中旬。

这些天 Y 城规划中心特别忙，重点是查处“违法占地、违法建筑”。

一个时期以来，一些人受一己利益的驱使，明里暗里不惜以身试法，“违法占地、违法建筑”已猖獗多时，严重扰乱了土地规划和建设市场。治理“违法占地、违法建筑”是规划部门的重要职责，春节前后，Y 城就查证落实了近三十起“两违”案例。

这天，规划中心接到举报说，Y 城城隍庙广场附近有人正在私搭乱建，对居民出行和城隍庙文化活动造成很大影响。有关领导当机立断，安排田科长和胡海山火速赶赴现场核实查证，并拿出初步解决方案。

田科长和胡海山按照领导要求，立即出发，前往城隍庙广场实地查看“两违”情况。

两个人刚走到阆先生的草药堂前，陶花仙姑一眼就认出了胡海山。她连忙从马扎子上站起身，一把拽住胡海山的手说：“小伙子，我说你会回来，怎么样？应验了吧？这缘分都是天意，之前仙姑说你走了桃花运，你还狗咬吕洞宾，不知好人心，还伸出巴掌糊弄仙姑，想一走了事，这是又来求仙姑的吧？”

陶花仙姑一连串滔滔不绝的叨叨事，吸引了周边几个看热闹的人马上围上来。胡海山抽身不得，只好逗诮仙姑说：“是啊仙姑，谁见了你这陶花都会交桃（陶）花运的！”

“话可不能这样说，仙姑姓陶名花不假，但此陶花非彼桃花也！仙姑看你印堂发亮，两眼放光，断你这些天正在桃花缘中，你当着众人说句实话，是不是？不能埋没了仙姑的名声！”陶花仙姑自信满满，说话时还领头跷起大拇指。

“他就是交了桃花运，仙姑相术精通，铁口直断，佩服，佩服！”田科长向前一步，插科打诨说。

“看看，怎么样？还是你同事最摸你的底！”陶花仙姑即刻接过话茬子，顺竿子爬起猴来，“不过天有不测风云，桃花运虽好，也要提防中途变故，乐极生悲。”

“仙姑先别看什么桃花运，你好好看看我俩中午来这里做什么，看准了，给你双倍的礼金！”胡海山一本正经地取笑仙姑说。

“对，仙姑快给他俩看看，能挣双倍的礼金啊！”周围看热闹的人纷纷跟着起哄了。

陶花仙姑看看田科长，再看看胡海山，两手掐着中指，双眼滚来滚去，嘴里咕咕哝哝一阵子，说道：“你们俩来城隍庙不是进香的，也不是看相的，是来找人办事的。”

“办什么事？”田科长问。

“你们的事也是别人的事，别人的事就是你们的事，是也不是？”仙姑反问说。

田科长笑了，说道：“仙姑说得是！我们是规划中心的，查处违法建筑是我们的事，私搭乱建是别人的事，你告诉我们谁在这里违法乱建，我们把礼金变成奖金，让你名利双收好吗？”

“早就盼你们来办这事了，走，只要是查处违法乱建，仙姑一百个欢迎，礼金奖金咱都免谈！”陶花仙姑说完，自告奋勇给田科长和胡海山带路，径直向城隍庙广场走去。

那些看热闹的也争先恐后地跟上来，七嘴八舌地议论说：“那些私搭乱建的，政府早该收拾了！”

……在城隍庙广场忙活了一天，胡海山已经累得筋疲力尽，回家后还是鬼使神差地打开电脑，轻车熟路地打开《春江花月夜》乐曲聆听，再点击 QQ 聊天框，看桃花在不在。

每天晚上与桃花聊天，似乎已经是他朝思暮想的事情，两人的时间节点也大致相同。胡海山这里刚要发打招呼的表情包，那边桃花问好的文字就发过来了：“流水晚上好，忙啥呢?”

“不忙，你好像早来了?”胡海山打字回话。

“是啊，等你多时了。”

“有急事吗?”

“不是急事，是喜事!”

“桃花快说，有什么喜事同我分享?”

“五月就要到了，我这里桃树花蕾正艳，马上就竞相开放了。淦邱市政府广泛征求市民意见和建议，决定把桃花作为淦邱的市花，把每年五月一日至二十日定为桃花节，今年是首届桃花节，要在桃花岛召开，我也被选为桃花仙子了!”

“你不是连海人吗?怎么又在淦邱，忽悠呀?”

“什么忽悠?还没告诉你，我现在在淦邱工作。”

“桃花节是大喜事，祝贺淦邱!祝贺桃花姐!!”

“这是首届二十天的桃花盛宴，想问你有没有时间来淦邱赏花赴宴?”

“太好了!相约淦邱五月，桃花仙子等我!”

“你准备几号动身，能提前几天来吗?”

“这几天不能确定，单位事情多，等忙完手边的活儿就过去。”

“单位五一不是放假吗?错过了这次，你得等一年啊!”

“谢谢你提醒，本周时间真的太紧张。”

“你咋这么磨叽呢?五一正好是周末也是假期，你就来吧，陪你过一个快乐的周末，让你一睹桃花仙子的芳容!”

“也好，就这样定吧。”

“看你说话，感觉挺勉强的，你的骨头呢?”

“嘿嘿，流水有风骨，五一就五一，风雨无阻，咱们桃花岛见!”

“这才像个男子汉！不过 Y 城到淦邱，路途遥远，班车稀少，还得转车，车次、车票什么的，你要早做安排。”

“谢谢叮嘱，流水明白!”

“火车不走桃花岛，你在淦邱下车，再转桃花岛公交。”

“好，回头我算一下时间，看看怎么赶路更好。”

“我已经算过了，需要一天一夜的车程，你傍晚才能到达桃花岛，我在就近酒店等候你。”

二人约定了时间、地点，交换了联系方式，接下来没话找话、没事找事海阔天空地聊到深夜。

10

Y 城距离淦邱约有两千公里路程，没有直达的列车，需要先乘坐八十公里城市公交，到河洛市转乘高铁到省城，这样花费会多一些；或到省城再转乘普通快车，要先乘一百八十公里的省际大巴，花费比较少，单程耗时一天一夜。

打从长这么大，胡海山也没有出过远门，至多到过省城。这次赴约桃花节，要跨省出境长途奔波两千多公里，虽然有几条路线可选，他还是反反复复思谋了好几天，觉得走省城乘坐普快路线最优最安全。假期旅游嘛，就是悠悠地走慢慢地看，耗时长点更划算。

这是一场欣赏淦邱五月桃花的盛宴，胡海山掐着指头算时间，哪天出发，哪天能到，好好玩几天再回 Y 城；倘若事如所愿，不耽误正常上班。于是他决定请两天假提前出发，赶在二十八日启程去省城，乘普快，奔淦邱，五一在桃花岛痛痛快快地游玩。

昨天下午买好省城至淦邱的车票，今天一大早，胡海山就准时坐上了 Y 城去省城的大巴。只是大巴上不了高速，因为夜里起了雾霾，空中湿漉漉、雾蒙蒙的，透明度不足二百米！大巴司机说先走普通公路，到时候雾霾散了，再及时上高速公路。

这是应了陶花仙姑测的相，还是应了宋词大家苏东坡“天有不测风云”的话？胡海山心想：真是走背运，好不容易出门旅游一次，就碰上了这样的鬼天气！

运气背不背，都得去淦邱！因为他向单位请了假，也承诺了网友桃花，还有他太想看看五月的桃花究竟长什么样。

公路上，行进中的大巴车灯却穿不透雾霾，只好缓慢地爬行。不错，是在爬行，有时甚至比爬行还要慢，胡海山散步都比这车的速度快！

他的座位紧挨着车窗，车窗外的雾霾看不透，灰蒙蒙一片，一刻不停地往后退，没头也没尾，像跑马，像流云。他抬头看看大巴车前面，黄色的车灯显得那样没精打采，只能射出两条光柱，吃力地插在前面的雾霾里。他干脆靠在靠背上，闭上眼睛想心事，把眉头拧巴得像两根小麻花。

胡海山想起了看相的陶花仙姑。仙姑很可笑：为了诳到几个钱，什么桃花缘、桃花运？净是满嘴跑火车，顺口胡咧咧；什么乐极生悲、中途变故？——还别说，她是不是有几把刷子？这雾霾不就是“中途变故”了吗？

他想起了淦邱的网友桃花。桃花长得漂亮吗？会不会漂亮得就像桃花？她三十六岁，应该已经嫁人了，老公英俊吗？做什么工作？几个孩子了？男孩还是女孩？孩子长得像桃花还是像老公？——胡想什么呀，长得像谁与你胡海山有一毛钱关系吗？

他想象着淦邱的桃花节。五月桃花开，本身就离奇，更离奇的是淦邱居然把桃花定为市花，还要举办桃花节，一个偏远的淦邱市，能有多少桃花呢？会有多少游人呢？又会有多少人像我这样钟爱或迷恋桃花呢？更离奇的是三十六岁的网友桃花，竟然也能入选“桃花仙子”？难道淦邱就那么缺乏十八二十的姑娘吗？

他也想到了此行中的自己。桃花开杏花谢就像桃红李白一个样，都是一种自然现象，打猪草时发现一株小桃树，挪回家长大了看花开花落，从此结下了桃花缘。如果当初发现的是一株小杏树呢？会不会结下杏花缘？结婚后的红杏就不会出墙了呢？此行淦邱会有什么收获呢？是能大饱眼福还是思想境界有大提升呢？

“雾霾淡了，前面有一个高速入口，但高速公路仍没有放行，我们只有去河洛了，看看从河洛能否上高速。”大巴司机无奈地给乘客解释说。

“河洛就河洛吧，尽量快些开，等着赶火车呢。”胡海山收回思绪，看着司机说。

雾霾的透明度比刚才好多了，大巴的速度也比刚才快多了，胡海山担心误了火车，掏出手机看看时间，催促司机说：“师傅，能否再快一点儿吗？”

“不能啊，雾霾天气，安全第一，责任重如山啊！再着急也不能突破安全的底线，请大家理解！”司机说话很实在，也很客气。

理解，我们只能选择安全，再着急也不能喝烫嘴的粥！胡海山心里这样想，口里没作声，因为这是雾霾惹的祸！

令胡海山想不到的是，大巴到河洛时，已经十点多了，司机却说一时半会儿上不了高速公路，原因是前面堵车，堵了足足两公里，真是“屋漏偏遭连阴雨，病急又遇慢郎中”！

等吧，只有等，没办法，大家都在等，谁都无可奈何！

公路边有卖烧饼的，卖油条的，卖八宝粥的，还有卖饮料矿泉水的，一个接一个热情地游说大巴车上的乘客：“高速口堵三四个小时了，你们买点吃的垫垫肚子吧，这个点儿都该饿坏了！”

真的是饿坏了，胡海山瘪下去的肚子，早就饥肠辘辘了！他摸了摸衣兜，掏出一张五元票子，起身买了烧饼、油条、八宝粥，跟其他乘客一样，坐在座位上一边吃，一边焦急地看大巴车一步一步地向前挪。

……大巴车终于挪到了收费站入口，驶上了通往省城的高速公路，速度明显加快了。耳边是车轱辘摩擦路面发出的“沙沙”响声，车窗外的护路林木一闪一闪地往后退。有时太阳也从漂浮的云层里钻出来，露了个笑脸。胡海山一路上火烧火燎的心情这才慢慢放松了下来。

胡海山在省城长途客运中心下了大巴车，看了看时间：好险，列车正在检票，距离启动运行还有十分钟！

他连忙跑出客运中心，到对面火车站过安检，排队检票——他是最后一个检票的乘客，再随着客流找到要乘坐的车厢、座号，屁股刚刚坐在座位上，列车就鸣笛启动了。他暗自庆幸昨天在Y城买好了车票，如果到了车站再买票，恐怕这班车是无论如何也赶不上了！

列车到达淦邱时，已是第二天下午四点三十分了。胡海山下了火车，按照桃花前天的提示，迫不及待地转乘去桃花岛的城市公交，再历时一小时二十分，才到了桃花岛车站。他掏出手机正要与桃花联系，手机铃声却响了。

“喂，流水，你到哪里了？”说话的正是桃花。

“我刚到桃花岛车站，已经下车了。”胡海山连忙回话。

“出了车站左转是桃园大道，你再向前走二百米，路口有一处桃园，右手边有个桃园宾馆，我在那里等你！”

“好的，我马上过去！”

此时夕阳西下，桃花岛风光旖旎。宽阔的道路，林立的楼群，奔跑的轿车，休闲的居民，一切是那样的有序，那样的清新。街头公园里，各种花木生机盎然，一株株桃树，一簇簇红花，在晚霞红色的余晖中，散发着清香。

胡海山吮吸着花香走在桃园大道上，搜寻着路口的桃园和桃园宾馆，一颗喜悦的心按捺不住“噗噗”地跳，仿佛在说：“五月桃花岛，我来了！”

桃园宾馆坐北朝南，橘黄的外墙与桃园绯红的色泽相互映照，一湾溪流蜿蜒而过，清悠悠的流水把宾馆和桃花的倒影折叠起来，丢在清莹碧透的溪水中，充分彰显出秀丽豁达的情调。

胡海山老远就看见宾馆入口处一段青砖灰瓦的景墙，墙体上留有多处风格迥异的花窗，墙前种植着高低错落的桃树和花草。景墙中央有一个圆圆的大月亮门，门上方镂空浮雕着“桃园宾馆”四个红色楷体大字。几枝红白相映的鲜艳桃花，自然装饰着别具一格的月亮门。

一位身着青花瓷旗袍的靓妆美女，手持一枝桃花，正从月亮门里侧喜笑盈盈地款款走来，那袭人风韵亲和柔媚，拈花一笑的容颜荡漾在举手投足间，倾国倾城的相貌与景墙里外芬芳盛开的桃花浑然一体，定格为一幅色彩浓丽、宛若天成的醉人油画。

胡海山研读过宋徽宗关于青花瓷的诗句：“雨过天晴云破处，这般颜色做将来”，对青花瓷色彩的高贵典雅印象最为深刻。他一时看得双眼迷糊，脑海里浮现出吴承恩《西游记》中对观音菩萨的描述：眉如小月，眼似双星；玉面天生喜，朱唇一点红。眼前的美女活脱脱是一位现世观音！

他下意识地轻轻抬手揉了一下眼皮，蓦然想起唐朝崔护千古流传的诗句：人面桃花相映红！他做梦都没有想到，这里能一睹崔护在都城南庄见到的清新优雅场景！

他双腿迟滞，裹足不前，酒醉一样站在那里呆痴痴地看，心想：难道这位美女就是他千里赴约的网友桃花吗？看来，桃花仙岛出桃花仙子，此言不虚啊！

11

青花瓷美女正是桃花!

她今天太累了，为了赶明天桃花节的盛大演出，全体演职员工今天在现场进行了最后一场彩排，表演主题是身着彩衣飘带的三百六十名桃花仙子，飘然入场，载歌载舞。哪一个动作出现瑕疵，整个表演就要重新开始。

按照导演的安排，形象出众、歌喉甜美的桃花先后参与了三个节目，有大型桃花歌舞独唱领演，有地方民族特色乐器演奏，还有穿帮的主持变身导游，服饰串换、上场下场、彩排重排、纠偏独练，一整天折磨得她浑身酸软，四肢难抬。

桃花原本要去车站接胡海山的，卸了妆一看时间来不及了，就匆匆赶到桃园宾馆预订房间，顺便给胡海山打了个电话，不曾想他已经到了桃花岛车站，这才简单洗漱一下，换上青花瓷旗袍，打起精神走到宾馆月亮门迎接胡海山。

刚走进月亮门，桃花发现一个英俊的陌生年轻人盯着自己傻傻地看，心里就猜出了八八九九，不觉莞尔一笑，招呼道:“您是谁呀，看什么呢?”

“嗯嗯，我是外地来的，这里的桃花真漂亮!”听到对方的询问，胡海山忽然感觉有些失礼，连忙解释说。

“咯咯咯，我就是桃花，这里的流水也斯文。”

“桃花流水月亮门，真好!”

桃花轻轻抬头，伸手扳着一枝桃花贴近脸颊，嗅进鼻孔的是习习晚风悄悄吹拂的芬芳蕊香，顿觉神清气爽，怡然自得，不觉回奉了一句:“好看你就多看看，看到心里去!”

“天生丽质，妖娆百媚，人面桃花相映红，好一幅绝美的桃花仕女图！真是好极了！”胡海山双手击掌，脱口叫好。

“您酸不酸呀，还搬来崔护的诗句卖弄，不怕流水给冲跑了呀?”桃花“咯咯咯”地戏弄说。

“哦哦，对不起，我就是流水，Y 城的流水！”胡海山拍了拍前额，这才回过神儿来。

“呆子，我早就知道你是流水！”桃花松开桃枝，微笑着摆了一个手势说，“请吧，先到宾馆休息一会儿！”

“谢谢桃花！”

两人一前一后走进宾馆，穿过大堂，上了电梯，进了十六层的客房。

桃园宾馆装饰得雅致大气，走道里铺设着厚厚的桃花地毯，摆放着玲珑精致的艺术花卉。客房温馨如家，让人一走进去就会产生瞬间放松的感觉。米白色的墙壁上，装饰着暖色调的贴纸，桔黄色的灯光散落在房间，舒适柔软的大床上，床单、被褥洁白如云；电脑桌、按摩椅一应俱全，柔和悠扬的琴声可以随时聆听，随时关闭。透过宽大的落地窗，仰望可见天空碧透如洗；俯视则见绵长的沙滩海岸，碧波起伏的蓝色海洋。

面向大海，春暖花开。令胡海山没想到的是，他第一次看大海，竟然是在桃园宾馆十六层温暖无比的客房里！

晚霞慢慢褪去，初夏的夜色爬上了近海，若隐若现的波涛带给人浮光掠影的感觉，几座朦胧的小山丘映入胡海山的眼帘。透迤的丘陵上生长着蓊郁的林木，泛滥着一起一伏的墨绿；丘陵间似乎陷落着一个椭圆形黑坑，最引人注目的是绿涛中点缀的一片片白花花的色彩，使山山岭岭恍恍惚惚灿若仙境，与近处市区闪烁的灯光交相辉映，产生出令人遐想的无限魅力。

“桃花，海边丘陵上都有些什么东西?”胡海山忍不住问桃花。

“近处是桃花岭，远处是桃花山，黝黑的地方是桃花潭、桃花沟，漫山遍野的白色都是盛开的桃花！”桃花如数家珍地告诉胡海山说，“明天的桃花节在海天广场开幕，那里的山山岭岭都开满了桃花，就像漂浮着的红彤彤彩霞，你看了一定会乐不思蜀的！”

“哦，烟花三月下扬州，五月桃花看淦邱，我是注定不虚此行喽！”说话时胡海山依然目不转睛地看着窗外，像是回桃花的话，又像是自言自语。

“明天你再一饱眼福吧，坐了一天一夜的车，也该累坏了？”桃花懒洋洋地坐在沙发上，接着说，“你躺床上休息一会儿，我们再上街品海鲜、吃鲅鱼！”

胡海山看了看桃花，看了看大床，若有所思地回应说：“哦，我看你也疲惫了，不如你躺床上休息，我马上下楼再开个房间。”

桃花诧异了！她盯了胡海山一会儿，问道：“流水，我问你，喜欢桃花吗？”

“喜欢，这还用问吗？”

“爱桃花吗？”

“爱，不爱能跑两千公里吗？”

“这不得了，还开什么房间？担心这大床睡不下你我吗？”

“这个……不是……那个，我俩只是网友，在一起不方便的。”

“网友怎么了？有什么不方便的？来，亲一个！”

“亲一个？”胡海山瞬间惊诧，桃花太开放了吧？他立刻想起田科长“千万提防色情陷阱”的话，只好支支吾吾说：“这个嘛，这个……”

“啥这个那个？在桃花岛，就听我安排！”桃花站起身又说，“记住，你欠我一个吻！”

“哦——”

“你就装傻吧，走，下楼给你接风，待会为你洗尘，晚上再规规矩矩地给我补一个吻！”

“嗯。”

12

胡海山木然地跟着桃花离开了客房，乘电梯，出宾馆，走桃花大道，再拐进小吃一条街，找个清静的特色门店坐了下来。

桃花看了看菜单，询问胡海山的口味后，点了一个迷你小黄瓜，一个水煮皮皮虾，一个海兔爆藕丁，一个生煎鲅鱼片，一瓶干红葡萄酒。等菜品上齐，桃花逐一介绍了菜的风味后，斟了两杯红酒，两人这才有滋有味地吃起来。

回宾馆的路上，桃花放慢了脚步，饶有兴致地给胡海山讲了鲅鱼公主的故事。

传说有一个年轻人以下海捕鱼为生，桃花岛鱼儿很少，人们常常空手而归。这天年轻人捕了一条小鲅鱼。小鲅鱼是渤海鲅鱼王的女儿，遭鲨鱼围攻受了伤，年轻人十分怜惜小鲅鱼，就把她放归大海。小鲅鱼感念年轻人的恩德，以身相许，鲅鱼王极力反对，要求年轻人变成鲅鱼才能答应这桩婚事。在渤海八仙的帮助下，年轻人最终变成鲅鱼和小鲅鱼完了婚，繁育了很多大大小小的鲅鱼，以自己的肉身养护着桃花岛一带的人们。

鲅鱼公主的故事勾不起胡海山的兴趣，他心不在焉地听着，大脑的空间被一些乱七八糟的东西充斥着。他想：自己初来乍到，两脚踏生地，会不会受骗挨宰？会不会被人当猴耍？该怎么回避桃花喷发的热情？

“哎，流水，我有些不明白，你大老远跑来桃花岛，就不担心我骗你吗？”桃花突然问道。

“呵呵，桃花，你是个骗子吗？”胡海山反问说，心想：她是不是欲盖弥彰，不打自招？

“你这么自信，知道我的名字吗？知道我的情况吗？知道我是做什么的吗？”

桃花一连串的问话，让胡海山无言以对——因为，他从来没问过桃花这些问题。

他愕然了！

看胡海山半天没有回话，桃花又问道：“想知道吗？”

“你桃花是真真切切的一个人，又实实在在地站在我面前，还大大方方地预订了客房，真真实实地陪我吃晚餐，有这些，就够了，其他的事都是无关紧要的！”

“你这样说话，真让我失望！”

“为什么？”

“跟你在一起，缺乏安全感！”

“怎么会有这样奇怪的想法？”

“你想想看，眼下社会这么浮躁，这么杂乱，盲目跟着一个不知根底儿的人，你感觉安全吗？”

“哈哈哈，我一个‘月光族’年轻爷们儿，还怕你桃花抢劫我不成？”桃花虽然戳着了胡海山的心病，但他还是强作镇静，努力装出若无其事的样子。

“还笑，没见过你这样粗心的男人！”桃花说，“我不劫财，要是劫色呢？”

“粗什么心，我真的不怕！”

“呵呵，你不怕，我这心也就不忐忑了。”桃花解释说，“刚才在房间里说的话，我还真有点儿后怕呢！”

说真的，桃花的话，令胡海山的后背“嗖嗖”地直冒凉气。

来到宾馆大厅，胡海山从衣兜里摸出身份证，走近吧台说：“老板，开个房间，要十六层的。”

“你要干什么？不是有房间吗？”跟上来的桃花盯着胡海山问道。

吧台里面的桌子上放着一台电脑，一位约有五十岁的老板，戴一副琥珀色圆眼镜，正佝偻着身子低头看书，听见有人说话，抬起头问："你们是哪个房间？"

桃花掏出房卡让老板看。

老板看着房卡，打开电脑查看了一阵子，努努腰挺直了身子，圆眼镜慢慢升起来，他看看桃花，再看看胡海山，说："你们有夫妻关系的证明吗？"

胡海山摇摇头。

"男女授受不亲，没有夫妻证明是不能同住一个房间的。"圆眼镜遮掩不住老板狡黠的小眼睛。

"我们就是住一个房间，你能怎么着？"桃花上前一步，质问老板。

"我就要看你们的证明。"

"我给你证明看！"桃花飞快地吻了一下胡海山的脸颊，说，"这就是证明，行了吧？"

"姑娘，这是开发区，不是你家。"圆眼镜较真地说。

"你真是狗拿耗子，把你女儿喊出来亲他一口，我把房间腾给他俩过夜，行了吧？"

"姑娘不要胡搅蛮缠！"圆眼镜说着又看看胡海山，"桃花节期间公安要求挺严的，民警天天来查房，我也没办法。我给你们网开一面，责任自担，你们弄啥事我不管，出了啥事我也不管，但你们必须交五百元押金再开个房间！"

"你真会敲竹杠！"桃花愤愤地说。

胡海山交了押金，拿到了房卡。

"傻流水，你就是没事找事，他明明就是敲你的竹杠，黑店不如！"上电梯时，桃花嘟哝着说。

"狗咬生人，儿孙啃老，都是没办法的事。"胡海山笑着安慰桃花说，“我们都是外地人，就花钱买平安吧，呵呵！”

“亏你笑得出，傻猪一个！”

回到房间里，桃花脱去旗袍进卫生间洗浴，完事后就直直地躺在床上，搔首弄姿说腰酸背痛，矫情地说想健健身，要胡海山快点儿给她按摩。

床上的桃花穿着一套薄如蝉翼的粉红色睡衣，乌黑的秀发、妩媚的笑靥、微眯的双眼、饱满的乳峰、雪白的美腿和随身散发出来的香味儿，恰如其分地展现出她那绝美的秀色，简直是一尊卧姿的观音佛。胡海山感觉一波狂涛迎面袭来，剧烈地冲击着他视觉的堤岸，撞击着他所有被急速放大的每一个细胞。

与红杏分手两年多来，性爱的饥渴使胡海山做梦都憧憬那种巫山云雨的感觉。此时的他浑身发热，下身发烫。是可忍，孰不可忍！只要他顺从地上床，轻轻掀开桃花那层十分性感的睡衣，一切都能如愿以偿！

但理性的闸门却像一柄粗大的钢钳，紧紧握着他“突突”跳动的心，整个头部都在“轰轰”发蒙，耳朵也“嗡嗡”地鸣叫起来，冥冥中似乎听到刚才圆眼镜老板忠告的声音：男女授受不亲，要小心色情陷阱。再说了，这里远离河洛，一个人脚踏生地，桃花貌如观音，观音佛岂容亵渎？真男儿，要挺住，挺住！

“想什么呢？傻流水。来呀，快上来健身呀，大姐配合你！”桃花催促说。

胡海山已经挺不住了！他的血在沸腾，心在狂跳，饥渴的欲望燃烧得他神情恍惚，不由自主挪动着脚步，靠近了床单，下意识地朝桃花探出了身子，双眼直勾勾地看着她那火辣的身子和撩人的眼睛，一只手慢慢抬到胸口，轻轻触摸到了上衣的纽扣……

桃花见状，急忙伸出右手挡住他，提醒说：“慢——，傻流水，快去卫生间冲冲你那一身臭汗，姐热热身等你！”

“喔——”胡海山猛然醒悟过来，奔波一天一夜了，他是该冲个热水澡了！

“丁零零，丁零零！”没等胡海山转身，兜里的手机突然急促地响起来。

他连忙掏出手机接听：“海山，你在哪里？单位领导紧急通知，五月二日上午市政府召开‘扫违风暴’誓师大会，下午统一行动拆除全市违法建筑，我俩负责城隍庙广场拆除行动，要求任何人不得缺席，个人私事直接给市长请假！你听清楚了吗？”

“五一不是放假三天吗？”胡海山反问说。

“这次‘扫违风暴’是市政府中心任务，书记亲自部署，市长坐镇指挥，全市统一行动，纪委督查落实，领导都不休息，我们还放哪门子假？”

“嗯，知道了。”

“记住，五月二日上午八点，准时参加誓师大会，缺席是要受罚的！”

“嗯，知道了！”突如其来的变化，给胡海山泼了一盆凉水，使他冷静了许多，挂断手机，深情地看着桃花说，“对不起，桃花，你休息吧，我得回 Y 城。”

“现在？”桃花问。

“现在。”胡海山特别补充一句说，“请你理解，明天再走我就赶不上誓师大会了！”

“你们领导还是人吗？”桃花“呼”地坐起来，嗔怒道。

“你不知道，吃我们这碗饭的，有时候都不是人！”胡海山无可奈何双手一摊，头摇得像拨浪鼓似的。

“桃花节你错过了，桃花的表演看不上了，漫山遍野的桃花也见不着了，白折腾几千里，你就不后悔吗？”

“姐姐灿如桃花，见到了你，也看了桃花山的夜景，我已经很满足了!”

“遗憾的是你还没有上桃花山!”桃花的眼睛有点儿湿润,接着说,“你实在有公务,我也不能强留,就满足我一件小事好吗?”

说话时,桃花的眸子里发出热辣辣的光,一动不动地盯着胡海山。

“什么事你说?”

“流水,我的身子好看吗?过来亲一下再走!”

“下次吧,我得赶紧下楼打车了,再耽搁时间就赶不上今晚的火车了!”胡海山逃脱似的转身拉开了房门,晃了晃右手说,“桃花,再见!”

“猪流水,你走吧,姐不送!”桃花直直地望着胡海山匆匆离去的背影,抬高嗓门喊道,“傻流水你记住,你欠我一个吻!”

走进电梯间的胡海山,似乎听见了桃花“嘤嘤嘤”的啜泣声……他心里说:“我还欠你一个拥抱呢!”

13

马不停蹄地坐车转车,摧枯拉朽地拆除违建,一连数天工地上吃盒饭,工作上连轴转,把胡海山累得可算是筋疲力尽,两眼难睁,三魂六魄都仿佛出了窍,牙虽然没痛,身子骨却像散了架似的,再没有心思观风景、玩电脑、逛聊天室了。

这天晚上,他拖着铅重的双腿回到家,不脱衣服,也懒得洗漱,倒床上便睡,不一会就打起了呼噜,昏昏沉沉地进入了梦乡。

不知道酣睡了多长时间,胡海山迷迷糊糊中听见了手机的振铃声。他眼也不睁,摸着了手机,摁下按键,问道:“三更半夜的,谁呀?”

“你大姐,桃花!”对方回答。

胡海山连忙激灵一下翻身坐起，问道："桃花姐，这么晚了，你有事吗?"

"有事，有急事，有大事!"桃花说话显然有些着急，"你这几天怎么了，离开淦邱再也不见踪影了，电话不打，信息不回，聊天室不进，可急死我了，是出了什么事故，还是想跟我一刀两断?"

"想什么呢？桃花，那天回来我急三火四地赶火车，好歹没耽误誓师大会，紧接着就进入拆迁现场，宣传、动员、走访、座谈、解疑、签字、腾房、算账、动迁、监督，累得要死要活，困得要死要活，哪还有工夫上网聊天啊!"

"哦，我误会你了!"

"误会什么了？有事你就说。"

"以为我太热情、太开放、太风骚、太张扬，不是个什么好姑娘!"

"姑娘？桃花姐你是个大姑娘?!"

"大姑娘怎么了？桃花就是个大姑娘，没动过任何男人的大姑娘，完完全全的处女、剩女！知道吗?"

"哎哟，桃花姐，你……太颠覆我的想象了!"

"难道你以为桃花是仨闺女俩孩的婆娘了?"

"没有，没有，流水不敢!"

"我问你，那天晚上你为什么不上床？为什么不健身？为什么不碰我？为什么一个吻也不给我?"

"桃花姐，我给，我给，我现在就给!"

"晚了！那天晚上你怎么不给？现在想给，你够不着，也晚八天了!"

"那天晚上……初次见面，你那样暗示我，流水有顾虑。"

"读过杜秋娘的诗句吗？桃花背诵给你听：劝君莫惜金缕衣，

劝君莫惜少年时；花开堪折直须折，莫待无花空折枝。”

“桃花，这诗意我懂。”

“你懂个屁，你白天不懂夜的黑，坐人不知立人急！”桃花说，“我都是三十六岁的大姑娘了，感觉同你有缘，才故意那样考验你一下，没想到你连猪八戒都不如，床不敢上，人不敢碰，匆匆擦肩而过，一个吻都没有留下来，你令桃花失望了啊！”

“别说了，桃花姐，流水现在追悔莫及！”

“你后悔吧，桃花已经嫁人了！”

“这么快，什么情况？流水很想知道。”

“好好听，桃花细细跟你说。”接着，桃花把她的故事一五一十都讲给了胡海山听。

原来，桃花姓舒名丽君，身世孤苦，家事坎坷。读初中时父亲去世，母亲死拼硬打供她读初中，没毕业母亲也生病走了。桃花辍学不服输，推三轮、摆地摊、卖水果，为了挣钱，什么都干。有点积蓄后招了几个姐妹搞刺绣，雪球越滚越大，后来贷款走外贸合同，三百多万元的产品出手海外，不曾想被人骗个精光，欠了一屁股债，进局子蹲了三年，出来后离开连海，来到淦邱，在一家旅游公司供职，婚事一直耽搁，至今未嫁。

上网与流水交朋友，看中了他单身、质朴、重情，就是小她几岁，心情不安。约流水去淦邱看桃花，本想试一试他对自己的情义，考究一下有无缘分，谁知流水单位突然事急，藏在心里的话没来得及说，就连夜辞行了。第二天桃花节盛会时，她的完美表演受人热捧，一个男人为了求婚更是紧追着她不放。

“他是什么人？”胡海山急切地问。

“他叫尤井茶，长相还好，大我六岁，是桃花岛开发区治安大队副队长，有两次婚史，一个女儿。桃花节当天晚上请我喝咖啡，被我推辞；第二天晚上请我吃夜宵，又被我推辞；第三天下午约我去海边兜风，送我一枚三十克拉钻戒，许我山盟海誓，永不变心。”

“你同意了？”

“什么叫三十如狼、四十如虎，你知道吗？”

“不知道。”

“要不咋说你是猪呢，连啥是男女健身都不懂！……尤井茶霸王硬上弓……他说自己有权有钱，不让我上班了，结婚后对我好，什么事都依着我。”桃花停顿了一下又说，“那几天我心里很忐忑，你忙我也忙，想晚上 QQ 聊天告诉你，你天天都不上线。心想你是不会理我了，尤井茶虽然条件不是太好，可是像我这样的剩女，巴不得抓住一个机缘就……”

“祝……祝贺你桃花姐，终于有了如意郎君！”听到这里的胡海山，心里酸不溜秋的很不是滋味，嘴上却说，“我们山海两隔，不合适的。”

“如意说不上，尤井茶天天磨我，今儿买水果，明儿买香水，还买了几大盒高档化妆品，每天都要磨磨叽叽，逮着机会就要秀恩爱，展示他的威猛。反正生米已经煮成熟饭了，你听了可不要笑话啊！”

“没有……对不起，是我冷落了你！”此时的歉意，完全不足以表达胡海山的心灰意冷，他有点儿听不下去了，回应说，“桃花姐，祝贺你，祝贺你婚事圆满，早生贵子！”

“我问你，今后你还做我朋友吗？”

“做，海山发过誓，我们永远是朋友！虽然无缘相拥，但也一见钟情，海山心里永远有你！”说完，胡海山又补充了一句，“把地址发给我，明天给你寄一份贺礼。”

“不必了，桃花谢谢流水的不弃！谢谢你，好兄弟！”桃花说完，“嘤嘤”地哭了，就像那天晚上在电梯口听到的啜泣。

挂断电话，胡海山一点困意没有了。他想起“拆违风暴”时，陶花仙姑见到他，说他脸上生了晦气，是不知珍惜错过了好姻缘。他当时还不相信，现在看是应验了，别说，陶花仙姑好像真有那么两下子！

他打开电脑，找到 QQ 聊天室，对话框里一个劲地往外蹦桃花发来的表情包。先是疑问的、发呆的，再是锤子砸头的、黑色炸弹的，还有花儿凋谢的、爱心破碎的，最后一次就说了一句话：失望了，心凉了！流水无情，桃花心死……

表情包和话语是桃花几天来思想发展的轨迹，胡海山从中看到了她情绪的低落和极度的失望。初见是美丽的，桃花是脆弱的，突然的别离、无意的冷落，竟使她失望、心凉，以致心死，看来海山欠她的不仅仅是一个热吻、一个拥抱，更欠她一个感情的托付！

他泪眼模糊起来，痛心疾首起来，责怪起自己不可饶恕的错：这都是自己粗心造的孽，都是单位拆违工作惹的祸，一场“拆违风暴”令他错失了一次幸福，硬把一桩好姻缘酿成了一坛苦涩的酒！

“……今后工作算了吧，整天被人呼来唤去的，够了！网恋也算了吧，没有什么好果子吃，虚拟空间真实的人，好姻缘不会在网上，这 QQ，聊不得！”

胡海山决定不再上网聊天，等机会辞去工作，下海扑腾扑腾。于是，他果断地关闭了聊天室，删除了 QQ 软件，清除了遗留的垃圾，心里多少有了一点儿慰藉，去卫生间洗漱了一把，这才又上床脱衣服睡觉。

14

其实，胡海山没有睡着，他是纠结了一夜！

虽然是一面之交，他感觉亏欠了桃花太多的爱，不补偿他心里就不平衡，也不平静，也就翻来覆去睡不着。

第二天上班前，他专程到邮局给桃花寄去两千元贺礼。错过了人家的感情，这一份贺礼就算是心灵上的补偿。

“拆违风暴”已经接近了尾声，只是需要到现场盯着铲车师傅，把推倒的建筑垃圾装车运走，使违建的地方恢复它的本来面目就行了。田科长这会儿还没到，胡海山一个人跑跑这里，跑跑那里，忙得不亦乐乎。

陶花仙姑又看见了他，忙不迭地走过来扯闲话：“小伙子，这些天你们可真办了好事了，别说老百姓，就连城隍老爷都会感谢你们!”

“城隍老爷给你仙姑托梦了？怎么感谢的？”要是在以往，陶花仙姑那句话准能逗笑胡海山，可是这天胡海山经一夜的纠结，正忧郁得像个闷葫芦，没乐，也没笑，反倒没好气地诘责了陶花仙姑一句。

“不对头——别动，你别动!”走上前来的陶花仙姑一边摆手，一边盯着胡海山的脸说，“小伙子，你前额发暗，眼皮浮肿，表明苦邪作乱，已经入脑入心了，给仙姑说实话，是不是遭了桃花孽了？”

“什么桃花孽？胡说八道，我还遭桃花劫呢!”胡海山反唇相讥。

“被我说准了吧？”陶花仙姑仍然盯着胡海山说，“这人哪，都是先交好运，有缘就盈喜，无缘就遭孽，然后才是遭劫，你呀，占全了！”

“是吗？”胡海山翻了一下眼皮问道。

“是，就是，一点不差！”陶花仙姑肯定了刚才的说法，然后转了话题说，“我观你是福相，福相都有吉星照应，你是无意遭了孽，被小人打了劫，才丢了眼前的喜，不过机缘未尽，好运总能死灰复燃、东山再起的啊！”

陶花仙姑这番话倒把胡海山逗乐了，他讪笑一下，与上次看牙痛时一样，抬手把巴掌伸到陶花仙姑面前说：“仙姑肯这么用心给我看相，一定是冲着卦礼来的喽。说吧，想要多少礼金？”

“小伙子，低看仙姑了不是？”陶花仙姑抬手驳回了胡海山的巴掌说，“就冲你们吃住在工地，加班加点拆除违建这事，仙姑感谢还来不及呢，给你看相，卦礼免了！”

“谢谢仙姑，我这里还有事呐，你快到城隍庙门口发大财去吧！”胡海山挥挥手想支开陶花仙姑。

“真是皇上不急太监急，仙姑不急你急个啥？我还没有说完呢！”陶花仙姑完全没有要走的意思，继续滔滔不绝地说，“常言道：管饭不饱，钝刀杀人！仙姑是入了道的，道上有道规，帮人要帮到底，我得给你指点指点迷津，帮你远离邪道，引入正道。”

“是呀，仙姑，你得把他引上道儿，有头没尾、虎头蛇尾都犯道规，犯道规是要遭天谴的啊！”谁都没看见田科长啥时候来的，他主动过来插话说。

“对，对，还是这大兄弟懂道规！”陶花仙姑看看田科长，夸奖说，“你呀，看面相是个小领导，你也得帮帮他，让他放弃腌臜邋遢的迷道，走上光光明明、亮亮堂堂的正道！”

“好啦，田科长，你就别火上浇油了，我们天天拆除违规建筑，不都是在走正道吗？”胡海山说。

“小伙子不知道，此道非彼道，这道与那道可是不同的啊！”

陶花仙姑说得一本正经。

“道不同，不相与谋。”胡海山指了指广场上停下的铲车说，“好了，仙姑，谢谢你，我们要干活呐!”

胡海山说完，兀自打着“哈哈”连推带送硬是把陶花仙姑给“轰”走了。

“不怕你不入道，我先把话撂这里，今后有你来求仙姑的时候!”勉强走开的陶花仙姑回头指着胡海山说。

“陶花仙姑有意思，逮住谁都想往道儿上领!”胡海山看着田科长摇了摇头。

“算卦看相摆地摊，就是想挣几个糊口的钱儿!”田科长看着停工的铲车说，“他们咋回事？走看看去!”

两个人走到铲车前，师傅说是几个整体预制的房梁块头太大，需要破碎才能装车。胡海山要田科长等候一会儿，他去调破碎机械。

田科长说：“你昨晚喝多了吧，说什么醉话，哪里有专业破碎机械？把那边的钩机喊过来，凿几下不就行了!”

等胡海山把广场前面的钩机带过来破碎大块头房梁时，田科长问：“看你精神不振，怎么了?”

“没事，失眠了。”胡海山说得轻描淡写。

“嘿嘿，瞒哄我不是？这几天熬得眼皮睁不开，回到家倒床上就睡，老婆拍打都不醒，我咋不失眠?”

“我跟你不能比，你跟嫂子热热乎乎翻腾一阵子，当然睡得香了!”

“嗯，我们是热乎了，睡得香，你是不是同网友 QQ 聊天，太兴奋了?”

“哪里呀？QQ 软件都被我删除了。”

“为什么？失恋了？被骗了?”

“网恋没意思。”

“你八成遭桃花劫了！”田科长判断说，“这网上的感情都是虚拟的，同性恋、三角恋、多人恋比比皆是，可不容易拿捏，有时候一句话的事，就被人给甩了。”

“田科长挺有经验的啊？”

“呵呵，那是，过来人嘛！”

“哎，田科长，我想做点想做的事，你有路子吗？帮帮我？”

“你想做什么事？扔了铁饭碗，下海？创业？”

“还没想好，请你给支支招。”

“你呀，还没从红杏出墙的阴影里走出来，刚上网又被人给甩了，也够可怜的喽！”

“求你了，田科长，咱不谈女人，只说创业，好吗？”

“好，大哥支持你！”田科长沉静了一会儿，扳着手指头分析说，“种地不挣钱，不行；养殖风险大，不行；做设计技术不过硬，不行；搞公司没本金，不行；行行都不行，你做哪一行行呢？总不能开皮包公司吧？那可是违法，更不行！”

“对，好主意，就开皮包公司！”胡海山双手一拍，突然兴奋起来说，“谢谢田科长支招！”

“开皮包公司？你行吗，脑子没进水吧？”

“就你没好话照应我，不是被驴踢，就是进了水，看来我这脑袋是得修理修理喽！”胡海山看着田科长说，“冲你这好主意，中午咱俩得喝几杯！”

田科长看着胡海山手舞足蹈的样子，说：“你犯神经吧？脑袋没进水，也是被门夹扁了！”

15

也别说，胡海山真的犯了神经，下了海。

南方有一个上市企业凭借着先进的电气化设备，用不需要多少科技含量的配方，生产膨化食品，老人孩子大姑娘都爱吃，在全国各地火得不得了，红彤彤的“领袖票”吹气球似的，没几年就膨胀了南方人的腰包。

Y城抓住产业转移的先机，利用老乡在那个企业做副总的机缘，打通关节，以土地、税收等极其优惠的条件，打造“洼地”，引进人才、技术和设备，在工业产业区兴办了一个“悠悠”食品加工厂。

胡海山很幸运，瞅准机会就果断停薪留职，做起了“悠悠”食品加工厂的销售业务。

这一年胡海山跑的是大西北市场。西北人的直爽和厚道成就了他，业务做得顺风顺水，那些二、三线城市，还有县城乡镇，包括偏僻的农村，大大小小的商场超市或小卖铺，链锁加盟定点直销，基本上都有他的关系，都有他的足迹，都有他的业绩。年底单位发奖金，他是六位数，第一名！

说来也巧，第二年公司在东北市场，特别是连海的业务一路走低，接连出现滞销、滑坡、坍塌的局面，硬是撑到五月份，各大商场超市几乎都下架了Y城的“悠悠”产品。公司董事会经过认真分析研究，最后决定“走马换帅”，把销售成熟的西北市场转让给其他人做，令胡海山“出山”东北，走马救市，重新开辟东北市场，构建新的业务网络。

更巧的是，公司领导要求胡海山攻坚克难，首下连海，只要连海东山再起，整个东北区域就有可能势如破竹，重振雄风。出发时间是领导谋划好的，指定胡海山二十九日启程，乘坐高铁到省城，再经省城至连海，当晚十九点必达。这叫作“三六九，往上走；当日双十九，稳拿最大头”！

没看出来“巧”在哪里吗？坐在高铁商务舱里的胡海山心里有数：与去年应桃花之约，赴淦邱桃花岛是同一个时间，天底下就是有这么巧的事情，偏偏又“巧”在了胡海山身上，这次重振连海业务，还要请桃花帮大忙呢！

可是不巧的是，胡海山自从卸载 QQ 软件，一次也没与桃花联系过，更不要说进聊天室天天聊到半夜了！

有这等好事，胡海山自然喜不自禁。他要与桃花联系一下，就摸出手机，找到去年桃花的电话号码，只是不确定这个号桃花是不是还在用，拨号的手指停下了。

听着高速列车“呼呼呼”的风驰电掣，看着车窗外快速向后闪退的路林，胡海山浮想联翩，脑子里放电影似的回忆起去年桃花岛之行的仓促与尴尬。

他心想，这次去连海，一定得先去见见桃花！尽管她已经结婚嫁人，但桃花是他永远的朋友，桃花幸福他也就心无遗憾了。至于电话号码，先不着急联系，最好到桃花岛再拨打，如果桃花还在用，可以给她一个惊喜；倘若桃花不再用，到桃花岛后再想办法找到她，现在拨号也是白拨。

巧上加巧的是，还是去年那个时间，胡海山到达了淦邱！这次他不转乘公交车了，直接摆手叫停一辆出租车，抬腿上车，想快一点赶到桃花岛，早点儿见到他朝思暮想的桃花。

出租车三拐两磨，一路疾驰，到了桃花岛直接转桃花大道，奔桃园宾馆而来。

宾馆前的小桃园桃花盛开，一如去年。胡海山着急下了车，瞥了一眼小桃园灿烂的景色，却无心细看，三步并作两步走向桃花宾馆。

桃花宾馆就在眼前，“似曾相识燕归来”。满天的晚霞给桃花宾馆镶嵌了一层橘红的色彩，还是那座月亮门，还是月亮门两旁的芬芳桃花，还是那样温馨美好的情景，还是在去年那个地方，胡海山拨起了桃花的电话号码。

忙音！忙音说明电话号码还在用，或许是桃花事忙，电话不在手边！站在月亮门前，他这样想着，情不自禁地再一次拨起了桃花的电话。

还是忙音！服务小姐温馨提示说：你拨的电话无人接听，请稍后再拨。

胡海山再次抬头看看月亮门，看看月亮门两侧的桃花，依然是那样的摇曳生姿，令人触景生情，只见桃花不见人，怎么也看不到那个穿着青花瓷旗袍、相貌如观音菩萨、带着满面春风笑意迎接他的桃花了！他不禁再次想起唐代崔护《题都城南庄》的诗句：

去年今日此门中，人面桃花相映红。
人面不知何处去，桃花依旧笑春风。

去年寻春艳遇，桃花说我故意卖弄；今年物是人非，往事如过眼烟云，触景生情，胡海山倍感黯然伤情！桃花在哪里？桃花在哪里呢？

“丁零零！”胡海山的手机突然响了，抬手一看，正是桃花的回电！

“喂，流水！”桃花的声音还是那样的清脆与亲切，“都一年没联系了，怎么又想起了我？”

“我想看看你！”

“别折腾了，太远，千里迢迢，劳民伤财的。”

“我已经来到了。”

“你现在哪里？”

“我在桃花宾馆。”

“在桃花宾馆做什么？”

“我出差到连海，专程来桃花岛看看你！”

“谢谢流水，我不能陪你，在医院呢！”

“你怎么了？我马上赶过去！”

“我添喜了，弄瓦之喜，听懂了吗？”

“女孩好，女孩好，女孩是妈妈的心肝儿，爸爸的小棉袄！”胡海山说，“是哪家医院呀？我马上赶过去！”

“谢谢你！这里是桃花潭妇幼保健院六楼六室六床。”

“好的，记下了，等我啊！”

胡海山马上摆手，叫出租车到宾馆月亮门前。上车后问司机说：“师傅，你们这里看产妇，带什么礼物好啊！”

“鸡蛋、奶粉都行啊，母子都能用。”

“鸡蛋、奶粉多俗啊，你带我到花店买一束花吧？”

“好的。”司机答应着，把车开到一家花店，胡海山下车进店，挑选了一大束最喜庆的鲜花，给店老板讨要了一个“红双喜”大红包，从随手拎着的提包里掏出钞票，讨个吉祥彩头，点验出六千六百元，放进红包里，这才让司机把车开到桃花潭妇幼保健院。

初夏清凉，傍晚的桃花潭美轮美奂。出租车到达桃花潭时，夜幕降临，群星低垂，霓虹闪烁，潭水墨绿，像大地闪烁着的一只深邃眼睛，又像造物主遗落在人间的一块碧玉。

也许这是桃花潭最柔情的时刻。眼前春水桃花映潭岸，片片桃林一如片片飘浮的红云，有的迎风初绽，嫣然含笑；有的含苞待放，半隐半露，让人目不暇接，心醉神迷。一泓清水，一缕晚风，抚摸着绿荫蒹葭和芦苇蒲荷。每一次波纹起伏的流光溢彩，都愉悦心灵，让人放慢脚步，放松心态，胡海山温馨地享受这绿树环绕、微风习习的美丽夜景。

最美的诗意在桃花潭畔的妇幼保健院门前。这里环潭坐落着美食一条街，与院内的静雅情景遥相呼应。几家红火的火锅店夜市生意兴隆，三五成群的食客或起或坐，撸着烤串，品着海鲜，觥筹交错中几杯啤酒下肚，惬意且无忌地侃着大山，海阔天空，嘿，那真叫一个美不胜收！

胡海山没足够的时间欣赏桃花潭夜景。他抱着花束下了车，踏进保健院大门，进出电梯，来到六楼，然后查找六室，隔着门窗玻璃，一眼就看见了产床上的桃花。

柔和的灯光下，桃花白皙的脸颊盈盈含笑，如玉的肌肤托起丰腴的前胸，还是那样风姿绰约，楚楚动人，看不出半点产后虚弱的样子，专注地看护着她身边刚刚来到这个世界不久的宝贝，好一副观音抱子的优雅神态！

"桃花姐，祝福你们母女平安，阖家幸福！"胡海山轻轻推开房门，快活地把花束双手递给桃花。

"谢谢流水，谢谢你的牵挂！"两人眉目对视的一刹那，桃花轻爽地笑了，笑得还是那样甜蜜，那样舒心，那样灿烂，嘴里还夸奖胡海山说，"你比去年更英俊了！"

"我下海了，做悠悠产品的销售业务，去年开辟了西北区域，业务还算风生水起；企业今年东北的市场萎缩，领导要我过来重整旗鼓，要在这里工作一段时间了。"

"好啊，欢迎流水！"

"我要在桃园宾馆组织召开一次区域经理商洽会，你能给我提供一些帮助吗？"

"明天就是桃花节了，也是淦邱旅游的黄金时节，你这个时候来恰到好处；我虽然产后不便，也一定会想方设法给你提供力所能及的帮助！"

“谢谢桃花姐！”胡海山恭敬地双手呈上大红包说，“桃花姐，这是贺礼，一点小意思，请姐姐收下，随意买些东西补补身子。”

“让你破费了啊？姐姐谢谢你的深情厚谊！”

“你多保重，我得走了，还没安排住处呢！”胡海山说着就要拱手作别。

一位女护士刚好走进来，询问桃花需要什么服务，桃花缓缓披衣下床说：“小姐姐帮我看一会儿孩子，我送客人到桃花潭边。”

“你不方便出门，会着凉的。”女护士提醒说。

“不妨事，我身体结实，马上就回来。”桃花笑了笑。

“别送了，桃花姐，你身体要紧。”胡海山推辞道。

“走吧，我送送你！”桃花执意送胡海山，出了房间，下楼，来到潭边的一株桃树下，又说，“一年来你还惦挂着桃花，这次来桃花岛，姐又不能陪伴你，真对不起你了！”

“桃花姐说哪里的话，你是流水心里永远的桃花！”

夜幕下，微风轻拂，月亮的清辉洒在满树桃花的罅隙里。保健院灯光柔雅，桃花潭花香飘远，潭水的鳞波映照着两人紧紧依偎的身影，默默对视的眸子像极了眼前一汪孕生春情的桃花潭水。

“回吧，桃花姐，我会再来看你的！”胡海山慢慢地挪动着脚步说。

“别来了，流水，你还是忘了我吧。”

“怎么说这样的话，桃花姐，你忘得了我吗？”

桃花的眼睛湿润了，泪水汪汪的，好像在努力忍着什么难以启齿的心事似的。她轻轻抬手整理了一下飘散的鬓发，抚摸着胡海山健壮的臂膀，在他额头上尽情地亲吻了一下，才含情脉脉地慢慢推开胡海山说：“你走吧，流水，桃花失陪了！”

一步一步缓慢后退的胡海山，轻轻扬起了右手说：“再见了，桃花姐！”

拉开出租车门的瞬间，胡海山蓦然回首，隐约看见桃花的衣襟被夜风撩起，她依然站在那株桃花如云的树下，缓缓地晃动着手臂。

他的耳边似乎萦绕起诗仙李白“桃花潭水深千尺，不及汪伦送我情”的千古名句……

16

两个月后，正是天气炎热的季节。

胡海山重整旗鼓布局连海的销售步伐，迈得轻松而且稳健。桃花委托知心姐妹倾情攻关，旗开得胜，使胡海山精心规划组织的东北区域销售代表商洽会，赶在桃花节收官时成功召开。

代表们交流商业经，畅谈经商道，乐游桃花岛，饕餮鲅鱼宴，吐故纳新，互利互惠，整合原有资源，都满怀信心地同胡海山握手，众志成城破解瓶颈制约，以淦邱打开缺口，横扫整个商超市场。首批“悠悠”产品已从两千公里外的 Y 城挺进大东北，初步实现了零的突破。

这天晚饭后，温润的海风吹进宾馆温馨柔雅的房间，忙碌了一天的胡海山洗了个热水澡，冲去满身的疲惫，轻松舒展的躯体刚刚躺进松软的席梦思大床，就鬼使神差地想起了桃花。

这段时间一直忙业务，没顾得上去看望桃花，她现在情况怎么样？宝贝女儿一定很好吧？得抽时间去看看她们母女！胡海山拿起手机，拨通了桃花的电话。

桃花拒接了！

怎么会拒接呢？莫非生气了？生什么气呢？就因为这些天没联系、没看望吗？不会吧?！再拨。

桃花再次拒接了！

怎么会这样呢？胡海山看了看时间，晚上八点多一些，按说是休息的时候了，是不是她老公在家，不方便接电话？拒接就拒接吧，也许是自己电话打得不是时候！

收起手机，胡海山看着天花板，胡思乱想起来。倘若是前几年，这个时候红杏就躺在他身边，或抚摸着他说悄悄话，或搅和在一起做最原始的生理活动。后来，红杏到了镇里，慢慢很少回家了，他们说话的机会少了，晚上做活动的事也少了。再后来，红杏到了市里，基本上就不回家了，话没得说，活动没得做，他只有独守空房的份了。

再后来，红杏跟了别人，他夜夜抱着双膝睡，慢慢修炼成了正儿八经的鳏寡孤独身，没有女人接纳春情，没有了放肆活动的机会，也渐渐丢弃了生理活动的念想和冲动。

感谢田科长叫他玩QQ，进聊天室，与桃花做了网友，去年五月赴约桃花岛，娇媚可人的桃花刺激了他生理的欲望，可是……可是天不作美，人又如何？何况还有桃花宾馆老板狡黠的目光，想想就让人浑身不自在。

下海以来，每次住进宾馆酒店，门口都会塞一些所谓按摩服务的名片，夜夜都有小姐上门服务的骚扰电话，这些他已经司空见惯，没有动过心思，压根就没有动过欲望的闸门。

激情活动那事是男女双方肉体的深度契合，精神的高层次升华，如果只有肉体交媾，没有感情基础，那与禽兽有什么不同？胡海山虽然不如圣贤高尚，但也甘愿独善其身，不齿于那种禽兽不如的行为。

“丁零零！”

电话响了，是桃花打来的！

“喂，流水，想什么呢？”电话那端桃花问。

“能想什么呢？你拒接电话？我想入非非呗！”胡海山开了句

玩笑。

“想入非非就入‘非非’呗，连海、淦邱都是开放地区，还担心没有你‘非非’的地方？”

“不担心，流水是在想你呢。”

“咯咯咯，忘了我吧，流水，我家有井茶。”

“流水知道你家有警察，只是想你，不是想入非非。”

“那就好，桃花也想你，可桃花已嫁人，身不由己。”

“流水是个健康的男人，不是随便就能入非非的。”

“刚才井茶在身边，桃花不方便接听电话。”

“给你添乱了吧？你受委屈了吗？”

“流水，别说他了，你找个中意的姑娘，就结束单身吧！”

“桃花，不是除了你，流水就没人要了；只是除了你，流水谁都不想要啊！”

“谢谢流水，错失交臂必然心生遗恨，你的爱迟到了，错位了，还是忘了我吧！”

“虽然是迟到或错位的爱，你能忘得了我吗？”

“呜呜！”电话那端，传来桃花的啜泣声，电话随之挂断，任胡海山再怎么拨打，桃花也不接听了！

“怎么回事？一定是桃花受委屈了！她家警察能对她怎么着呢？”胡海山转念又想，“怎么着都不关流水的事，桃花与警察是一家人，他们好就是桃花好，流水不就是盼着桃花好吗？看来，以后还是不要打扰桃花平静的生活了！”

说不打扰就不打扰！

于是，胡海山挂了手机，删了号码和信息，不再联系，不听不问桃花的消息，以为这样就能把桃花忘记，一直持续到中秋节来临。

说不打扰就不打扰了吗？

中秋节到了，胡海山还是想起了桃花。她还好吗？她女儿也好吗？他们全家都幸福吗？中秋节是大团圆的日子，桃花要不要回连海看看呢？不问候一下心里不踏实！

胡海山凭记忆拨通了桃花的手机。删除了不等于没储存，桃花的手机号就在他心里记着呢！信号是通了，但对方是忙音；再拨，还是忙音；第三次拨，依然是忙音！

桃花忙什么呢？忙家务还是逗女儿玩呢？忙就忙吧，发个信息问候一下就行了，反正也没什么正经的事！胡海山主意已定，拨开信息窗口，打了三个字发了过去：“你好吗？”

一直等到大天亮，桃花终于回了信息：“还好，谢谢！”

没话了！

只要桃花好就行，谢不谢的无所谓，中秋节这点心意算是尽到了，过了这节日，还是不要打扰桃花平静的生活为好。

说不打扰就真的不打扰了吗？

冬天到了，连海的冬天就像胡海山的神色一样凝重，果敢而且坚毅，虽然背负着沉甸甸坚冰厚雪的行囊，却依然从容不迫。

说话间春节也到了，一场凛冽的东北风不期而遇，纷纷扬扬的大雪整整下了两天两夜，有人家屋檐下滴流着二尺来长的冰挂，那真叫一个冷！

当灿烂的阳光从臃肿的雪松罅隙里射下来，一束束粗粗细细的光柱子，刺进那绵绵白雪装饰的世界，似粉妆玉砌，皓然一色，长长的冰柱像短剑一样，倒挂在农家的屋檐下，冷冷地看着行人鼻孔里吐出的丝丝白烟。

圆满完成了年度销售目标的胡海山收拾好行李，就要择日打道回府了，这时他竟又想起了桃花。其实，平日里他也多有抑制不住的想念，如淡淡薄雾，如层层云烟，只是不像这一次，想得这么凝重，这么饥渴，这么焦灼。

住室里，胡海山独自泡一壶浓茶，慢慢饮着。他放下茶杯，拿起手机，拨打了桃花的号码。奇怪，信号是通了，但对方是忙音；再拨，还是忙音；再拨一次，依然是忙音！

桃花都忙些什么呢？是真的没工夫接听电话，还是故意回避呢？真让人搞不懂！这么冷的天，她家里一定有暖气吧？宝贝女儿也长得很乖巧、很活泼吧？就要过春节了，家里有困难吗？天气这么寒冷，需要我做点什么吗？

不接电话，就还发信息吧，反正问候不到心里不安宁，这样子走就是到了 Y 城也少不得牵挂，牵挂的春节还有什么味道？胡海山思谋再三，拨开信息窗口，打四个字发了过去："忙什么呢？"

又是等到大天亮，桃花才回了信息："没什么，谢谢！"

"春节到了，我要走了，你那里需要点什么吗？尽管说。"胡海山抓住机会，再打了一句话发过去。

"谢谢你，不需要，祝一路平安！"

——就这么简单，一句祝福语，桃花就把话说尽了，完全没有了再往下说的意思！

为什么呢？这究竟是为什么呢？难道是桃花抛弃了流水？海山害了单相思？

胡海山不得其解，顿时感觉心里头冰凉冰凉的，硬是把剩下的千言万语咽进了肚子里。

网络红娘牵线的情缘，五月暖风刮来的情人，桃花运萍水相逢的偶然情感，就这样秤钩子砸钉——扯直了！

17

三年以后，胡海山东北区域的业务红红火火。

湰邱撕开的口子，连海积累的经验，沈阳夯实的基础，吉林、长春稳步的拓展，令他接下来横扫丹东、牡丹江、齐齐哈尔，铺货、走量、甩销，“悠悠”产品火爆了整个东北市场，胡海山收获了满满的成功和快乐，腰都累得直不起来了，时不时地捂捂或捶捶。

又是一年桃花开，Y 城城隍庙景区规划改造升级。胡海山来这里找阎先生看腰疼，不料又被陶花仙姑盯上了。

仙姑拉着他左看看右看看，巴不得数数他额头上添了几条皱纹，抑或量量他每根皱纹有多深多浅，大拇指掐着中指关节来来回回做机械运动，然后大惊小怪喊起来：“小伙子，两年没见你，出息了，腰里兜里都有青葵了吧？”

“是啊，仙姑，这次算你蒙对了，我还真是腰椎间盘突出了！”胡海山回答说。

“你又拧麻花了，我是说你挣大发了！”

“托仙姑的口彩，顺风顺水桃花运，挣大发了好给仙姑长脸嘛！”

“可惜呀，天不作美，你的桃花运遭了桃花孽，桃花孽变成桃花劫了。仙姑都看半天了，看准你哪里打蔫了，你长着吃回锅肉的命，摸钱串子的手，走天下路的相，摔碎了尿盆子用锔子锔锔还再用的心！”

“好了，仙姑，海山感激你的热心肠，中午请你吃河洛回锅肉！”胡海山笑了笑，辞行去看阎先生。

“呵呵，可逮着你了，海山，吃河洛回锅肉得添我一双筷子！”胡海山回头一看，说话的是田科长。

“好咧！你再喊上几个好友，中午吃回锅肉你点菜，我买单！”胡海山高兴地回应田科长。

“腰怎么了，椎间盘突出？干你这一行常年车上来车上去，累的吧？”田科长问。

“没啥大毛病，想看看阆先生。”

“你先去吧，广场入口处东来顺食府，有河洛最地道的回锅肉，中午我们去那里撮两杯！”

“好的，你忙，中午东来顺不见不散！”

那天中午，胡海山真的请田科长、阆先生和陶花仙姑等人在东来顺吃了河洛回锅肉，碰了几杯酒。聊到高兴处，他问田科长：“你干一辈子规划了，一年下来辛辛苦苦，能挣多少工资？”

“你还不知道吗？铁饭碗死工资，就是拿一庹长的绳子，把一只羊拴在一片草地上，撑不着，饿不死，一年四万元露点头，每周吃不起一次河洛回锅肉。”田科长解释说。

“你想挣多少年薪？”胡海山问。

“我呀，明年就要退休了，能挣五万元就喜欢到天上喽！”

“十万呢？”

“不敢奢望，也没人给。”

“你就说十万满足吗？”

“做梦也不敢想那么多。”

“田科长，明年同我一起干，圆你一年十万的梦，行吗？”

“真的？”

“真的！”

“干什么？”

“保密。”

“管你保不保密呢，你今天的话我记下了，明年退了休，这一百多斤就交给你了！”

“你的命相是仙姑看出来的，路子是仙姑指出来的，大发了不要忘记仙姑我啊，挣钱不挣钱仙姑不在乎，给你捧个场看个门的琐碎差事，让仙姑做还是绰绰有余的。”

“仙姑舍得了你看相的滚滚财源呀？”胡海山笑着问。

“滚滚财源个屁！干我这行当都是玩儿，吐净唾沫星子能弄个糊口的小钱就不错了。”

“呵呵，行，好的话每年也给你个三万五万的！”

“你吹牛不吹牛我不管，反正这话我也记下了！”

“哈哈哈！”仙姑的话逗笑了全餐桌的人。

其实，胡海山不是在吹牛。下海四年，再成功也是别人的打工仔，目的是完成原始积累，“闯江湖，创天下，干点自己想干的事”，才是他真正的初心。这些小九九陶花仙姑能够看出来，要么是巧合，要么是命相，反正仙姑看相那套把戏，信不信随个人，灵不灵就是那么回事吧！

胡海山现在要做的，是要去淦邱见见桃花，有些窝在心底儿里的话，他只想给桃花一个人说。尽管他跟桃花非亲非故，尽管这两年同桃花联系越来越少，尽管他没能约桃花出来单独说说话，尽管当下时兴微信聊天了，他却不知道桃花有没有微信号！

这一次，一定要把桃花约出来，敞开心扉地同她聊，因为，他要做的事业需要她，不为别的，只为她好；她好，他才能好！

约见桃花的时间就定在淦邱桃花节，约见地点，得让桃花选择，只要她方便，在哪里见面都行。

拿什么礼物送给桃花呢？吃的？喝的？悠悠产品？这些太不入流了吧？纱巾？旗袍？连衣裙？应该还行，但是他不知道桃花喜欢什么款式、多大号码！费了一番脑筋后，他决定买一款新手机和袖珍表，这东西人人都适用的。

这一次，胡海山居然意外地听到了桃花的回话，看来桃花心里还有流水，海山不是害了单相思。当他说明了有事约见的意思，桃花居然爽快地答应了！

“你看我们去哪里合适呢？”胡海山小心翼翼地问。

“还去桃花岛吧，我带上露儿，咱们随便走走。”

“好的，等我！”

18

桃花岛之行，胡海山终于再次见到了朝思暮想的桃花。

只是，桃花已不是他梦里千百次见到的桃花了。

只是，桃花也不是以前那个风姿绰约、优雅矜持的观音了！

只是，桃花带给他的，并不是什么好消息——

原来，桃花的日子过得很不顺心。桃花说，老公尤井茶当初欺骗了她，他在单位没有正式编制，只享受临时工待遇，确切地说是个戴着警察头衔的假警察。

尤井茶年少时喜好要强斗勇，不幸患了隐匿性脊柱炎，脊骨疼痛，脊柱扭曲，残疾后仍不改狗吃屎的秉性，笼络一帮子地痞流氓，欺男霸女，偷拿抢夺，无恶不作。依仗他表哥在公安部门主事，在淦邱治安大队谋了一个副队长虚职，勾结社会上一些下三烂人渣，拉大旗作虎皮，挥霍滥用公权，害苦了一方百姓，人人望而生畏，看见他都像逃瘟神一样地躲着走。

女儿露儿出生后，尤井茶像个不着窝的兔子，自己到处拈花惹草偷吃腥不说，反而整天胡说桃花有外遇，囚犯似的管束着桃花，不准外出，不准网聊，不准接听外人的电话。桃花死活保守着这个秘密，终究没泄露胡海山的真实姓名，回个信息像做了贼似的，每次都是偷偷地瞅机会。

当尤井茶得知桃花在保健院接受了胡海山送花送礼后，更是疑神疑鬼，说什么网友约会，投怀送抱，不上床是不可能的。他的十几个女网友，都是床上的玩友，坐怀不乱的是“唐僧”不是色狼！尤井茶一次次追问，一次次追查，一次次逼迫桃花，扬言找到送花人就弄死他。

捉贼捉赃，捉奸捉双。为了能够捉个现行，尤井茶真是煞费苦心。他暗地里蹲门口盯梢，躲在隐蔽处张望，不声不响地钻在衣柜里，趴在床底下，挖空心思找到破绽，想抓住一点儿蛛丝马迹。不料用尽了所能想出的馊主意，最终是竹篮子打水一场空。

这天，桃花、露儿和胡海山没去热闹的桃花节现场，没去桃园宾馆，没去桃花潭，也没去桃花岭，而是悄悄走进了桃花山脚下不太引人注目的桃花沟。

弯弯曲曲的桃花沟顺着山脚向远处流去。这里的桃树枝干粗壮雄伟，虽然老态龙钟，却也花枝繁茂，远望像是一弯红云，“千朵万朵压枝低”，密密匝匝，气势磅礴。走近了看，满树繁花绯红，簇拥在一起，一串串，一丛丛，聚集在枝头，朵朵桃花都像喝醉了酒似的，争先恐后竞相怒放。

透过桃花岛桃花仙子的迎宾雕像，一眼就能看见长长的桃花风车游廊，那里有人荡桃花秋千，有人登桃花观花台，还有人坐着荡椅把玩曲水流觞。歌声随微风拂过桃花沟，花枝轻轻摇曳，粉红色的花瓣迎空飘洒，像雪片儿一样往山沟里飞，厚厚实实地铺满了沟岸；落在水面上的，随着淙淙流水匆匆地漂向了远方，只把一股持久的馨香洒在略显潮湿的空气中。

也有三三两两的游人穿行在桃花沟，被那片片花海，淡淡幽香，吸引得驻足观赏，拍照留影，流连忘返。桃花的女儿露儿高兴得像个撒欢的小兔子，挣脱了妈妈的手，这看看，那看看，不时地摘一朵朵桃花，放在鼻翼间使劲地嗅，让桃花的清香涌进心里，飘在脸上，粉红的小圆脸像盛开的桃花瓣一样惹人喜爱。

“有什么事你抓紧点儿说，中午我得赶早回家，在家里尤井茶倒是个真警察，他下班要是见不着我，又会鸡飞狗跳地不安生。”桃花无心观风景，眼里噙着泪对胡海山说。

“为了我，你受委屈了。”看着瘦削的桃花，胡海山赶忙安慰说。

“委屈不全在你，还有露儿。都啥年代了，尤井茶想要一个男孩接续尤家的香火，经常对我指桑骂槐说，活了四十多，娶了仨老婆，没一个能生出带蛋蛋的！还隔三岔五地打骂露儿，说什么咋看都不像他尤家的种！”

“对不起，流水给你添乱了。”胡海山歉意地说，“现在时兴上微信了，来淦邱时买了一款腕表和新手机，希望你能喜欢，将就着用吧，有了微信号告诉我一声。”

桃花坚辞不收，说：“谢谢你流水，我不能接受你的礼物了，再惹出事端我和露儿都遭罪。”

胡海山无奈，从包里拿出两千元现金说：“这些钱你拿去用吧，有什么困难跟我说一声。”

现金桃花也不收，并且说：“你的心意桃花领了，桃花何德何功何能，让你一次次劳神费心，还是忘了我吧，流水！”

“流水是重感情的人，这辈子都忘不了你，为你做的也很不够，但愿你心里能有个流水，我就知足了！”

“时间不早了，我得回去了。”桃花提醒胡海山说。

“美好总是短暂的，流水好想拥抱你一次！”

“太晚了流水，不过有你这句话，我也知足了！只是桃花身不由己，不能再逾越雷池半步了。”

“哦……对了，我马上要离开东北了，想回 Y 城注册个公司，给自己打工。”

“桃花知道你有大志向，祝福你事业成功，只是我帮不上你什么忙了。”

“帮不帮忙以后再说吧，这世上不走的路还走三遭呢！”

“流水，你还是忘了我吧！”分手的那一刻，桃花再一次忍着内心巨大的痛苦叮嘱胡海山。

这一次短短的约见，令胡海山心里很不是滋味，甚至有一些懊恼和悔恨。他就在东北，距离桃花不远，对桃花的遭遇却爱莫能助，是流水无能为力，是桃花逆来顺受，还是这天道不公？硬是把好端端的一朵鲜花插在了牛粪上！

也许，这就是命，是桃花嫁鸡随鸡嫁狗随狗的命！

放弃东北市场，离开“悠悠”企业自己闯江湖，是胡海山决定了的事；说了算，定了干，打拼天下创事业，是胡海山从娘胎里带来的性格。

于是，胡海山果断回到Y城，写了一纸辞职书，亲手交给“悠悠”企业老板。老板隔着办公桌紧紧握住胡海山的手说：“兄弟好样的，祝你好运，有什么困难回头找大哥！”

消息不胫而走，不少同事惊诧得摇头咂舌：“胡海山简直是疯了，放着稳稳的大把的钱不挣，却要担风险办公司，瞧着吧，有他触的霉头！”

何止是触霉头？打从办公司的第一天起，胡海山就开始了吃苦头！

产品他是看准了的，就是卖水，山泉水，山泉桃花水，这脑筋，胡海山都烧了三年了。公司名字也想好了，就叫河洛市望凤飞豕有限公司。起好公司名字的那一刻，他第一时间告诉给远在淦邱的桃花。

“望凤飞豕是什么意思？”桃花问。

什么意思？那可是有讲究的：凤就是鸡，桃花是属鸡的，望凤，就是想念桃花呗！豕就是猪，胡海山是属猪的，飞豕是很时尚的，不是有一句话说，“站在风口上，猪也能飞起来”吗？

“想飞你就飞吧，我眼下山穷水尽自顾不暇，只能远远地祝福你了！”桃花说得很坦诚，也很无奈，她不仅是鞭长莫及，而且确实也已经愁肠百结了——

因为尤井茶目无法纪，肆意妄为地抓人打人，轮奸嫌疑人，涉毒、吸毒且充当贩毒分子的保护伞，目前已经被公安部门解雇了，若不是主事的表哥极力给他说情，恐怕早就进局子了。

被解雇的尤井茶仍然恶习不改，在外吃喝嫖赌抽，在家犹如活阎王，看什么都不顺眼。白天醉酒挑刺，借故骂露儿是野种，打得露儿看到他就怕；晚上无休止地欺负桃花，自己不行，反骂桃花不配合，动不动就用巴掌、拳头、腰带轮番招呼，对她施家暴，折磨得桃花身上青一块红一块，青伤摞着红伤。有一次桃花提出离婚，尤井茶扬言要打断她的双腿。桃花求生不得求死不能，只好以泪洗面，天天不得安生。

“桃花姐，有你的祝福垫底，望凤飞豕公司一定能够红火起来！”

“你能自信满满，桃花真心替你高兴，期盼你顺风顺水，心想事成！”

桃花的祝福，让胡海山心里很高兴。可是，他不知道，理想很丰满，现实却很骨感，这世界上有的是好事多磨，有的是路途坎坷，却偏偏没有那么多“顺风顺水”，“心想事成”大多是一厢情愿！

胡海山要“望凤”倒是很容易，因为那是思念。思念是一种病，一种久久不能痊愈的病，虽然与桃花无亲无故，几年来却时时牵肠挂肚，心情静与不静，都可以随时随地地“望凤”。

胡海山要“飞豕”却没有那么容易，因为那是时尚，猪“站在风口上”也许能飞，但风不会听人的使唤，有时会停下来；风一旦停下来，“飞豕”很可能会摔得很惨，至少会被打回原形，猪还是猪。

胡海山不知道，在“豕”没“飞”的时候，就已经“山重重，水重重，飞絮流云西复东”，重重“关节”实难通了！

“他姥姥的，都什么事呀?!”

说真的，胡海山没有骂人的性格，红杏出墙那么大的事，他都没有骂过人；心仪的桃花受了那么大的屈辱，他也没有骂过人；可是，可是这一次，他真的开戒骂人了！

19

胡海山在骂谁呢?

不知道，就连他自己也不知道骂的是谁。

奇怪吗?这年头，说奇怪也不奇怪，只是胡海山“出山”之前，没有亲身经历过罢了。

都什么事呀，欲吐还咽，“犹抱琵琶半遮面”?别急，等咱慢慢说道说道。

胡海山不是要办公司吗?办公司是有程序的，不是谁说办就能办的，那是要先申请注册的。

注册就注册，既然要干事，就得按规矩来。胡海山这天跑到Y城工商局办理公司注册手续，经过询问才知道，如今办公司很容易的，没有什么门槛儿。特别是注册资金，你随便多少都行，五百万，三千万，报一个亿也没人阻拦你！根据企业虚拟的规模，多少可以随意报，据说深圳一元钱就能注册公司，免除了以前开验资证明的流程。

胡海山琢磨好了，反正说大话不交税，就可着身子长个胆，公司注册资金报它五千万元，好让客户看得见“望凤飞冢”公司的实力，以后才能够放心合作！

Y城时兴为企业提供“娘舅式服务”“一站式”办公，工商局是行政领导机构，机关本身不办理公司注册服务，公司注册得到服务中心办理。

服务中心就是把有关职能部门集中在一个大厅，联手提供行政办公服务。大厅每个服务窗口，都有穿着工装的大姑娘或小伙子坐台，又都清一色的面带笑容。虽然面部表情有些僵硬，但那毕竟提供的是“微笑”服务，好像是在“微笑学院”受过专业培训或者专门训练似的。

工商局不给注册，他就跑到 Y 城行政服务大厅，在那里着实享受了一回“微笑”服务：被告知公司冠名市级的，得去河洛行政服务大厅办理，Y 城没有授权，办不了。办不了也不早点说，诚心让人多跑冤枉路。

反正不能差强人意违规办理，去河洛办就去河洛办吧！胡海山磨了半上午嘴皮子，还是被拒之门外，马上坐公交跑八十公里去了河洛市。在河洛行政服务大厅，服务窗口的小姐姐还是那样脸上堆着“微笑”，用手指点着大厅一端设置的联机电脑告诉他，需要使用联机电脑自己申报，申报成功等候公示七天，没什么问题后再来领取证照。

有几台联机电脑出了故障，暂停了使用；没有故障的联机电脑都有几位企业办事的人员在排队等候。胡海山好不容易排了半天队，才坐下来查找软件，打开申报栏目。由于不懂得申报程序，摆弄了好大一会儿，额头上都急出了汗，也没有申报成功，把后边排队等候申报的人急得乱嚷嚷。

这时，一位厚嘴唇的年轻人主动走过来给他解围说：“老板，您好，是第一次办理申报吧？”

“是的，联机这玩意儿，赶鸭子上架似的！”胡海山看了看厚嘴唇年轻人温柔的脸，泄劲地抓了抓头皮回答。

“老板，我来帮您申报吧？”厚嘴唇轻柔地笑着说。

“那谢谢你了！”胡海山看看厚嘴唇，信任地起身让出了位置。

“不用谢。”厚嘴唇还是那样憨厚地笑着，坐下来开始帮助胡海山申报。

真是会了不难，难了不会，厚嘴唇娴熟地点鼠标，敲键盘，“啪啪啪”，最多用了不到五分钟时间，就抬头看看胡海山，憨笑说：“老板搞定，您回家等下周过来看看就行了。”

“这么快？怎么谢谢你啊？”

胡海山真的被厚嘴唇轻松的操作所感动，想拿出诚意表示一下，没想到厚嘴唇仍然报以憨厚的微笑，笑得还是那样热情，那样有亲和力。

两人离开联机电脑走出大厅，厚嘴唇递过来一张精致的名片，说：“老板不用谢，您下次来领取证照，记得联系我就行了。”

“好的，好的，难得遇上你这样的热心人！”

“老板我给您说实话，如今办事得有路子，一副生面孔想办成一件事，需要耗费很多周折的，耽误的都是你的宝贵时间。”

“那是，那是！”胡海山忽然想起了在东北做业务时，逢到春运时往往都是一票难求，他要么提前买好车票，要么从“黄牛”（票贩子）手里买高价票。“黄牛，对，这厚嘴唇年轻人就是帮人注册的黄牛！”他自认为认定了眼前这位厚嘴唇的身份。

“我是记账公司的，代理记账公司是有规定的，决不会乱收费，一顿饭也不吃客户的，这个您放心，我们跟江湖上传说的黄牛可是不一样的。”

“你们一套手续办下来，收费多少？”

“不多，就两千元，您公司要让我们代理记账的话，这个费用还可以免除。”

“代理记账怎么收费？”

“这要看您公司的业务量，一年六千到三万不等。”

“收费可不低呀，你们公司发大财了！”

“老板您误会了，我们只赚点儿辛苦费。”厚嘴唇微微抬头，用下巴向着服务窗口暗示一下，面露难色地说，“这年头有吃馍的，有喝汤的，还有白水捞不着的，人家得大头，我们得小头，这个您懂的。”

“好的，谢谢你的热情，今天帮我申报成功，给你多少代理费?”

“能为您提供服务，是我修来的缘分，今天给您免费，老板您要是不嫌弃，确定让我们公司代理记账，我再让您二百元茶钱。”

“你挺会拉客户的啊!”胡海山开心地夸奖厚嘴唇。

“老板您过奖了。”说话时，联机电脑处有人喊了厚嘴唇一声，他忙说，“老板，您先忙，我那边又来活了!”

胡海山挥手告辞，回来的路上心想：“哼，想拿我开涮？一年六千到三万，我才不上你的钩呢，这生意八字还没一撇，傻子才让你先宰一刀!”

眼巴巴地熬过了一周，胡海山二次来到河洛市行政服务大厅，到窗口一打听，公司名称居然顺利通过了，厚嘴唇已帮他领取了工商证照！他谢过厚嘴唇，按照窗口服务小姐的要求，再去联机电脑处办理税务登记，好不容易排队上位，仍然一头雾水，像摸不着头脑的丈二和尚，操作不了。

恰巧那位厚嘴唇又主动过来给他帮忙，填好相关表格，安排两周内刻好公司和法人印章，办好银行账户，再来服务大厅等候验章领票。

一回生，二回熟，厚嘴唇再次热情出手相帮，胡海山再次感动不已。他邀请厚嘴唇共进午餐，厚嘴唇笑笑说：“老板是贵人多忘事，上次已经告诉您了，我们公司有规定，只办事，不吃请。看您也不是吝啬的人，我就让您二百元，您做我们的客户吧？等手续都拿到手，服务费一千八百元，您一次性结清也行，行情就是这样，大家都是这样办的。”

“黄牛就是黄牛，说出话来圆融有序，滴水不漏，一步一步吸引着你，不怕你不上钩！”胡海山心里这样想着，从包里拿出几张百元面钞，递给厚嘴唇说：“这样吧，年轻人，劳驾你辛苦两次了，我给你五百元酬金吧，以后有什么事了再联系你。”

“您先去××处刻印章吧，那是公安机关指定地点，我们都熟悉，报我的名字就行，收费不会给您胡来的。”然后厚嘴唇又叮嘱，“您刻好印章后，得抓紧去银行办理账户，千万记住两周内一定要办好，耽误了时限，服务窗口轻则罚款，重则停办，一耽误就是一个月，这是规定。”

“嗯，嗯，我记下了，记下了！”

告辞了厚嘴唇，胡海山就去“指定地点”刻印章，报了厚嘴唇的大名，果然灵验，优惠五十元，付款后人家要求下周来取。他再去银行办理公司账户，不料跑了三家银行分理处，有两家婉言推辞不办，一家要求预约登记，预约时间十二天。

他算了算时间，十二天以后，账户办理稍有耽搁，服务窗口那里就到了罚款的时限。这一切好像是谁预先设好似的，耗时间，花精力，服务窗口明面上按章办事，不乱收费，暗地里都在同你的钱较劲儿，让你没多少选择的余地。

胡海山没时间在办理证照这件事上耗，还有更重要的事情等着他去做。看来要办成一件事，明知道前面有坑，你也得往里跳，由不得你不跳，不跳也得跳！

跳就跳吧，胳膊拧不过大腿，一人勒不住码头，反正天塌砸大家。胡海山拨通了厚嘴唇的电话，说明了银行预约时间的关卡，询问厚嘴唇银行有没有熟人，请他一起代办得了。

“有啊！”厚嘴唇回答得很爽快，“我们记账公司在相关部门都有熟人，打通哪个关节都小菜一碟，只是银行与服务大厅不是一个系统，需要另收费，老板您懂的。”

“知道了，银行这一块收费多少?”

“三千元。”

“三千元？你抢劫呀?”

“嘿嘿，哪里话？人家也是靠山吃山，靠水吃水，银行那边门槛高，打点少了拿不出手，这个想必您也懂的。”厚嘴唇补充说，“老板您还是自己办吧，说实话银行那边的活儿，我们也不想接。”

“好了，你别卖关子了，我给你两千五，行了吧?”

“老板您是爽快人，两千五我真的办不了，优惠您两百元行了吧，我算给您白帮忙，一分钱都赚不了的。”

“你也别叫苦了，想干事，不怕宰，三千就三千吧，我认了！你全程办理好，我也省心了，半月后从你手里拿证。”

“老板真爽快，您剃头图凉快，我也挣个小钱儿，能合作是缘分，相信我没有错。”

“嗯，我算是明白了，你们路子娴熟，关系通透，一刀一刀的，都宰得很温柔!”

“嘿嘿，让老板您见笑了，您转给我两千元诚信金，保证半个月不让您失望，款证两清，合作愉快啊!”

给厚嘴唇转了两千元定金，胡海山感觉心里一块石头落了地，这才开始细致谋划要去办理的另一件大事。

20

胡海山要去办理什么大事?

去观音山，寻桃花源，看桃花水，约见好友“山友”!

观音山在哪里？就在西南边陲的一座高原山城小镇。

传说观音山是观音菩萨的西域道场。这里天蓝水清，雪山流碧，泉涌翠玉，坡坡桃林，花染江河湖塘，随手一拍就是一张手机屏保美图；随处抬手掬一捧泉水、湖水或江河水饮下去，那清凉凉、甜丝丝、美滋滋的感觉，绝对让你甜润喉舌，透彻肺腑。

说来还是前几年，胡海山负责“悠悠”公司西部片区销售业务时，发现了那里风景秀丽的观音山，游览了观音山的桃花源，品鉴了桃花泉的桃花水。那里别有洞天的情趣，如今仍然如淦邱桃花一样，情结心底，挥之不去，时时萦绕在心头。

胡海山在观音山结交了一位朋友。这位朋友自号“山友”，手眼通天，足谋善断，为人随和，办事敞亮，官场有面子，村寨好人缘，少有见贤思齐的心思，常在春花撩人处泡一壶茶，读一本书，静心研修，像极了叶采诗句“闲坐小窗读周易，不知春去几多时”的意境，是当地声名远播的儒雅之士。

这天，胡海山与“山友”约定了时间，搭乘西行的列车，访友叙旧，商洽合作事宜，更为探幽桃花源，遴选一处成就创业梦想的风水宝地！

风驰电掣的列车翻越过秦岭，把胡海山带进了美到窒息的昆仑山腹地，迎来了一场四月的桃花雪。

春天是花的季节。“山川异域，风月同天”，杭州梅花、河洛牡丹、韶山杜鹃、淦邱和观音山的桃花，在次第开放，竞现秀美，努力绽放不一样的生命魔力，以只争朝夕的四季轮回感恩阳光雨露的特别眷顾。

一路上，胡海山一遍一遍地默念“寄诸佛子，共结来缘”的古诗，一次一次想象着观音菩萨的杨柳枝和她用玉手托起的甘露瓶……

这里令胡海山心生向往，这里是他下海掘金首次成功的地方。这里他以前来过很多次，每一次都是在万分期待中获得意外惊喜。这一次的旅行不同以往，他的事业要在这里安营扎寨，开拓他壮美人生的第一宝藏。但愿观音菩萨杨柳枝多多垂怜，倾斜玉瓶，甘露以降。

西南边陲的这座观音山距离 Y 城很遥远。列车一路西行，经过了无数个关卡、垭口，山一程、水一程、风一程、云一程，越往纵深处，风景越奇美；越过空旷大漠，越过砾石沙洲，蔚蓝的天空下，两条寂寞的铁轨静静地通向“山重水复疑无路”的观音山，通向最美最迷人的春日桃花源。

透过列车窗口，胡海山看到缓缓流淌的小河旁，漫山遍野的桃花，开满了河谷、山沟、村落和池塘边，粉彩、玫红、白色，五彩缤纷，像披上婚纱的新娘，婀娜多姿，曼妙动人。有的桃林点缀在密密层层的油菜花间，与悠哉食草的牛羊和土黄色泥坯房屋交织在一起，变幻成一幅幅绝美的场景，一次次把他带回到梦里家园。

这是一个无风的清晨，旷野静谧，桃花无声，列车仿佛驶进了人生最美妙的殿堂，驶进了生命中最美好的时刻！胡海山心想，可惜桃花还在淦邱，她若是带着露儿，他们手扯着手，肩并着肩，一起走进这春天的桃花源，行进在脚下洒满桃花的山谷间、小河旁，一定会留下无尽优美、无比浪漫和久久难忘的回忆……

列车准时到达了山城车站。在出站口，“山友”手里握着那只胡海山熟悉的茶杯迎接他，茶杯口冒着丝丝缕缕的热气。“山友”两眼聚精会神地扫视着匆匆走出站口的人，水滴从倾斜的茶杯口一滴一滴往下落，湿润了一片地板，“山友”还全然不知，就像没看到胡海山一样。

胡海山把遮阳帽往下拉了拉，走到“山友”面前，伸出右拳轻轻地砸向他的肩胛窝，笑着说：“看啥呢？老伙计！”

“呵呵，看你呗，没想到你拉下长帽檐，半遮着脸，竟差点从我眼皮底下溜过去！”

两人四只大手紧紧握在一起，然后边说边走，“山友”转了话题问道：“怎么你一个人过来，女友呢？”

“哪里有女友？还是单身。”

“你呀，就是能熬！枝上柳绵吹又少，天涯何处无芳草？找个中意的女友就那么难？”

“笑渐不闻声渐悄，多情却被无情恼，也许我是人间难遇一知己吧！”

“你就嘚瑟吧！”出了车站，“山友”发动了两轮摩托车，轻轻挥手说，“上车，回家！”

“先去桃花源吧，几年不见，好想念那地方！”

“行，知道你有桃花情缘，干脆祈祷观音菩萨显显灵，送你一个叫桃花的姑娘！”

“桃花就在我心里！”

“你还真会嘚瑟，到底想干什么？”

“折腾。”

“恭听高见。”

“疯狂折腾。”

“哈哈哈，不折腾你就不认识我，我也不会认识你！有什么计划？”

“是呀，下海到西部，然后去东北，几年来朋友关照，行了好运，有了一些原始积累，就思谋着干一番事业。这不，刚刚注册了一个公司。”

“好啊，公司什么名字？”

“河洛望凤飞豕有限公司。”

“你不嫌绕啊，还望凤飞豕？干事业不能儿女情长，望什么凤，飞什么豕，直接狮凤飞多好，响亮、有内涵、高大上！”

“我属猪，飞豕就是飞猪。”

“知道你想站在风口上飞，想没想过风停了你会摔得很惨。别执拗了，听哥的，把你的豕改成狮，狮子的狮，雄狮的狮；别人龙凤呈祥，你是狮凤双飞，不落俗套，意境创新，多好！”

“好的，友哥，快停车，这就改！”

摩托车在观音山脚下停住，胡海山马上拨通厚嘴唇的电话，要他把公司名称改过；厚嘴唇见缝插针，又温柔地让胡海山加了五百元改名费。

两人远远眺望观音山，只见松柏苍翠，云蒸霞蔚，“远近高低各不同”。平行环视，又见山脚下一条清澈见底的河流。河面不宽，河水不深，河道两岸，草儿郁郁葱葱。一些不知名的小花摇晃着五颜六色的小眼睛，陪伴着岸边一片片的桃林，片片桃花如雪如纱，如梦如幻，漂亮极了。观音菩萨的道场就在群山环抱的山林中，那里晨钟暮鼓，曲径通幽。

忽然一阵春风来，吹落的花瓣飘洒在水面上，使小河更像一位活力四射的少女，唱着、跳着，拨动着老桃树伸过来的根须，拍打着岸边褐色的岩石，从铺满河底的五彩石子上，由山脚向远处缓缓漂流。河水中不时跳出一条条小鱼儿，逗得桃花水一漾一漾地向四周扩散波纹，平添了许多生机盎然的情趣，简直是造物主遗落在人间的一处仙境。

两人索性停车熄火，徒步行进在渐次狭窄的河岸上。小河的尽头，峰回路转，山峦陡峭，现出了一汪山泉，这就是喷珠溅玉的桃花泉。泉水清澈如碧，湛蓝得像一颗绿宝石，把岸上桃林的倒影深深印在泉水中。飘落的花瓣在水边浮起，成了小鱼儿戏耍吞食的宝贝。

胡海山好想让身体融入这泉水里，清浴身心，感受观音山恩赐的大自然真味。可是他生怕弄脏了泉水，担心对不起桃花泉的晶莹剔透。泉水的上源在深黑的石洞里，从石壁下方的孔隙里轻轻流出来，水声汩汩作响，悦耳动听，像是谁家的少女在弹奏

《高山流水》那样优雅动听的琴曲。

胡海山忍不住弯腰捡起一个小石子，用力扔到泉水中央，“咕”的一声，石块沉没在泉水中，一波一波的涟漪起起伏伏，环环相拥，推送着片片飘落的花瓣，缓缓向四周散开。

他信步走下一个舒缓的石坡，来到泉水边，撩起几把泉水，洗净双手，再捧起泉水送到嘴边，一丝凉凉的、软软的、滑滑的、甜甜的感觉，顿时清爽着喉咙，愉悦着整个身心，不由自主地引颈赞叹：“好爽啊！”

“山友”“扑哧”一声笑了，说：“看把你美的！快过来给我说说你办公司的打算。”

“我要用一己之力给这个浮躁的世界送一点清凉！”

“海山啊，咱俩是多年的知心好友了，我给你打开窗户说亮话吧。”“山友”看了看胡海山，坐在一块石片上说，“如今办公司，已经不是单打独斗的年代了，一个人浑身是铁能打几根钉？要撇开蛮干、苦干的陈旧思路，选准产品，组建团队，众人拾柴，群策群力，才能奏响人生命运精彩的交响乐。”

“友哥说得对，听话音就知道你有卧龙伏凤之才，有管中窥豹、洞察世事的大格局、大智慧！”

“你也甭瞎捧我，我说的可是实打实的心里话。告诉我，你公司选择的是什么产品？”

“友哥猜？”

“呵呵，猜什么，莫不是你看中这观音山桃花源的山泉水了？”

“友哥果然智慧，海山佩服！”

“你眼里就只看见这山泉水了？”

“山泉水是取之不尽用之不竭的滚滚财源，这还不够吗？”

“你身在桃花源，就没有动动漫山桃花的主意？”

“动了，我要把山泉水变成桃花水，分享给所有需要的人！”

“产品主打桃花水，很好！要是再开发出桃花露、桃花羹、桃花霜、桃花酥之类的产品，岂不是锦上添花，更上一层楼?”

“友哥高明，这等智慧你怎么想出来的啊?”

“你有所不知，过去当地镇上有一个山泉水小厂子，可惜后来经营不善倒闭了。我为这事思谋了好几年，唉，只是一介书生力不从心啊!”

“友哥，海山请你出山，我们深度合作一把，共同开发这观音山桃花水!”

“呵呵，我呀，如今是两耳不闻窗外事，一心研读圣贤书，最多只能给你做做顾问，协调个关系什么的，真要当成事业干，你才是扛鼎之人!”

“友哥，海山知道你上通官府，下接地气，运筹帷幄之中，决胜千里之外，海山要正式聘请你做狮凤飞有限公司的终身顾问!”

“好的，海山，友哥答应你!”“山友”站起身说，“走，我们家里去，好好推心置腹畅谈畅谈!”

“走!”胡海山大步走近“山友”，激动地双手搂住了他的臂膀。

21

在“山友”家小住了七八天，胡海山脚步匆匆地离开观音山，返程回到河洛，第二天便联系了记账公司的厚嘴唇。

厚嘴唇果然没让胡海山失望，一套证照办理得清清白白，敞敞亮亮。胡海山好说歹说硬是拉着厚嘴唇走到一家茶社，要了一壶西湖龙井，边饮边聊起来。

“老弟，在记账公司干多久了?”胡海山问。

“不长，才四年。”厚嘴唇回答。

“年薪开多少?”

“不多，也就五六万吧。小钱，都是小钱。”

“想没想过跳槽?”

“想啊，做梦都想，只是没有更来钱、更适合的路子。”厚嘴唇呷了一口茶，茶盅还攥在手里，忽然警觉似的问道，“老板问这个做什么?我可是地地道道的按规矩办事，没乱收你一分钱费用啊!”

“看把你紧张的，我想同你商量一件事。”

“老板您说，只要是您的事，免费我也做。”

“免什么费?凭你的能力，我感觉一年挣个十万八万的，是小菜一碟。”

“这样的好事?我可是做梦都没有想过。”

“你跳槽来我公司做区域销售经理，年薪八万，提成另算，怎么样?”

“你不是逗我吧，老板?”

“逗你做什么?咱们一起创业吧，我正在组织团队，希望合作愉快!”

“搞定!老板您这样看得起我，我这一百多斤就交给你了，你说东咱就东，你说西咱就西，打半点折扣你劈脸扇我!”厚嘴唇激动地站起来，走近吧台说，“姑娘，龙井茶品不错，再来一提精包装的，给我们老板带上，我一起埋单。”

“呵呵，兄弟客气了，你只是挣个小钱，怎么能让你埋单?”胡海山见状，连忙走过去，指着吧台姑娘递过来的那提龙井茶说，“这提茶叶你带上，咱们天长地久，合作愉快，等我这边的消息得了!”

厚嘴唇回转身，紧紧握住胡海山的手，好久没有松开。

把厚嘴唇顺利收到麾下，胡海山又找田科长和陶花仙姑在城隍庙吃了一次河洛回锅肉，说定了公司前期运作和择时启动的日程，要求大家各自行动，按时间节点及时跟进，自己则抬腿去了江城武汉。

胡海山报名了江城商学院总裁管理培训班，要在这里踏踏实实学习两个月，沉淀知识，提升素质，顺便走访江城大专院校专家学者，聘请常年技术顾问，为产品质量保障和工艺提升把脉问诊，同步寻求桃花水系列产品的高端技艺和先进设备，规划产品包装和市场宣发事宜。

按照他的计划，“山友”负责协调产地的上下关系，出面买断那个倒闭的镇办水厂；田科长主管生产事务，统筹资金运作、产品生产；厚嘴唇负责人力资源调配和川豫鲁核心片区销售业务；陶花仙姑表示要金盆洗手，放弃街头看相的营生，负责产品的中原仓储和物流配送，确保国庆期间在北京长城景区隆重举行开业典礼，首批产品正式投放国内核心市场。趁着眼下的空档，他则集中两个月时间，静下心到江城“充电”学习。

七月，江城热如火炉。

一天午后，胡海山正在午休，被一阵急促的电话铃声唤醒，拿出手机一看，真是破天荒，竟然是桃花打来的。

“流水，你在哪里？”

“桃花好，我在武汉。”

“我带着露儿千里迢迢来 Y 城找你，却扑了趟空，你在武汉做什么？”

“我在这里参加培训，你去 Y 城提前与我联系呀。”

“你说河洛回锅肉好吃，我是想给你一个出其不意的惊喜！”

“专程去吃河洛回锅肉？呵呵，太浪漫了呀！”

“你回 Y 城吗？急死我了！”

“这些天培训抓得很紧，我暂时回不去；你不要着急，我安排人招待你和露儿。”

“急、急、急，我十万火急，我娘俩现在就要见你！”

“哦哦，既然这样，你和露儿从 Y 城去河洛，坐高铁来江城吧，晚上就能到，我给你们接风洗尘！”

“不好意思，流水，桃花给你添乱了。”

“说啥呢？快过来吧，明天我陪你们母女观赏黄鹤楼！”

桃花这么着急要见胡海山，究竟是为了什么？

原来，是桃花受尽了尤井茶的欺辱，提出离婚，要带着露儿一起走，摆脱家暴的水深火热。尤井茶蛮不讲理地索要二十万元协议离婚费，桃花不能满足他的要求，死撑硬扛地拖了一些日子。后来尤井茶旧态复萌，串通黑道祸害社会，跑到扬州走私毒品误伤了人命，被抓进了局子，传闻要判死刑。桃花不想为尤井茶背一辈子黑锅，横竖要及早离婚，无奈之下来求胡海山出手相助。

其实，静心“充电”的胡海山虽然把两个月的日程安排得满满当当，可是学习再紧张，也总有闲暇的时候。长时间的空闲，比如双休日，他就按图索骥走遍江城寻找大专院校，组建专家学者智囊团队，咨询生产高品质山泉水的工艺流程，以国际标准打造桃花水特色；遴选国内外程控系统净化水设备，保证公司高起点规划运营，保障企业亮相必精彩，独立于创新潮头，始终保持抢占国内高端饮用水市场的压倒性优势。

胡海山也不放过短时间的空闲，他集中精力研究系列桃花水宣发事项，策划文案，打磨广告语，甚至模特服装造型，都以工匠精神不厌其烦地精雕细琢，力求从文学创意到视觉冲击都经典精致，独树一帜。同时，胡海山还自行设计报备了公司产品的“观音山”商标、桃花水系列包装小样，不日即可让人一饱眼福；桃花露、桃花羹等后期产品的开发创意，也在智囊团队的酝酿中。

由于下足了绣花功夫，胡海山一个多月来收获颇丰。有关专家提出的高端饮用水前卫生产工艺已形成可研报告，正式提交河洛发改部门审核立项。选购的日系韩系高端饮用水净化制取设备已运抵边陲小镇，“山友”、田科长等人正在组织安装调试。由他创意构建的宣发文本，已被江城最牛气的广告公司接单，模特化妆、道具造型业已运作到位，只等待择日开机摄制。

“丁零零!”上课前的预备铃响了。

胡海山收起回忆，洗了一把脸，与其他学员一起，急促地跑进教室，准备上课学习，心里却想着晚上去车站迎接桃花的事情。

22

晚上八点，各种款式的照明灯先后亮起来，江城繁华的夜生活拉开了帷幕，整座城市变成了灯的海洋。

河洛至江城的高铁准时到站，胡海山已经在出站广场等候多时了。

随着地道电梯的旅客人流，桃花牵着四岁的露儿，正不紧不慢地往上升。桃花看上去瘦了许多，体态没有以前那样丰润，神态也失去了往日的雍容，白皙的脸颊变得灰暗，不怎么时尚的服饰却包裹不住酷似观音的风韵。尽管出站口人头攒动，胡海山还是一眼就认出了桃花，高兴得连连挥手致意。

桃花的双眼也搜索到了胡海山。她一面点头微笑，一面朝胡海山周边看来看去。

胡海山疾步上前一把接过露儿，正要转身走去，却见桃花仍止不住地左顾右盼，就诧异地问:“走呀，桃花，你看什么呢?”

“叔叔，妈妈的名字不叫桃花，她叫舒丽君。”露儿看着胡海山的眼睛纠正说。

“是吗? 露儿宝贝，叔叔告诉你，舒丽君就是叔叔心里的桃花!”

“妈妈，你就是桃花吗?”

“是啊，只有你流水叔叔才叫妈妈桃花。”桃花跟在胡海山后面往外走，笑着回答露儿，又疑惑地问，“流水，就你一个人来的?”

“是啊，我还能带着谁来?”

“你还单身吗?”

“是单身，怎么了?”

“怎么不找一个?”

“我在等。”

“等谁?”

“女神。”

“她在哪里?”

“远在天边，近在我心。”

“我能走到你心里吗?”

“需要一场严霜苦雪。”

“还记得吗? 你欠着我一个吻!”

“我还欠你一个拥抱。”

“今天还我吗?”

“雪霜未来。”

“我眼下就活得雪上加霜。”

“太委屈你了。”

“我自己选择的，不委屈。”

“那就闭上眼睛，挺过去吧!”

“我挺不下去了，还有露儿。”

“需要我做点什么吗?”

“太需要了，所以找你!”

“说呀，需要我做什么？”

“借钱给我，二十万。”

“做什么用？”

“尤井茶承诺说，给他二十万，他就签字协议离婚。”

“他不骗你，肯放你走？”

“我们闪电结婚，没有领证，协议离婚签字就行。”

“他在哪里？”

“江苏扬州监狱，听说是死刑。”

“多行不义必自毙，因果报应早晚会来。”

“唉，都说中国式婚姻，十年之痒；我们是淦邱式闪婚，五年之困，不知道啥时候能跳出尤家的火坑！”

“你确定二十万？”

“确定！”

“走吧，我们去黄鹤楼。”

“去看夜色中的黄鹤楼？”

“去黄鹤楼银行给你办款。”

“这笔款我怎么偿还你呀？”桃花忽然站着了，一动不动，眼里噙着泪花。

“不用，只要你能出火坑。”胡海山回头催促说，“还愣着做什么？走啊！”

“流水，你真好！”

“是你更好！”

三人走到路口，刚好过来一辆出租车，胡海山摆手叫停，上车后告诉司机说：“师傅，去黄鹤楼。”

黄鹤楼坐落在武昌蛇山顶峰，楼高五层。乘着夜色看去，霓虹灯把它装扮得更加金碧辉煌，雄伟壮丽。飞檐层层上翘，像黄鹤展翅；攒尖的楼顶，像黄鹤昂首，剑指蓝天；楼前两只黄鹤分别立于龟蛇之上，高悬的匾额上写着“楚天极目”四个苍劲的大字。

周围的碑廊、山门、胜象、宝塔等建筑，与主楼一起隔江遥望高耸入云的电视塔。波涛滚滚的长江从黄鹤楼脚下流过，长江大桥像一条横卧的巨龙；大桥上车水马龙，中间时有火车呼啸着“隆隆”驶过，恰像一条游动的辉煌彩带漂在江面，气势磅礴，壮观无比。

黄鹤楼旁边设有几家商业银行，等出租车停稳，胡海山他们下车，欲走进一家银行办款，门卫伸手拦下他们，主动询问情况，告诉他们说工作人员已下班，大额款项柜员机办不了，让他们等第二天八点上班后办理。

胡海山猛地拍打一下前额，歉意地说：“唉，真笨，怎么把这样的常识给忘记了呢?”

桃花“扑哧”笑了，说：“嘿嘿，彼此彼此，我俩笨成了一路货色!”

“你们饿坏了吧？想吃点什么?”

“现在不急，坐高铁时吃了盒饭，我们还是先欣赏黄鹤楼的风景吧!”

于是三人信步进入黄鹤楼底层宽敞的大厅，观看藻井壁面上巨大的“白云黄鹤”陶瓷壁画，默读两旁立柱上悬挂着的长联：爽气西来，云雾扫开天地撼；大江东去，波涛洗净古今愁。

桃花看看胡海山，心里禁不住长叹：唉，但愿长江波涛能洗净我心里无尽的忧愁。

登上二楼，大厅正面墙上，大理石镌刻的是唐朝阎伯理撰写的《黄鹤楼记》，记述黄鹤楼千年兴废的沿革和名人轶事；两侧的壁画一幅是“孙权筑城”，一幅是“周瑜设宴”，记述三国政要在黄鹤楼的活动。三楼大厅是诗人崔颢、李白、白居易等人的

"绣像"；四楼内置的小厅设置当代名人书画；顶层大厅是《长江万里图》等长卷和壁画。

登顶远望万里长江，夜风习习，波光闪烁，空阔的江面上游轮、货船东去西往。触景生情，桃花忽然感觉心里空落落的，随口感叹道："真不愧是天下江山第一楼，黄鹤一去不复返，白云千载空悠悠啊！"

"怎么了桃花，想念尤井茶了吗？"胡海山好奇地问。

"尤井茶配做黄鹤吗？"

"呵呵，桃花姐，我倒是更喜欢吟诵李之仪的《卜算子》：'我住长江头，君住长江尾。日日思君不见君，共饮长江水。'多好的诗句啊，于重叠复沓中，凸现丽人翘首悠长的相思之情。"

"你这么多情，思念谁呢？"桃花问。

"不知道。"胡海山逗了一下露儿，转了话题说，"露儿，咱们下楼吧，叔叔请你吃清蒸武昌鱼！"

桃花凑近露儿说："来，宝贝，叔叔累了，让妈妈抱抱。"

露儿扭动身子闪过桃花说："妈妈总让露儿自己走，露儿不找妈妈，就让叔叔抱。"

"你呀，就是个见面熟！"

"走哇，宝贝，吃武昌鱼去喽！"胡海山搂紧了露儿，轻轻抬腿走下了楼梯……

23

三人刚刚走出黄鹤楼景区，桃花看见路旁一家饭馆门头"河洛食府"四个字闪耀着金光，就问胡海山说："这是你们家乡人开的饭馆吗？"

"应该是，国内就一个河洛，天下河洛是一家。"

“好想品尝你们的家乡菜，我们进去看看有没有回锅肉吧?”

“应该有，回锅肉是河洛的招牌菜，你不吃武昌鱼了?”

“明天再吃，来江城还怕吃不上武昌鱼?”

他们说着就走进了“河洛食府”。

“三位晚上好，往里面请——”迎宾小姐礼貌地打着手势往店里带他们。

“请问有没有回锅肉?”胡海山问。

“老板明知故问，没有回锅肉还敢叫河洛食府？您放心好了，本店是江城正宗的河洛回锅肉，吃假一赔你十!”迎宾小姐信誓旦旦地介绍说。

“赔十不还是假的吗?”

“老板逗笑了，听口音就知道你也是河洛人，喜欢什么菜请尽管吩咐!”

“来一份回锅肉，一份夫妻肺片，一个野菌汤，外加两个时鲜素菜，一瓶酸奶，一瓶干红。”

“好，你们请坐，菜品马上到!”

不多时酒菜上齐，胡海山把酸奶打开，递给露儿；再打开干红斟了两杯，把一只杯子拿在手上，晃悠了几圈，看着红酒在杯子里打旋，然后轻轻送到桃花面前。

桃花没有接杯喝酒，而是目不转睛地盯着餐桌上那盘回锅肉看个不停。散发着热气的回锅肉看上去金黄油亮，肉片肥瘦相连，蒜苗清白分明，熟而秀丽，肉香浓郁，桃花的鼻翼竟连连嗅出声响来，忍不住问道：“这就是大名鼎鼎的河洛回锅肉？闻着就想吃!”

“河洛回锅肉颜色养眼，色泽诱人，肥而不腻，入口即化，香味独特，想吃就快吃吧!”胡海山微笑作答。

桃花拿起筷子，夹起一片肉，放入口中，仔细咀嚼品味起来，刚一下咽就脱口而出说："喷香啊，从没吃过这样好的佳肴！"

"宝贝快吃，别让妈妈吃光了！"胡海山看着桃花吃得开心，忙夹起一片肉给露儿说，"好吃，你们就多吃点！"

桃花毫不客气，大快朵颐地吃起来，不大一会儿，一盘回锅肉就下去一半多了。她边吃边问："这么好吃的回锅肉，一定有什么动人的故事吧？"

"有呀！河洛人一般把走回路和再婚的人，比喻成回锅肉。"胡海山笑着说完，忽然感觉不妥，马上又说，"其实回锅肉就是二次出道，色香味更美的意思。"

"回锅肉与再婚有什么关系？你们河洛人真有想象力！你爱吃回锅肉吗？"

"Y 城有位看相的仙姑，说我就是吃回锅肉的命，起初我还不信，看起来这人的命呀，好像就是有一只隐形的手在捉弄着。"

"管他什么命不命，回锅肉这么香，别光顾说话，来，咱们麻利吃！"桃花说着，夹起一片回锅肉送到胡海山嘴边。

胡海山忍不住莞尔一笑："吃，我们一起吃！"说着，一口吞下了那片回锅肉。

露儿看着胡海山狼吞虎咽的吃相，站起来夹了一片回锅肉，送到桃花嘴边，乐呵呵地说："妈妈快吃，别让叔叔吃光了！"

"宝贝真乖，吃，妈妈吃！"桃花也一口吞下露儿夹来的肉片，快活地哈哈大笑。

走出河洛食府时，胡海山仍然把露儿抱在怀里，任桃花怎么说，露儿都不肯下地走，也不要妈妈抱，桃花无奈地说："傻丫头，你就逞吧！"

"就逞，叔叔比妈妈好，比爸爸更好，露儿喜欢叔叔，晚上也跟叔叔睡觉！"露儿撇起小嘴，撒娇着说。

"这丫头，跟谁混熟了就黏谁！"桃花瞥了一眼露儿，歉意地跟胡海山说，“流水，今晚住哪儿？坐了两天车，我也疲惫了。”

“黄鹤楼附近宾馆多，就住这儿吧，明天是周末，我陪你和露儿逛逛江滩和东湖。”

24

三个人走进一家景区宾馆，胡海山开了一个标间，打开房门，插卡取电，随手摁下室灯开关，温馨舒缓的黄色灯光瞬间照亮了整个房间。

桃花一放下行李箱，就迫不及待地躺上了床，随口说道：“啊呀，这两天真累死我了！”

露儿说：“妈妈，露儿也累，露儿要睡觉！”

“宝贝乖，妈妈给你洗澡睡觉，也好让你叔叔歇会。”桃花答应露儿时，看见了胡海山被汗水浸湿的后背，忙一只手捂住腰起身下床，给露儿脱去衣服，走进了洗浴间，淋浴水流的沙沙声马上传了出来。

透过磨砂玻璃的隔墙，隐隐约约能看到桃花、露儿洗浴的身影。胡海山转身拿茶具烧上水，接着去整理床铺，等把这些收拾好，露儿就跑出了洗浴间，上床钻进了被窝，看着他说：“叔叔，露儿和你睡这床，妈妈睡那床。”

“好，好，宝贝，你先睡吧！”胡海山扯起被褥给露儿盖好，微笑着说，“叔叔跟露儿睡这床。”

“叔叔说话算数，露儿同你拉钩！”露儿把弯起的小手指伸向胡海山。

胡海山笑了笑，马上伸出小手指，二人拉起钩来。

“你拉钩，我拉钩，谁反悔，谁小狗！”露儿嘴里念念有词地吟唱着。

“呵呵，可爱的小人精，叔叔不反悔，快睡吧！”

露儿这才放心地睡去，不一会儿就响起了均匀的鼾声。

“丁零零！”忽然房间座机铃声响了。胡海山走过去拿起话筒接听：“喂，你好，哪位？”

“请问先生，需要按摩服务吗？”电话那端传来一个娇滴滴的女声。

“谢谢，不需要。”对于经常出差住宿的胡海山来说，这种事司空见惯，他婉言回拒道。

“先生，我们在搞活动，全套服务打折优惠，可以给你开发票的！”

“不需要，请勿打扰。”胡海山看一眼洗浴间磨砂玻璃的隔墙，马上挂断了电话。

茶水开了，胡海山走过去提壶倒水，洗了一下杯子，再满上，然后坐下来，静静地等待洗浴的桃花。

洗漱完毕的桃花姗姗走出洗浴间时，斜披着一块洁白的浴巾，酥胸微露，乳峰突起，乳沟若隐若现；两条白皙的长腿根，透出一款肉黄色的花边真丝内裤，行走犹如轻踩莲花，活脱脱是影视剧里常见的仙女出浴镜头！性感的诱惑一下子令胡海山瞪直了双眼，微微张开的嘴唇似乎僵在了那里，迟迟没有合拢。

“流水，你也累了，后背都湿透了，快洗个澡休息吧。”桃花轻轻挪动碎步走近胡海山，一副矜持娇柔的模样，笑着说道。

“嗯，嗯。”胡海山自觉失态，忙回应说，“你先躺下休息吧，我想对你说一件事。”

“什么事？还我的吻，还是还我的拥抱？”桃花说着凑到了胡海山面前。

“想什么呢？桃花，我对你说的可是正经事。”

“咱们两人在屋里，还会有什么正经事？”

桃花说着，伸出双手想要抚摸胡海山的脸，胡海山连忙闪开了，说："桃花别误会，你坐下，坐下我同你细说！"

"说什么说，我问你，你还爱我吗？"桃花好像被刺伤了自尊，心里"咯噔"一下，两只手停在半空，蜷也不是，伸也不是，转而自我掩饰地问胡海山。

"这还用问吗？"

"我再问你，你家红杏出墙，是不是你那方面不行？"

"瞎说什么呢？"

"你这不是，那也不是，难道就不孤独寂寞？就没有干柴烈火的时候？"

"我怕这份美好被拦腰切断，以后就再也没有了！从此失去了你！"

"你太让我失望了！怕什么？等我摆脱了尤井茶，桃花陪你一辈子！"

"桃花，你坐下冷静会儿，我真的有正事对你说！"胡海山说着直腰站起身，伸出手来，扶着桃花的肩膀轻轻往下按。

桃花顺势拉着胡海山的两只手，硬往自己腰上扣，臀部飞快地扭动一下，坐在了胡海山的怀里，感觉屁股下面热辣辣的发烫，故作镇静道："有什么正事？你说吧，说完咱再吃回锅肉！"

桃花肉体的温热柔软，像电流一样通过双臂传遍了胡海山的身体，他感觉心在"突突"地跳，血液滚烫，拥抱桃花的双臂下意识地缩紧了。他把嘴唇靠近桃花的耳朵，轻轻地说："桃花，刚才的红酒你没有喝多吧？"

桃花闭着眼睛，静静地享受着胡海山的拥抱，摇摇头，没作声。

"桃花，我想让你扮一下观音，答应吗？"胡海山似乎在尽情享受着桃花肉体的软绵与温润，出了唇的话说得很轻、很轻。

“你说什么？再说一遍！”桃花忽然分开胡海山的胳膊，急转身盯着他的眼睛问。

“让你扮一下观音菩萨，你的气质太像她了！”

“你要做什么？”

“做公司产品的宣发广告。”

“有什么动作？”

“观音菩萨轻轻摆动一下杨柳枝，甘甜的桃花水如倾盆大雨，就哗哗哗地流了出来。”

“广告语是什么？”

“想念桃花水。”

“想念桃花水？这创意太好了！可惜，桃花几年来情感扭曲，心底纠结，扮演不了观音佛，你还是另请高明吧！”桃花连连摆手说。

“流水决定了，扮演观音，非你莫属！”胡海山从衣兜里掏出一张纸，接着说，“我抄录了吴承恩《西游记》描写观音菩萨的一首诗，你多读几遍，就能体会观音菩萨的心理，出神入化地演活观音。”

桃花展开那张纸，默默诵读了几遍：“观音菩萨妙难酬，清净庄严累劫修；三十二应周尘刹，百千万劫化阎浮；瓶中甘露常遍洒，手内杨柳不计秋；千处祈求千处应，苦海常作度人舟。”

“怎么样，有感觉了吧？”胡海山问。

“观音菩萨普施恩惠，救苦救难，我一定把她演得活灵活现！”桃花一时志得意满，竟然忘情地鼓起掌来，斜披着的白浴巾忽然失去了两手的控制，瞬间散落在地板上，清晰精致的三点式在胡海山眼前暴露无遗。

胡海山再也控制不住自己，野性的潮水瞬间冲开情欲的闸门。他再次张开双臂，紧紧拥抱起桃花，轻轻放倒在床上，火辣辣的身体压了上去，交缠在一起，同时把一个重重的热吻响亮地印在桃花的脸上。

桃花又一次闭上了眼睛，慢慢把自己滚烫的嘴唇移动到胡海山的嘴唇上……

25

亲吻归亲吻，胡海山身上散发出的汗水味儿，还是令略有洁癖的桃花微微地蹙紧了眉头。她努力挺过一阵热吻，再轻轻推开胡海山说："你先别冲动，去洗个澡冲冲汗味儿，今晚的回锅肉让你吃个够！"

桃花的话提醒了胡海山，他马上松开桃花，起身倒了一杯热水，递给桃花，这才宽衣解裤，向洗浴间走去。

第二天早晨，胡海山醒来，看看桃花和露儿还正睡得香，就轻轻起床走近窗户，缓缓拉开窗帘，放一缕黄彤彤的阳光进室内，清新的空气马上换来轻松的心情。

几年来，胡海山性欲饥渴的心田，好像一夜间被桃花"哗啦啦"倾泻的及时雨给沁润了、浇透了、漫灌了似的，感觉浑身上下无与伦比的快活，无与伦比的舒心，无与伦比的惬意。

"流水，昨夜舒服吗？"桃花醒来了，在床上使劲地伸了个懒腰，睡眼惺忪地看着胡海山说。

胡海山微笑着点头。

"满意吗？"

胡海山仍点头微笑。

"还想吗？"

"做梦都想。"

"你做梦想，我做梦也想，梦境中忽然蹦出来一个新创意。"

"什么新创意？说来我听听。"

"狮凤飞公司不是还要开发桃花露吗？可以让观音菩萨再发力一次。"

"咱俩不谋而合了。"胡海山说，"我昨天也是这么想的，假设一个孩子想喝饮料，观音菩萨微微倾斜甘露玉瓶，倾倒出白花花的桃花露。"

"这叫'心有灵犀一点通'，广告语就让孩子喊'想喝桃花露'！"桃花说得有些兴奋了，"这个孩子就让露儿扮演。"

"好啊，有你们母女倾力相助，狮凤飞公司一定会活力绽放，桃花水、桃花露系列产品必然火爆市场！"胡海山转而催促桃花说，"你起床吧，早饭后我带你们坐画舫，游东湖！"

"桃花不想游东湖了，我得马上去扬州，早跟尤井茶解除婚事，咱们才能有甜蜜的生活。"

"也行，你起床吃早餐，吃完我们去办款。"

"好的，桃花难忘昨宵，这是四年来桃花最幸福、最快乐的一宿！"

"桃花，只要你高兴，等你把扬州的事情办妥了，流水让你夜夜如昨宵！"

"谢谢流水，桃花再同你商量一件事，你可答应我？"

"快说，又有什么新创意了？"

"我去扬州带着露儿不方便，让她跟你留在江城，好吗？"

"露儿这么小，她乐意吗？"

"露儿乐意，露儿不去扬州看那个坏爸爸，露儿要留在江城！"露儿看着胡海山说。

"你这个小人精，什么时候醒来的？"胡海山抚摸着露儿的脸蛋问。

"露儿早睡醒了，露儿还知道你们让露儿喊'想喝桃花露’呢!”

“好宝贝不去扬州，叔叔带你游东湖!”

“妈妈，露儿要游东湖喽!”

“呵呵，傻丫头，妈妈去去就回，你可不要在叔叔这儿蹬鼻子上眼啊!”

“叔叔告诉露儿，什么是蹬鼻子上眼啊?”

“蹬鼻子上眼就是——”胡海山看着露儿天真稚嫩的小脸，想了想逗她说，“呵呵，就是游了东湖游西湖，顺着长江游扬州，一直游到天尽头，游到尽头找孙猴!”

一句话逗得露儿直接在床上蹦高高：“嘎嘎嘎，露儿要去找孙猴喽!”

看着胡海山和露儿逗乐子，桃花高兴得脸上、眉毛上都挂着笑，赶忙穿好衣服，去洗浴间精心梳洗打扮一番，这才跟着胡海山、露儿走出房间，到餐厅吃早餐。

早餐后三人去银行办款，胡海山把存了二十万元的一张金卡交给桃花说：“走吧，我们去火车站。”

桃花左手拉着胡海山，右手拉着露儿说：“流水，桃花不要坐火车去，桃花好想顺着长江游扬州，一直游到天尽头，桃花流水情悠悠；流水想念桃花水，桃花想吃回锅肉!”

“呵呵，好了，桃花，现在还不是浪漫的时候，不想坐火车，就从黄鹤楼这里坐游轮去吧，正好游览长江到扬州一江两岸的风光。”胡海山一手抱着露儿，一手牵着桃花的手，迈步向黄鹤楼港走去。

桃花排队，买票，检票，上游轮，三人挥手告别。

胡海山喊道：“桃花一路顺风，流水在这里等你!”

露儿也喊道：“妈妈快去快回，露儿在这里等你!”

桃花眼里噙着泪花喊道：“露儿等我，流水等我!”

这时，江岸上悠然传来不知谁唱的一曲《烟花三月》，音韵声声入耳，催人潸然泪下：

牵着你的手，相别在黄鹤楼，
波涛万里长江水，送你下扬州。
真情伴你走，春风为你留，
二十四桥明月夜，牵挂在心头。
……
等到那孤帆远影碧空尽，
才知道思念总比那西湖瘦……

26

桃花果真一路顺风到了扬州，给两位狱警小哥说尽了好话，狱警小哥才答应她约见尤井茶十分钟。

隔着铁窗，桃花给尤井茶说明了来意，从包里掏出一张折叠整齐的《离婚协议》和那个三克拉的钻戒与金卡，一起递给尤井茶，要他收下并签字。尤井茶不屑一顾，问道："露儿在哪里呀?"

桃花说："露儿不想来扬州看她的坏爸爸，就委托一个朋友带着她；金卡里存有二十万元钱，正好能满足你的要求，你快点签了字，我马上赶回去照看露儿。"

尤井茶的眼里扑簌簌地流下浑浊的泪水，摇摇头说："丽君，井茶不但害苦了你，还连累了露儿；我已经命不长久，钱财对我没什么用了，拜托你带回去把露儿养大成人吧，九泉之下我尤井茶也知足了!"

说完，尤井茶在《离婚协议》上签了字，按了红指印，把钻戒、金卡和《离婚协议》一同推给桃花，拖着脚镣，转身离开铁窗，向监狱里面走去。

桃花看着尤井茶缓缓远去的背影，一直看到狱警小哥催促她离开，这才落下两颗晶莹的泪珠，终于咬着嘴唇转动身子，径直走出监狱大门，乘坐高铁奔向了江城。

回到江城的当天上午，喜出望外的胡海山抱着露儿，携桃花直奔影视公司拍了桃花水、桃花露广告，下午携桃花母女来到长江龙王庙景区，观赏长江汉水合流处的绝美风景。

眼前的长江与汉水在这里合为一体，滚滚东去；桃花流水也要在这里一诉衷肠，以心相许，圆满携手步入向往已久的婚姻殿堂。

这里视野开阔，骄阳似火，江风拂面，蓝天如洗。长江水浊浪滔滔，奔腾不息；汉江水清澈悠悠，碧波荡漾，两水交汇在一起，感觉就像泾渭分明的太极图，滚滚东逝，一去不回，把江汉沿岸耸立的连天楼宇，折射得凸凸凹凹，弯弯曲曲。风起云涌间，躺在堤岸的台阶上眯眼小憩，暂时放下人生或多或少的悲欢离合、酸甜苦辣，静静品味大江东去的壮美或瑰丽恬静的风光，也是一次令人舒心惬意的享受。

然而，谁也不曾想到，桃花流水的故事，就在这风光旖旎的两江口，发生了无可逆转的凄美结局！

桃花似乎有“黄山归来不看山”的心境。她把金卡还给胡海山，说完璧归赵了，然后平静地给他讲述了见到尤井茶的场景。

胡海山连连点头说：“尤大哥是条汉子，可惜走错了道！”

桃花颔首直言：“是啊，当初桃花也是个好姑娘，可惜嫁错了人！”

胡海山看看长江，又看看桃花，马上变戏法似的拿出一束九十九朵玫瑰花，一条腿单跪在江岸上，深情而又无比庄重地说：“桃花，我爱你！让长江作证，嫁给我吧，流水给你下半生的幸福和快乐！”

桃花会心地笑了，笑得热泪盈眶。她上前一步，搀起胡海山，坚定而又不容置疑地告诉他："谢谢流水，桃花珍重你的真诚。婚姻的天堂人们永远心生向往，婚姻的类型我们永远琢磨不透。桃花刚刚挣脱羁绊，走出围城，再也不想'二进宫'了。我们先前曾有过千金一诺，就还做永远的网友吧！"

胡海山愣然了，惊呆了，嘴唇哆嗦了半天却说不出话来。他怎么也不会相信，眼前的桃花竟然摇身一变，真的成为不食人间烟火的观音佛了！

"河洛回锅肉再香，但毕竟失去了新鲜。"见胡海山没有言语，桃花更加平静地说，"有一种爱，就在心里；有一种爱，就是思念；有一种爱，叫作远远地望着；天下美好的爱情，都是梦境中的幻想。明天我和露儿就回淦邱，你好好经营狮凤飞公司，祝福你早日实现创业的梦想！"

胡海山蓦然想起那首《烟花三月》凄美的歌词，就略加修改，随口吟诵道：

桃花岛有没有我这样的好朋友，
桃花岛有没有人与你分担忧和愁？
桃花岛有没有我这样的知心人，
桃花岛有没有人与你风雨同舟？

"没有桃花，流水挣个世界当如何？"胡海山抬头看看远方，视线尽头没有诗意，只有江风吹动的一片片浮云。那浮云像山峦，像奔马，像游龙，任它怎么一步三回首，终究抵不住江风的蛮力，还是恋恋不舍地像长江水一样飘去。

"别说了，流水。桃花主意已定，既然选择了桃花岛，桃花都不后悔，再苦再难再孤独，也要守着一帘心梦，把过往揉进风中，在那里终老此生；再说，桃花还有露儿陪伴，你也可以远远地望着桃花、思念桃花。"

"桃花，就此结束，我好痛！"

“痛是迟早的事，长痛不如短痛，忍痛割爱没有谁不痛。”桃花说。

此时，江岸人家的乐室里，隐约响起《梅花三弄》的古筝曲。那清亮悠扬的琴声融入轰鸣不绝的长江水，合奏为一曲高妙绝伦的古曲，那“薄袄轻罗自在飘……丹心谱写九重天”的旷达意境和恢宏音韵，空前绝后，不着形迹，仿佛让人豁然开朗，遐思无尽。

一时陷入沉思的胡海山眼里蓄满了泪水。他努力克制着不让泪水流出来，出唇的话语真诚而且凝重：“桃花，我说句心里话：这世上，所有美好都不如有你！既然决定了，流水尊重你的选择，我们就做永远的网友。空闲了我就坐在光阴深处，任风绕天涯，情牵彼岸，但愿滏邱没有朔风萧萧。每年鲅鱼肥美、桃花盛开的时候，流水一定去看你和露儿!”

桃花轻轻地点头微笑。

露儿一脸狐疑，看看妈妈，又看看胡海山。

天意不怜长与共，花去水流付江风。胡海山突然抱起那束九十九朵玫瑰花，一支接一支缓缓地抛向长江，好像要让滚滚东去的长江水，见证他与桃花今生今世平平凡凡、曲曲折折、长长远远的爱……

彼岸

1. 开学第一课

这年暑假后，棠梨中学七年级开学第一天上午的第一节课，是班主任邬凤楼老师的语文课。

他看看教室里五十名新生，拿起点名册一个个点名，对号入座，完事后却发现班里多了一名学生。

“没点到名的同学，请举手。”他向上推了推紫褐色赛璐珞近视镜说。

“老师，是我。”举手说话的学生是个男生，坐在班级后排角落里，矮个，圆脸，小眼睛，平头发，衣服破旧却很整洁。

“你叫什么名字？”

“童澔。”

“童澔？学校分班的花名册里有你吗？”

“不知道，我是自个儿进校的。”

“自个儿进校的？这怎么回事？”

“报告邬老师，童澔是私自溜进学校的，别的班级不收留，他就偷偷躲在我们班后排的角落里了。”说话的是班长傅新悦。

班长的话引起全班同学的唏嘘和嘲笑，也令童澔很尴尬，他涨红了脸看着邬老师，流露出求救的神色。

“嗯，是这样子呀，放学后你来我办公室。”邬老师看着童澔羞涩的样子，不再问下去，打开课本说，“今天我们学习第一课，苏联文学家高尔基的散文《海燕》，同学们，谁来把课文朗读一遍?”

班里同学你看看我，我瞅瞅你，有的窃窃私语，有的交头接耳，就是没有谁主动读课文；邬老师蹙了一下眉头，现出一点着急的样子。

“老师，我来读吧?”童澔站起来说。

“哈哈哈哈……”班长傅新悦回头大声讪笑道，“你以为你是谁呀?还挺会出风头的!”

一些同学也跟着傅新悦起哄，班级秩序有些乱。

童澔毫不理会这些，他离开座位，从后排径直走向讲台，拿起邬老师的教科书，大声朗读起来：

在苍茫的大海上，狂风卷集着乌云。在乌云和大海之间，海燕像黑色的闪电，在高傲地飞翔。

一会儿翅膀碰着波浪，一会儿箭一般地直冲向乌云……

邬老师先是惊讶童澔为什么要走到讲台上朗读，其次惊讶童澔朗读时一口标准的普通话，再是惊讶童澔朗读感情的投入，全文读下来一气呵成，抑扬顿挫把握得恰到好处。

“——让暴风雨来得更猛烈些吧!”童澔朗读完课文的最后一句，邬老师正想着口头表扬一下，“哗哗哗”，教室里却爆发出一阵雷鸣般的掌声。

——原来，是同学们被童澔声情并茂的朗读折服了!

“同学们，童澔同学朗读得很好，大家的掌声是对他勇于朗读行动的赞誉和鼓励，希望大家向童澔同学学习!”掌声过后，邬老师肯定了童澔的表现。

童澔的脸又红了，他腼腆地走下讲台，回到座位上。

“老师，我抗议!”与傅新悦同桌的女生站在座位上，举起拳头大声说。

"哦，奚婼，你抗议什么？"邬老师吃了一惊，问道。

"抗议我们班风不正，抗议老师偏袒童澔！"奚婼回答。

"说说你的理由。"

"朗读一遍课文有什么了不起，值得这么起劲地鼓掌喝彩吗？童澔不在自己座位上朗读，跑到讲台上拿老师的教科书来读，老师不该表扬这样出风头的人！"

奚婼说得有理有据，义正词严，令邬老师一时语塞。

"奚婼说得好，让暴风雨来得更猛烈些吧！"班长傅新悦借风造势，正话反说，明显带有鼓动起哄的意向。

"咳！"邬老师干咳一声，双手摆动做着停止的动作，说："同学们安静，安静一下！刚才的事孰是孰非，现在不要讨论，下面我们分析课文。"

奚婼白了一眼邬老师，赌气似的坐了下来。

傅新悦看了看奚婼，跷起大拇指，龇着牙扮了个坏笑的鬼脸。

2. 做朋友，你配吗？

放学后，童澔来到邬老师办公室，接受问话。

"班长说你私自溜进学校，是真的吗？"

"是真的。"

"怎么回事？"

"老师，我说了实话，你能让我在班里学习吗？"

"要看是什么情况，学校分班的花名册里没有你。"

"老师，我没有参加小升初考试，也没有入学通知书，就是偷偷进班的。"

"你坐下慢慢说，究竟是怎么回事？"

——原来，童澔的家与棠梨中学隔着一条河，距离学校二十多里路，村子附近没有中学。上学期的下半期，也就是小学六年级即将升初中时，童澔的父亲被肝癌缠身，病倒在医院。他和母亲忙着给父亲看病，耽误了学习，也耽误了小升初考试。

屋漏偏遭连夜雨。暑假期间父亲去世，母亲又患病卧床不起。童澔一边给母亲看病，收拾家务，一边自学六年级落下的课程，向别人借读七年级的课本。新学期开学后，母亲勉强能做点轻微农活，要他复读六年级，他坚持要读初中，就从家里跑了出来。

“你食宿花费怎么解决？”

“向亲戚朋友借，主要是大舅支持我。”

“你学习成绩能赶得上吗？”

“老师放心，童澔一定能赶得上，不拖全班的后腿！”

“嗯，老师喜欢自信的孩子！我马上向学校反映你的情况，你要好好学习，有什么困难就说出来，老师帮助你。”

“谢谢老师，我私自入学，没有课本。”

“你放心吧，老师想办法给你弄一套！”

童澔走出邬老师办公室时，远远看见奚婼在校园的“英语角”踱步，就走上前去搭讪：“奚婼，你怎么一个人在这里？”

奚婼看看是童澔，反问道：“我在哪儿，你管得着吗？”

“奚婼，别误会，我们做朋友好吗？”

“做朋友，你配吗？”

“同学之间有什么配不配的？你想好，我等你。”

“奚婼的目标是上棠梨第一高级中学，就你，还要不声不响地溜进去？”

“读棠梨第一高级中学也是我的心愿，我俩不谋而合了。”

“你太狂妄了，咱们骑驴看唱本，期中考试见分晓！”

“嗯，一言为定，要不要拉钩？”

“拉什么钩，知道她是谁吗？”班长傅新悦突然出现在童澔面前，横着肥胖的身子挡住童澔拉钩的手。

“我跟奚婼拉钩打赌，期中考试比成绩。”童澔说。

“奚婼也是你叫的？她是我的好朋友！撒泡尿照照你的影子，同她比你够格吗？不就是一个溜门子狗吗？”傅新悦出言不逊地说。

“什么溜门子狗？我们都是初中生了，说话文明点好吗？”

“哎嗨，你还知道文明？你偷偷溜进教室文明吗？跑上讲台抢风头文明吗？拿老师的教科书瞎显摆文明吗？”

“怎么啥话到你嘴里都变味了呢？没见过你这样当班长的！”

“行呀溜门子狗，教训起我来了，看我一拳不揍扁你！”

傅新悦说着，抡起拳头扑过来，朝着童澔的前胸就打。

童澔不慌不忙侧身闪过，傅新悦扑了个空，一个“狗啃屎”摔倒在地上，嘴巴下流淌着斑斑血污。

见傅新悦和童澔话不投机，动起手来，奚婼撒腿跑出“英语角”，远远地站着看。

童澔瞧见傅新悦的嘴唇流出了血，忙上前一步，蹲下身子，从兜里掏出几张皱巴巴的手纸，帮傅新悦擦拭嘴上的血。

“去吧去吧，别拿擦屁股纸羞辱我，当我是穷光蛋似的！”傅新悦说着，掏出一包高档湿巾，擦了擦嘴巴，扔到童澔脸上，瞅准童澔闭眼的空档，迅猛出拳一击，把童澔摔了个四仰八叉。

童澔爬起来，拍了拍身上的土，笑着伸出右手说：“好了，新悦，咱俩扯平了，就做个朋友吧？”

“同我做朋友，你配吗？”傅新悦反唇相讥，转身走了。

童澔伸出的右手，冷冷地悬在半空。

3. 不配当班长

星期五是邬老师的作文课，两个课时下来，同学们写好作文，交给了邬老师。

下课时，傅新悦悄悄地给班里大多数同学都塞了几块水果糖，说是韩国名牌，市面上买不到，吃起来又香又甜。

第三节上课了，邬老师说："同学们，中学是人生长知识、长身体的黄金阶段。大家入学一个星期了，相互之间有了一定的了解，现在利用自习时间，我们选举班长，组建班委会，有序管理班级的学习和生活。"

"选什么班长，傅新悦不就是班长吗？"童澔纳闷了。

同学们七嘴八舌议论纷纷，教室里像是炸开了锅——

"傅新悦是临时代理班长，去掉临时给他转正吧！"

"当班长需要有胸怀，有资历，有能力，能够带领大家学习团结，积极向上。"

"傅新悦是老班长了，从幼儿园到小学，他都是班长。"

"刚才傅新悦的韩国糖果挺甜的啊！"

"同意傅新悦当班长的，顶起来！"

…………

"你们烦不烦呀？不就是选举班长吗？至于这样乱糟糟的，还让人安心学习吗？"奚婼终于忍受不住杂乱的气氛，站起来大声发言，一下子使整个教室安静了下来。

"同学们，我们学校是棠梨定点中学，大家来自周边十几个小学三十多个村庄，当过班长的不下十人，这次我们要选最优秀的同学当班长。下面前后排分组讨论，交换意见，酝酿出候选人，然后选举产生我们班的第一任班长！"邬老师一边讲话，一边组织同学们分组讨论。

经过激烈的分组讨论，同学们以无记名投票的方式进行选举，唱票结果是：

童澔，43 票；

奚婼，42 票；

傅新悦，38 票。

“同学们，现在选举结果出来了，以最高票数认定，童澔同学就任……”

邬老师还没有说完，童澔就举手打断了他的话：“报告老师，我不配当班长！”

教室里立刻安静了，静得没有一丝儿声音，同学们都向童澔投去惊讶的目光。

邬老师慈祥地看着童澔说：“说说你的理由。”

“一、童澔有前科。”

童澔的话逗得同学们哄堂大笑，有人问：“什么前科，进过局子呀？”

“不经学校允许，私自溜进教室，就是违法。二、童澔斗过殴，前几天还打伤了傅新悦同学。”童澔自责地说。

“这些都不算数，你还有理由吗？”邬老师问。

“三、童澔不利便。”

同学们又哄堂大笑了，有人问：“什么不利便，是不是怀孕了呀？”

“不利便……就是家里事情多，邬老师知道的。”

邬老师认真想了想，同意了童澔的意见，随即宣布奚婼为班长。

“报告老师，奚婼不配当班长！”奚婼举手发言说。

“怎么了奚婼，你也有三条理由吗？”邬老师问。

“奚婼只有一条理由：专心学习，诸事不问。”奚婼回答得干脆简洁，不容置喙。

“好，老师尊重奚婼的选择，宣布傅新悦同学为我们班首任班长，大家欢迎！”

在稀稀拉拉的掌声中，傅新悦高兴地走上讲台，发表了就职演说……等他结束了演说回到座位上，奚婼指着课桌上刚刚划的一条白线说：“班长，奚婼不想高攀，课桌我俩一人一半，越线是霸占行为，谁越线谁是禽兽！”

傅新悦挠了挠头皮，说：“我俩是朋友，都不是禽兽。”

4. 秋天在哪里？

邬老师知识丰富，为人谦和，语文课讲得入耳入心，轻松活泼，同学们都爱上他的课。

有一次，讲解比喻和夸张的修辞手法，邬老师读了这样两首诗，让同学们从中体会修辞的巧妙与乐趣——

麦垛垛得圆又圆，
老汉垛麦上了天。
撕块白云擦擦汗，
凑近太阳吸袋烟。
一天打烂十只鼓，
一夜敲碎十面锣。
不是锣鼓质量劣，
只因人间喜事多。

课堂练习时，奚婼略加思索，马上吟诵道：

麦垛高又高，
耸立在云霄。

泰山搬过来，

刚及麦垛腰。

“好诗，好诗！”奚婼的诗博得傅新悦带头鼓掌喝彩。

童澔也不甘落后，口中念念有词道：

水泥线杆高又高，

两条银龙空中飘。

天公倘若不小心，

皮肤也能被烧焦。

童澔话音刚落地，就赢得同学们的阵阵掌声，教室里充满了欢声笑语。

一个月后，秋高气爽，天蓝水清，农民伯伯盼望已久的金秋丰收来临了。

星期五下午，仍然是一周一次的作文训练课。邬老师走进教室说，他要带领同学们去田野里寻找秋天，让大家深入大自然，近距离感受农民伯伯丰收的喜悦，上一节别出心裁的写作课。

班长傅新悦高兴得手舞足蹈，马上背诵起小学一年级学过的课文《秋天》：

天气凉了，树叶黄了，一片片叶子从树上落下来。

天空那么蓝，那么高。一群大雁往南飞，一会儿排成个“人”字，一会儿排成个“一”字。

啊！秋天来了！

同学们排着整齐的队伍走出了校园，一个个像放飞的笼中小鸟，欢歌笑语，不绝于耳。

大家走在田间窄窄的小路上，看阡陌交通自然编织的曲径通幽；走在迤迤逦逦的小河旁，看清清溪流梳洗的水草长发；走在西风吹拂的树林里，看一片片黄叶恋恋不舍地缓缓飘落；走在一块块收割在即的庄稼地里，看一望无垠色彩斑斓的丰收景象……

太阳不知不觉地往西方落，大家兴高采烈地在田间游，当若隐若现的晚霞爬出云缝的时候，邬老师让同学们在一片空地上围坐小憩，根据耳闻目睹的场景，每人用几句简短的话描述秋天在哪里。

班长傅新悦当仁不让，喜笑颜开说道："秋天在哪里？在绯红的枫叶里/在收获的果林里/在河水的倒影里/在黄鹂甜润的歌唱里！"

马上有位同学提出异议说："老师，班长的描述是抄袭儿歌歌词，不是原创。"

"不抢白也没人把你当哑巴卖了，我不是抄袭是改编好不好？"傅新悦瞪了那位同学一眼，狡辩着回应。

邬老师笑着点评说："你们不要争议了，傅新悦借鉴儿歌描述秋天，也是一种进步嘛！下面哪位同学发言？"

几位同学举手发言，用生动的语言描述了秋天的美好景色，得到了邬老师和同学们的赞赏。

奚婼瞥了一眼童澔，见他正在皱着眉头冥思苦想，粲然一笑说："秋天在哪里？让我告诉你，在闪着耀眼光芒的苹果树上，在穿着金黄衣裳的香梨果上，在葡萄树一串串紫色的玛瑙上，在田间金灿灿沉甸甸的稻穗上，在农民伯伯仓满囤流的喜悦上！"

"说得好！奚婼同学聚焦果树寻找秋天，集中描述秋果的甜美和农民的喜悦，有新意，有活力，值得同学们学习借鉴！"邬老师简洁的点评使奚婼心里像灌了蜜糖一样，她下意识瞥了一眼童澔，流露出不易察觉的挑衅眼神。

童澔装作没有瞧见的样子，朗声吟诵道：

秋天在哪里？南飞的大雁告诉我：

秋天在瓦蓝瓦蓝的天空中，那里有温暖舒适的阳光，有悠哉飘浮的白云，有干燥凉爽的清新空气；

秋天在五彩缤纷的果园里，那里色彩瑰丽，果香扑鼻，芬芳迷人，你来了就会兴奋得不要不要的；

秋天在金光灿烂的田野里，那里的高粱笑红了脸，那里的谷穗笑弯了腰，那里的棉花绽放出白白胖胖的笑脸；

太阳公公收起了火脾气，秋天却藏进农民伯伯的粮仓里，愁得农民伯伯直叹气：哎，需要多大的粮仓，才能装得下金秋沉甸甸的美丽？

5. 没有为什么

开学两个多月时，学校组织了一次期中考试。

临近期中考试的前一个星期，同学们都在积极备战，抓紧时间复习功课，童潴却走进邬老师的办公室请假。

“童潴，你为什么请假？关键时刻可不要掉链子啊！”邬老师不无忧虑地问。

“大舅告诉我，妈妈又病了，要我回家照顾几天。”童潴回答说。

“你妈妈患了什么病？”

“医生说是类风湿关节炎。她的手足、腕踝、颞颌关节都变成了畸形，疼痛时起不了床，整个人紧缩成一团。”

“知道了，希望你照顾好妈妈的同时，要挤时间复习功课，考试时老师通知你。”

“谢谢邬老师，我会的。”

当天傍晚，童潴就回到了家。看见妈妈比两个月前更消瘦了，关节肿胀得厉害，皮肤发烫，手指关节变成了竹篼似的。

“妈妈，很痛吗？”童潴鼻子一酸，眼里流出了泪水，扑到妈妈的床前问道。

“童澔不哭，妈妈不痛。”妈妈伸出鸡爪一样的手，抚摸着童澔的脸，给他擦拭泪水。

“我们去医院吧，找个好医生再看看。”

“别去了，家里没有钱，妈妈能把病拖跑的。”妈妈说，“你学习怎么样了？成绩好吗？”

“还行，成绩好不好，考试了才知道。”

“啥时候考试呀？”

“下星期。”

“童澔，妈妈没事了，就是想看看你，你明天回学校吧！”

“我把作业本带回来了，不用去学校，就在家里学习。”

“童澔真乖！你歇一会吧，熬点粥喝，妈妈不能下床，两天没有吃饭了。”

“我不累，这就给妈熬粥喝。”童澔说着，眼泪扑簌簌地往下掉，“我今后不上学校了，就在家里侍候妈妈！”

“傻孩子，那怎么行？你花几天工夫，把地里的玉米棒子收回来，就去上学。”

“知道了。”童澔答应着，洗手做饭去了。

星期二下午，奚婼闷闷不乐地来到邬老师的办公室。

“怎么不高兴了？奚婼，有什么难题吗？”

“报告老师，童澔逃学了，昨天早晨还在，上午就不见了，一直到现在都没看见他的人影。”奚婼说。

“找他有事吗？童澔请假了。”

“为什么请假？复习这么紧张，他怎么能请假呢？”

“童澔请假你紧张什么？”

奚婼愣住了：是啊，童澔请假我紧张什么？

“说呀，你紧张什么？”

“不紧张，我不紧张，就随便问问。”奚婼连忙说。

“好啊，奚婼会欺骗老师了！”

邬老师这样说话，奚婼真的紧张了，赶快解释说：“奚婼没有欺骗老师，童澔是我的学习对手，这两天他不在，我感觉心里空落落的。”

“老师早看出你心里的小九九了。”邬老师笑着说，“你好学上进，关心同学，有情有义，老师很高兴。告诉你吧，童澔的妈妈生病了，过几天就会回来的。”

“他不会耽误期中考试吧？”

“你真要暗地里同童澔比试呀？童澔把作业都带回家了，说不定他也同你较劲呢，快回教室好好复习吧！”

“老师，较劲就较劲，谁怕谁？”奚婼说完，转身走了。

刚刚回到教室，班长傅新悦就兴冲冲地说：“奚婼，告诉你一个好消息，童澔请假了，这一次期中考试你没有对手了，保证能考个全班第一名！”

“你小心，别越线，越线是禽兽！”奚婼伸手推了推傅新悦说，“我考第一名，你呢？你就不想考第一名？”

“我们班只要你是第一名，我永远不同你争！”

“为什么？”

“没有为什么！”

“还是班长呢，没出息！不想考第一名的学生，永远不是好学生！”奚婼白了傅新悦一眼，打开课本看起来。

6. 期中考试结束了

期中考试那天，预备铃响过，同学们纷纷走进教室，准备考试，奚婼却在学校大门口，东望望，西望望，无精打采的，好像在看什么。

班长傅新悦跑过来说："奚婼，第一节考语文，马上就要发考卷了，赶快回教室呀！"

"你去吧，我再等会儿。"奚婼说。

"等什么呀？"傅新悦问，"是不是等童澔啊？他已经缺课五天了，就是参加考试，也不是你的对手了！"

"你呀，就是没出息！"

"跟有没有出息没关系，你考第一名，我傅新悦高兴！"

"你考第一名你不高兴？童澔考第一名你不高兴？别的同学考第一名你不高兴？说你没出息，就是没出息！"

"不管有出息没出息，反正你考第一名，我傅新悦高兴！"

"选你当班长，白瞎了！"

"好了，奚婼，上课铃就要响了，赶快回教室吧！"

"丁零零！"傅新悦话音刚落，上课铃真的响了。

奚婼再往道路上看了一眼，还是没发现童澔的影子，叹了一口气，怏怏不快地跟着傅新悦走回教室，领了考卷，认真做起题来。

"报告老师，我迟到了，要求参加考试！"童澔忽然来到教室门口同监考老师打招呼。

监考老师看看表说："快进来吧，你已经耽误快二十分钟了！"

奚婼和傅新悦几乎同时向门口看去，奚婼手指着考卷示意童澔抓紧做题，傅新悦却皱了皱眉头，心里暗暗叫苦不迭："看什么？狼来了还关照，你奚婼的第一名要跑了！"

童澔进教室，领考卷，走到座位上，拧开钢笔，从容地开始了签名、阅卷、审题、答题。

…………

期中考试的最后一场，奚婼收起钢笔，整理好考卷，瞥一眼童澔，看见他正在咬着笔帽、盯着考卷沉思，显然考题还没有做完，好像遇到了拦路虎。

奚婼轻松地笑了笑，又瞥了一眼傅新悦，见他正在忙着收拾文具盒和考卷，一副洋洋自得的模样，看来傅新悦是做完了考题，准备交卷走人了。

“你还是晚一步吧，第一个交卷的喜悦和荣誉非我莫属！”奚婼这样想着，随即站起身，离开了座位，把考卷交给监考老师，走出教室门口的一刹那，回头扫视了一眼静静做题的同学们，一丝笑意爬上眉梢，信步走了出去。

“奚婼，祝贺你啊，一定考得很轻松吧？”溪婼刚刚走上校园“英语角”的廊道，傅新悦就从身后赶过来问。

“彼此彼此，班长考得也很好吧？”奚婼回应道。

“你感觉童澔也考得好吗？”

“童澔事情多，又缺了几天课，能坚持考试到底已经很不错了。”

“看你的做题状态，我感觉这次考试成绩你能甩童澔两条街。”

“你呢，你能甩他几条街？”

“我的成绩不如你，只希望能紧紧跟在你后边。”

“嘿，你这当班长的，还挺谦虚呀。”

下课铃响了，同学们陆陆续续地走出教室，有的有说有笑，有的默默不语，还有的疾步快走，旁若无人。

“奚婼，你看，童澔向这边走来了！”

童澔是最后一个走出教室的。他远远瞅见了奚婼和傅新悦，就加快步子径直走到这里，笑着打招呼说：“祝贺二位考场轻松，大获全胜！”

“也把同样的祝贺送给你！”奚婼说。

“临考试时，我与奚婼担心你不能参加，一直在学校门口等你到上课铃响，才急急忙忙进考场。”傅新悦说，“还好，你最多迟到了二十分钟！”

“谢谢你们俩，谢谢！”童澔笑着表示诚意。

“怎么谢？耍嘴皮子也算谢？不请一个汉堡堡也请一个冰激凌吧？”傅新悦故意逗着童澔说。

“班长过分了吧？共同进步是大家的心愿，请什么请啊？”奚婼担心童澔尴尬，像是批评傅新悦，又像是在给童澔解围。

“下次请吧，我还要见邬老师呢！”童澔笑着说。

“快去吧，再晚就打扰邬老师吃饭了！”奚婼提醒童澔。

童澔点点头，郑重地说了声“班长、奚婼再见”，就离开了廊道。

奚婼看着童澔的背影，自言自语说：“考试刚结束，童澔就去见邬老师，又有什么事呢？”

7. 童澔辍学了

一连几天，奚婼都没有见到童澔的踪影。

学校统一公布考试成绩那天，同学们把放榜专栏围得水泄不通，一个个指指点点地看，叽叽喳喳地说。

奚婼从“英雄榜”到“光荣榜”来来回回走了几次，看了几遍，还是没有发现“童澔”名字的踪影。

傅新悦走过来把奚婼拉到一边，高兴得合不拢嘴，说：“奚婼怎么样，我预测的没错吧？单科成绩你拿班级三个第一，综合成绩你是全校年级第一，甩了童澔两条街！”

“我考的成绩你高兴什么？”奚婼问。

“高兴我的愿望实现了，咱们班你第一，我第二，稳稳地把童澔撇了个第三！”

“看你那点出息！如果童澔考前不请假，考试不迟到，如果与我们站在同一个起跑线上竞争，还真不知道谁甩谁两条街呢?”

“这世界没谁重视如果，看重的都是结果!”

“结果是有人幸灾乐祸，有人暗自伤神，几天都没看见童澔了，我们谁知道他去哪儿了？谁关心他去哪儿了?”

“我知道呀，听邬老师说，童澔请了长假。”

“童澔家里咋那么多事呢？老这样请假学习可就毁了!”

“他学习毁不毁，你操什么心?”

“唉，白天不懂夜的黑，看来大家选你当班长，真是白瞎了!”奚婼说完，抬腿走了。

“说什么呢?”傅新悦啪嗒了几下眼皮，纳闷了，心想，“狗咬吕洞宾，不知好人心，你还黑夜不懂昼的光呢!”

傅新悦说的不全对，这一次童澔不是请假，而是辍学了!

妈妈的病眼见一天比一天重，需要童澔陪伴、照看；家里的几亩责任田，需要童澔耕种、劳作。亲戚家都有一摊子事，谁家都有一本难念的经。妈妈说，指望谁都是做美梦，靠谁都不如靠自己。

要靠自己，童澔只有选择辍学。本来，妈妈不想让童澔参加期中考试，童澔坚持要参加。他硬是说服了妈妈，给妈妈把食物准备好，把衣服换洗好，这才动身去学校，紧跑慢跑，还是耽误了入场的时间。

虽然考试发挥得不是太好，童澔毕竟给两个多月的初中学习画了个句号。那天，童澔告诉邬老师要辍学时，他哭了，哭得很伤心。他问邬老师：“什么是命运？命运为什么这样摆布一个十三四岁的孩子?”

邬老师没有正面回答，安慰他说：“越是这样，你越要坚强；自己不坚强，没人替你扛！落差形成瀑布，逆境造就雄才。知识是改变逆境的阶梯。在家要挤时间学习，需要帮助时，老师和同学都是你的后盾。”

就这样，童澔不声不响地辍学了，每天照看妈妈，收拾责任田，有了空闲就拿起课本自己学。

得知童澔不是请假是辍学，奚婼、傅新悦和班里的同学心里都不是滋味。虽然相处短短两个月，童澔的表现却给大家留下了好印象。

这天，奚婼对傅新悦说：“班长，我们请示邬老师，组织同学去看望童澔，给他送近期的学习内容和作业，好吗？”

“奚婼真令人刮目相看，走到我这当班长的前面了！”傅新悦夸奖奚婼。

“什么呀，同学有困难，我们都应该帮助的！”

“我全力支持！你组织学习内容和作业，我负责出钱购买礼品，其他同学自便，怎么样？”

“你哪来的钱？这年头吹牛皮可是要报税的啊！”

“报什么税，都是我爸爸妈妈平时给的零花钱。”

“你爸爸妈妈行啊！是大款还是老总呀？”

“都认识这么久了，你是真不知道，还是揣着明白装糊涂？”

“我一个女孩家闭目塞听，两耳不闻窗外事，怎么能当长舌妇，去打听你的家里事？”

“我爸爸是新任的棠梨商业银行副行长，妈妈是棠梨担保公司的总经理。”

“班长，你家这么大的派头，也不显山不露水，害怕同学们背靠大树好乘凉？”

“说什么呢，这不是告诉你了吗？”

“奚婼遵命，马上准备学习内容和作业，大家一起去看望童澔！”

8. 我笑不出来

光阴如梭，奚婼、傅新悦和同学们不知不觉走进了三年初中学习的最后一个学期。

其间，童澔来过学校几次，主要是同邬老师说说话，每次都是匆匆地来，又匆匆地走，很少有停留的时候，最多到班里看看奚婼、傅新悦和同学们。

奚婼记得最清楚，升入九年级以后，邬老师开始讲授毛泽东主席写的《沁园春·雪》时，童澔来到班里说他已经学习过了，感觉那首词寓情于景，气势磅礴，是中华民族诗词史上一朵前无古人、后无来者的奇葩。

邬老师问童澔有什么收获，他动情地给同学们说：读了毛泽东的《沁园春·雪》，仿佛看到了那个战火纷飞的年代，看到了那位指点江山的伟人，健步登上海拔千米、白雪覆盖的高原，俯瞰千里冰封的祖国河山，抒发着伟人特有的宏阔胸怀。他表示，生活中无论有多大的困难，也要传承中华民族优秀文化，努力学习，努力奋斗。

童澔的现身说法，为同学们注入了强劲的前进动力和积极的学习热情，给大家留下了深刻的印象。

童澔离开学校时，奚婼和傅新悦恋恋不舍地把他送到学校门口，说大家很想念他，要他空闲了多来几趟学校，多给大家交流学习体会，加深同学之间的感情和友谊。

童澔摇摇头说，在家学习时，常常有一些人用不同的眼神看他，抑或指指点点，说三道四。秋后的天气越来越凉，他妈妈的病仍不见好，以后来学校的机会就会更少了。

童澔最后一次来学校，正是严霜降寒凉、西风扫落叶的初冬时节，他带给奚婼几个咸鸭蛋，还带给同学们一鱼皮袋花生，说是自家地里种的，无药害。

童滌告诉邬老师说，他刚刚读了鲁迅的小说《孔乙己》，被鲁迅的文字感染了。鲁迅笔下的孔乙己深受腐朽思想和封建科举制度的毒害，不愿意正视残酷的现实，既迂腐不堪又四体不勤，在人们的嘲笑戏谑中混度时日，最后被罪恶的封建社会所吞噬。

邬老师说，鲁迅创作《孔乙己》小说，主旨是通过封建社会对苦难处境中的人的不公和薄凉，揭露科举制度对知识分子精神的毒害，鞭挞千百年来封建社会“人吃人”的本质。孔乙己的悲剧不是个人的悲剧，是整个社会的悲剧，小说《孔乙己》具有强烈而深刻的反封建意义和艺术魅力。

童滌说，他学习了小说《孔乙己》，感触很多，感受很大，感情非常复杂，先后从不同角度写了五篇读后感。特别是对鲁迅描写孔乙己在当时社会中，受到不同阶层的人的嘲笑，有一种令人窒息的悲凉，由衷地感到悲哀和愤慨。

邬老师告诉童滌：“通过文学作品的深度渲染，能够收到以笑写哀，更令人悲哀的效果。”

“孔乙己的形象能使很多人发笑，我却怎么都笑不出来。”童滌把他写的几篇读后感交给邬老师说，“这些都是我的心里话，不写出来心里憋得慌，请老师给予评点指导。”

邬老师把童滌写的读后感《可悲的笑声》当作范文在班里朗读，使奚婼、傅新悦和同学们真真切切感受到童滌思维的敏锐和学习的进步。文章中，童滌这样写道：

《孔乙己》中小伙计的笑，是打发无聊的苦笑；讨要茴香豆的小孩子的笑，是天真无邪、稚嫩纯洁的笑；短衣帮的笑，是五十步笑百步的奚落与嘲笑；掌柜的笑，是幸灾乐祸、狰狞可怖的奸笑。

小说中笑与被笑之间，既是灾难、痛苦和不幸，又是开心、乐趣与兴奋。那些含着辛酸眼泪的笑容，带给我深刻的悲哀与苦涩。面对现实社会中那些无聊的短衣帮和冷酷的店掌柜，你笑了吗？你笑得出来吗？

孔乙己是读书人自尊与虚荣的自欺欺人，固然迂腐可笑。但是，面对这样一个爬上去的欺人、吃人，爬不上去的被欺、被吃的残酷现实，我却怎么也笑不出来，笑不出声。

作为一个社会底层的读书人，孔乙己好吃懒做、迂腐不堪，鲁迅刻画孔乙己人物形象的深意，是在揭示那个小小的“咸亨酒店”，就是耍笑孔乙己、埋葬孔乙己、置孔乙己于死地的罪恶深渊。

“孔乙己”的悲惨命运，时时撞击着我的心扉和灵魂！

——从那天以后，童澔再也没有来过学校，一直到初中毕业离校时，同学们再也没有看见过他。

童澔究竟怎么了？他还好吗？

9. 女大十八变

棠梨第一高级中学坐落在县城西大街北侧，那古朴庄严的大门和苏式风格建筑样式的教学楼，曾一度是棠梨县的地标性建筑物，多年来牢牢吸引着棠梨及周边县市莘莘学子的眼球，成为他们就读高中的神圣殿堂，步入高等学府改变命运的起跳板。

中秋时节，天高云淡，头天晚上的一场秋雨，把天空洗得蔚蓝如镜，阳光更加显得亮丽温暖。棠梨第一高级中学敞开的大门，正在盛情迎接又一届新生的陆续到来。

一位戴着红色太阳帽的姑娘，着装简洁，款款而来。只见她鼻梁上压着一副时尚的大片墨镜，舒爽合体的象牙白长袖连衣裙上，轻松扣着装饰功能的棕色腰带，使胸前微微凸起的乳峰更加迷人；她斜挎一款浅褐色的长链坤包，脚上蹬着一双橘色尖头平跟鞋，右手拉着一个绯红色中型印花拉杆箱，尤其显现与众不同的优雅气质。

姑娘来到大门前，抬头看看门楣正中镌刻的“棠梨第一高级中学”八个金色隶书大字，轻松地舒了一口气，一丝不易察觉的笑意缓缓爬上白皙的脸庞。

看见三三两两的新生绕过门前“热烈欢迎新生报到”的宣传台，匆匆走进校园时，姑娘停住了脚步。她环视四周，视线扫过学校门前鳞次栉比的商铺和小吃店，踮起脚朝街道两侧眺望了一会，仿佛等候什么人似的，往门口一侧走了几步，慢慢蹙紧了眉头。

“奚婼，等我呐？你到很久了吗？”

这姑娘就是奚婼。身后响起的熟悉声音，让她知道是班长傅新悦！

“他怎么也来了？”奚婼感到诧异，马上想起领入学通知书时，邬老师告诉她的一句话：“今年傅新悦名落孙山了，他差棠梨一高录取分数线二十三分呢！”

“嘿嘿，奚婼，真是女大十八变，越变越好看，就隔了一个暑假，你就变得越发漂亮了！”傅新悦转到奚婼面前说，“不过，我还是一眼就认出了你！”

“是吗？你来得也挺早的啊！”奚婼说。

“爸爸开车送我来的，没下车我就看见你在这里左顾右盼了！”

“你的眼神挺尖的啊！”

“走吧，我们一起去报到，来，我拉着箱子！”

“不用了，我能行！”奚婼迟疑了一下才回答，然后拉起了拉杆箱准备走动。

“奚婼、班长，等等我！”

“童澔？是童澔！童澔也来了！”奚婼马上回头看，只见童澔背着一个大包袱，气喘吁吁地朝他们跑来。

“恭喜啊，我们仨老同学又见面了！”童澔兴奋地说。

“没想到在这里能见到你，干吗去呀？打工吗？”傅新悦感到很意外，他几个月没听到过童澔的消息了。

“打什么工？我也被棠梨一高录取了！”童澔解释说。

“好啊，那很好！”奚婼激动地说，“走吧，我们先报到，待会再叙旧！”

三人报到完毕，相约来到校园阔大的操场。操场上有篮球场、羽毛球场、乒乓球台、单双杠、千米跑道等各种体育健身设施，早来的一些同学正在玩单双杠，打乒乓球。

“那边绿茵操场人少，我们去那里吧？”奚婼提议说。

“奚婼好眼光，那里舒适宽敞！”傅新悦满口赞成。

路上，傅新悦问：“童澔，你参加考试了吗？怎么被录取的？”

“参加了，是大舅说服了妈妈，在附近考点报名参加考试的。”童澔说，“起初以为我只是自学，中招挂不上边，嘿嘿，没想到……”

“没想到什么？”奚婼好奇地问。

“考题出得简单了呗！”童澔忽然想起了什么，忙说，“奚婼，你不是明知故问吧？”

“简单什么呀？有的考题难为死我了，差二十多分达不到棠梨一高的录取线！”傅新悦不无感慨地说。

“哦，那你是怎么被录取的呀？”童澔问。

“花钱呗，差一分两千元，爸爸私下里找校长说情，免六千，这不，花四万元进来了！”

“你爸爸的面子真好使！”奚婼说。

“那是！”傅新悦马上补充说，“时下花钱买分不丢人，可也不是多光彩，咱都是老同学，你俩要给我保密，可不要当小喇叭呀！”

奚婼、童澔相视一笑说：“班长放心，老同学给你保密！”

蓝天下的绿茵操场给人一种清新爽朗的感觉。专业时尚的运动场地上，铺了一层带毛毛的绿色塑胶卷材，看上去一片青绿，格外养眼，脚踏在上面，感觉软绵绵的，就像踩在厚厚的地毯上。

三人来到绿茵操场，幕天席地，散开坐下，天高地阔地聊起来。

10. 人各有志

最先发起话题的是奚婼。她说：“童澔，这几个月你都做什么了，学校你也不去了？”

“我呀，看护妈妈，收秋种地，研究养殖，挤时间学习。”

“这么忙你还养殖，都养了什么呀？”奚婼问。

“养蚯蚓和大王八。”童澔高兴地介绍说，“麸皮稻壳养蚯蚓，蚯蚓养大喂王八。王八这玩意养着省事，一次吃饱十天不饿，价格高，来钱快。”

“我听爸爸说王八这东西最有营养，他最爱吃王八肉，喝王八汤，经常有人给我家送个三只两只的，就是没见过养王八的。”傅新悦说。

“童澔，你养王八能行吗？”奚婼高兴地说。

“能行的！王八这东西长着三角形的头，弹簧一样的脖子，绿豆粒大的眼，尖鼻子，小尾巴，背上背个大坨坨，就像一口大铁锅，上面还有十三块花纹，宽大的爪子非常锋利，你要是一伸手……”童澔如数家珍地介绍说。

“可不敢伸手，那家伙咬人。”傅新悦两只手比画成大圆形说，“一次有人送我家一只这么大的王八，我好奇地摸摸它的头，那家伙一伸脖子咬着我的手指，咬得鲜血直流！”

“哈哈哈，你爸想吃王八的肉，王八想吃你的肉了！”童澔笑得前俯后仰。

奚婼又问傅新悦说：“班长，你也说说暑假里都干了些什么？”

“我呀，嘿嘿，三件事：蹦迪、飙车、打游戏！”傅新悦说得眉飞色舞，“英雄联盟，吕布戏貂蝉，好玩死了！同哥们飙车，一跑就是百十里，来劲儿得很啊！蹦迪就甭说了，舞动青春，热血澎湃，想想身上就发热！”

“班长就是班长，一副花花公子派头，好牛啊！”童澔不知道奚婼说这话是褒还是贬，反正看她跷起了大拇指。

“奚婼，你是咱初中的班花，学校里的校花，也说说你暑假都做些什么了？”傅新悦问。

“我呀，没你们潇洒，我学起哲学了。”

“哲学？是不是诸子百家说的那个白马非马玩意儿啊？哎哟，那东西想起来就头痛！”傅新悦说着，真的抓挠起头皮来。

“咯咯咯，你至于吗？我研究的是东方哲学古今三大命题：我是谁？我从哪里来？我到哪里去？”奚婼笑着说。

“哈哈哈，这问题还用得着研究啊？我是傅新悦，我从娘胎里来，我到棠梨一高读书，多简单的事啊！”

“呵呵，你呀，恐怕是只知其一不知其二吧？”童澔捂着嘴笑了，“奚婼是女大十八变，人变心也变，不久的将来就变成我们的东方哲学大师了！”

“大师不敢说，凡事都要既知其一又知其二，‘纸上得来终觉浅，绝知此事要躬行’。人各有志嘛，哲学虽然难，正好挑战自己，今后就是我的追求目标！”奚婼说着，抬头看了看天空。

天空中，正有一群大雁从北向南飞……

“我们仨人从初中到高中，一路走来不容易，三年的高中生活刚刚开始，咱们把老同学的关系上升为好朋友吧！”童潲兴奋地说。

“志同道合才是好朋友，道不同，不相为谋。”傅新悦说，“我要蹦迪、飙车，你去吗？打游戏你陪我玩吗？”

“这三条我高攀不上你，除了学习和照看妈妈，我还要努力养王八，不过，这不影响我们做朋友的啊！”

“古人说，男女授受不亲。东方哲学的依据是，人与人相处要保持一定距离，冷淡一点；成年人社交不怕冷场，就怕太熟。”奚婼说出了自己的见解，“高中是青春期发育的最快阶段，我一个女孩子，暂时还没有处男朋友的想法，我只处考上清华或北大的男朋友！”

傅新悦看看天空，一袭蔚蓝高远，几坨白云正缓缓游动；又看看奚婼，忽然来了志在必得的雅兴：“‘雨过天青云开处，这般颜色做将来’，宋徽宗描述汝州青花瓷的意境，就是我傅新悦想要的未来。我要考北京、上海的体育学院，上中国最好的体育大学，我能满足奚婼的要求，我俩是好朋友！”

“臭美吧！”奚婼白傅新悦一眼说。

“我也想上清华、北大，想上中国最好的大学，可是离开现实谈理想那是耍流氓。要上清华和北大，我得养多少王八啊！”童潲叹口气说。

“人各有志不能勉强，世界上能改变的只有自己。清华、北大能上就上，上不了你还可以上王八大学嘛，哈哈哈！”傅新悦逗笑童潲说。

“咯咯咯！”傅新悦的话也逗笑了奚婼，她说：“童潲，哪天请我们去看看你养的王八呀？”

"欢迎老同学随时光临!"童澔神秘兮兮地说,"届时给你们一个惊喜,我等你们!"

11. 见证奇迹

在高中新的学习环境里,同学们觉得什么事情都很新鲜,课程学习也比较轻松。令奚婼、童澔、傅新悦更高兴的是,他们三人竟然还是分在一个班级。

入学后第一个周末的上午,傅新悦骑着摩托车进校园,看见了奚婼往外走,就停下车,取下头盔招呼她说:"周末没有什么事,中午我们走动走动吧?"

"好啊,去哪里?"

"去我家吧?"

奚婼想了想说:"你家距离学校近,随时都能去;童澔昨天放学后就回家了,我们还是去他家看王八吧?"

"也行,我们去看童澔养的王八!"傅新悦答应说。

"咯咯咯,咋能专门看王八?童澔的妈妈有病,我们带上礼物看看童澔的妈妈,顺便看看他养的王八。"

"奚婼,你真好,心眼细还善解人意,好想娶你做媳妇,以后嫁给我好吗?"

"胡说什么呢?没正经!"

"我是说你人好,将来嫁给谁是谁的福气!"傅新悦扮了个鬼脸说,"走吧,我们骑摩托去,你坐前面还是后面?"

奚婼看了看摩托车,又看了看傅新悦,思谋了一下说:"我侧身坐后面得了。"

"好的!"傅新悦把头盔递给奚婼说,"你戴上头盔,这样安全。"

二人在学校门前商铺里买了水果、蛋糕等礼品，骑上车就去了童澔的家。

童澔家距离棠梨一高有三十多里路程，道路凸凹不平，摩托车行进在路上，颠簸是少不了的。摩托车虽然不是大动力越野型的，起初奚婼还是有些害怕，好在傅新悦有一流的骑车技能，车子跑得相对平稳，个把小时就到了童澔的家。

童澔家没有围墙和大门，正屋是三间破旧的瓦房，一间旁房做厨房。两人下了摩托车，傅新悦正要敲门叫人，奚婼看见一个拉架车的人向这里走来，仔细一看，正是童澔。

童澔刚带妈妈看病回来。奚婼、傅新悦连忙上前嘘寒问暖，把带来的礼品送给童澔，帮助童澔把妈妈搀扶进屋里，躺床上休息。

童澔给妈妈倒了一杯水，看着妈妈服了药，才拎上半壶热水，领着奚婼、傅新悦去村子南侧的责任田水塘里看王八。

童澔说："你们今天来巧了，有惊喜给你们看！"

童澔家的责任田里，有一个半亩见方的水塘，水塘的五分之一处有一个扇形的人工沙滩，几只王八在沙滩上爬来爬去。塘中央有一堵十字隔墙，人可以在隔墙上来回走动。塘里的水稍微有一些浑浊，十几只大小不一的王八半浮在水面上，露出三角形的头，头上有两只明亮亮的小眼睛。

童澔介绍说："沙滩上面的王八在寻找产卵的地方，水里的王八在寻找着食物。"

傅新悦感觉很好玩，弯腰捡起一个小土块，抛进水塘，激起一片水花和涟漪，浮着的王八立马潜到了水里，再也不出来了。

奚婼问道："童澔，你有什么惊喜给我们？"

"不要着急嘛！"童澔说着，拿起一个水盆，手在沙滩上鼓起来的地方扒，嘴里还念经似的说，"我们仨，没事干；沙滩上扒王八蛋；扒一窝，又一窝，这里的王八蛋蛋多。”

“傅新悦快看王八蛋，童澔扒了好多王八蛋！”奚婼感到很好奇。

王八蛋的大小跟鸽子蛋差不多，圆圆的，白白的，触摸时感觉凉丝丝的。傅新悦回头看时，童澔已经扒出来二十多个了，又拿出几个看了看，重新掩埋在沙滩上。

童澔在水盆里弄了一点塘里的水，把带来的热水倒进去一些，使水刚好淹没了所有王八蛋，然后端起水盆走进水塘旁边的小屋里，奚婼、傅新悦也跟着走了进去。

“你是不是要煮王八蛋招待我们啊？”傅新悦一脸狐疑地问。

“当然不是。”童澔把水盆放在地板上，用一块黑布盖得严严实实，嘴里卖着关子说，“你们俩睁大眼睛看仔细，我现在数个一二三，奇迹就在你们眼皮底下发生了！”

“你是会魔术还是会障眼法啊，能把王八蛋变成小鸽子飞出来？”奚婼问道。

“别说话，见证奇迹的时刻到了！”童澔说着，摸了摸水温，喊了声“一、二、三”，突然揭开水盆上的黑布，只听见“啪、啪、啪”一阵细微的响声过后，一只只小王八纷纷凿破蛋壳，用力从里面钻了出来，两只亮晶晶的小眼睛看看这里，又看看那里，打量着这个水盆大小的新世界。

“太好玩啦，太好玩啦！”奚婼忘情地拍着手掌直跳。

“童澔，你太有才了，简直成了王八专家了！”傅新悦夸奖的话脱口而出。

“其实没什么，戏法在水温上。”童澔憨憨地笑着回答。

12. 傅新悦飙车

尽管童澌苦苦相留，奚婼、傅新悦也没有在他家吃午饭，而是骑上摩托车回棠梨城了。

傅新悦游兴未尽，飙起车来。在一段较为平坦的柏油路上加足油门，摩托车"呜呜"地吼叫着，带起的风在耳边"呼呼"地响，一个个行人、一辆辆三轮车都被他甩在身后。

"傅新悦，别开'英雄车'，我害怕，注意安全！"奚婼在他身后大声提醒着。

"没事，奚婼，你搂着我的腰，让你知道什么是飙车，体验一下飞起来的感觉！"傅新悦非但没有减速，反而再一次加大了油门。

摩托车吼叫着飞快地向前飙，几个行人听见车声，老远就躲在柏油路边上看……

忽然，前面不远处的道路上，横蹿出一条大黄狗，傅新悦来不及刹车，"嘭嗵"一声车狗相撞，大黄狗"汪"地一下滚了两个滚，一瘸一拐地逃跑了。傅新悦、奚婼重重地摔向了马路牙子，头盔滚下了路边沟里，摩托车的几个塑料碎片撒落在路上。

傅新悦摔破了裤子，摔伤了左腿，脸部擦伤了一大块皮，渗出了血粒子。他好大一会儿才从地上爬起来，看看奚婼。奚婼的手擦伤了，散乱的头发盖着脸，双手紧紧捂着头，好像吓呆了一样。

"奚婼，奚婼，你没事吧？"傅新悦捂着腿蹲在地上问。

奚婼只是摇头，没作声，显然还没有从惊吓中反应过来。

"说呀，你伤到哪里了？"

约莫一刻钟过去了，奚婼才慢慢睁开眼，撩了撩头发，看了看傅新悦说："我害怕，我头痛，耳朵轰轰响，你伤到哪里了？"

"我没什么事，都怪我不听你的话，摔伤了我，惊吓了你，我活该！"傅新悦自责起来。

"说这些还有什么用？快想想我们怎样回棠梨，找医生给你看看伤吧！"

这时，一辆载客三轮大篷车开过来，傅新悦挥手叫停，恳求师傅说，"师傅，我们是棠梨一高的学生，你把我们送到城里，这辆摩托车就送给你吧！"

师傅说："学生，好好的飙什么车？记住这个教训吧，我不收钱送你们去棠梨城，也不稀罕你的破摩托车。"

师傅搀着奚婼和傅新悦上了大篷车，回身去收拾那辆摩托车，傅新悦连忙摆摆手说："走吧，师傅，这车是勾命鬼，不要了！"

"呵呵，勾命鬼在你心里头，跟车子有啥关系？"师傅一边回应，一边收拾好摩托车，这才发动三轮大篷车稳稳地向棠梨城开去。

路上，傅新悦想回家。大篷车师傅问清楚他家住哪里，把大篷车直接开到他家，卸下了摩托车，让傅新悦自己去医院看伤，然后送奚婼到棠梨一高。

傅新悦的家是一处联体的三层欧式别墅，面积约有四五百平方米。挑高的门厅和气派的大门，彰显着豪华浪漫与庄严的气质；圆形的拱窗和转角的大理石，昭示出独特的清新优雅和雍容华贵；乳白色的外墙漆配以浅红色琉璃瓦屋顶，让人感觉色泽斑斓而心神荡漾；精巧舒适的罗马立柱与南北舒展的回廊栅栏间，青草绿坪、珍贵花木与六角形观景亭台相得益彰，充满了独具匠心的异国情调；古典欧式风格的每一个细节，都给人留下精致奢华、富丽堂皇的印象。

"毕竟是商业行长、小康之家，傅新悦生长在这里，真是幸福啊!”奚婼坚持要回学校，没心思多看一眼傅新悦的家，便礼节性地点个赞，谢绝了傅新悦的邀请。

奚婼在棠梨一高大门口下了大篷车，说了几句感谢师傅的话，看着师傅开车子离开，刚刚转身往里走，正与前来找她的爸爸妈妈打了个照面。

爸爸妈妈告诉奚婼，棠梨要规划修建环城快速通道，她家的房子在规划区范围内，马上就要拆迁。政府对拆迁户进行一次性货币补偿，要求拆迁户自行解决居住问题，爸爸妈妈是专程同奚婼商量这事来的。

奚婼家居住在棠梨郊区，早些时候就听说过修建环城快速通道的事，只是没想到事情会来得这么快。奚婼不知道她家前几年办小造纸厂时，为缓解资金紧张，向银行贷了几笔款，一直拖着没有偿还。

政府整治人居环境，推进城镇化建设，“一刀切”关停了“五小”企业，爸爸为了偿还贷款，硬撑着残疾的身子打工挣钱。这次有了房屋拆迁货币补偿的机会，父母一定会先还贷款，再考虑进城买房的事情。

“奚婼，爸爸盘算好了，用拆迁房屋的赔偿款偿还了造纸厂贷款，还够交一套九十平方房屋的首付，你在城里读书，我们在城里买房，我和你妈努力挣钱还月供。”

妈妈马上插话说：“奚婼，这人呐，无病、无债一身轻。你爸爸身体不好，偿还了债务，他也就心安了，你看好吗?”

“爸爸，妈妈，家里的事听你们安排，只要您俩别太累、太辛苦，我就满足了!”奚婼回答说。

“好孩子，你头上怎么有大包?走，赶快去看看医生!”妈妈盯着奚婼目不转睛地看，忽然发现她后脑勺鼓了个包，不等奚婼回话，硬拉着她看医生去了。

13. 一锅王八汤

星期一上午，傅新悦请假了，说是在医院看病呢。

下午上课时，傅新悦仍没有来。

童澔纳闷了，问奚婼是咋回事。奚婼揶揄地告诉她，傅新悦飙车了，脸上擦了块皮，没什么大不了的事，有钱人家的孩子金贵呗！

“你呢，你伤着了吗？”童澔追问。

“我没事，头盔甩掉了，后脑勺起了个包，已经消肿了。”

“唉，都是我添的乱子，回头给你们补补情。”

“碍着你什么事了？补什么情？乱弹琴！”

下午放学后，童澔向别的同学借了辆自行车，骑着回家了；第二天童澔又赶回学校，没耽误上早读课。

星期三上午傅新悦来了，放学时童澔拉着他对奚婼说：“走吧，去学校门前小餐馆，我请你们喝王八汤。”

奚婼、傅新悦都愣住了，不约而同地问：“喝什么王八汤？那东西老贵的！”

“王八是自己养的，汤是厨师做的，伙钱是用王八换的，你们为我受了伤，我就想给你们补补身子！”

“你怎么这样执拗呀，不是跟你说我们没事吗？心意我领了，你把王八汤退了吧！”奚婼说。

“王八汤确实大补，现在活王八已经做成汤了，退了就冷了童澔的心，我们还是去吧？”傅新悦劝奚婼说。

“童澔，我告诉你，君子之交淡如水，咱们下不为例！”奚婼看着童澔，把话说得很严肃。

“好，听你的，下不为例。”童澔边答应边带领奚婼、傅新悦出了校门，来到小餐馆。

一锅鲜美的王八汤，对于奚婼来说是奢侈品，对傅新悦来说却是屡见不鲜，他想起在家常喝的“中华鳖精”，就问童澔说：“你养那么多王八，有没有想过深加工，开发更具市场潜力的新产品?”

“想了呀，我要用王八蛋、王八羔子研制出王八羹产品、王八膏补品、王八茶饮品，平分中华鳖精的市场份额!”童澔回答说。

“行啊童澔，眼下你就有大理想大目标，围绕王八创大业，以后我们跟你混得了!”几口王八汤下肚，奚婼胃口大开，神情也兴奋起来。

傅新悦见奚婼夸奖童澔，心里有一些不是滋味，站起来给奚婼夹了几块王八肉，从兜里掏出一叠崭新的钞票，甩得哗哗响，睥睨了一眼童澔说：“做你的王八梦吧，在这个世界上它才是爹，才是爷，离开钞票谈理想，才是耍流氓，手里没这个，嘛事也干不成的!”

“你说得对，谁创业都离不开金融部门的支持，有老同学你在，我们就能近水楼台先得月喽!”童澔也给奚婼夹了块王八肉，再给傅新悦盛了一勺汤，笑笑说。

“嘿嘿，恐怕到时候你们大块吃肉，我傅新悦就只有喝汤的份了!”

“说话别酸不溜秋的，什么你们我们的，都坐下喝王八汤吧!”奚婼隐约感觉傅新悦话中有话，巧妙地转移了话题。

“童澔，你用王八汤滋养感情，我用这个弥补过失。”傅新悦把手里的钞票递给奚婼说，“奚婼，对不起，昨天让你受惊吓了，这些钱算我给你赔礼了，需要什么随便买点吧!”

“你说的是什么话?把我当成什么人了?”奚婼放下筷子，推开傅新悦拿钞票的手，回敬道，“我还没有到见钱眼开的份上!”

“都是我不好，是你俩给我长脸了，看在老同学的份上，我们只吃饭，不说事好吗？”童澔自责地求和。

“吃什么饭？吃饱了！”傅新悦觉得奚婼驳了他的面子，胡乱把钞票往兜里一塞，甩手走出了小餐馆。

“他走他的，咱吃咱的，拿好心当作驴肝肺，要什么公子哥派头？”奚婼睥睨地说着，低头喝起王八汤来——其实，她什么也吃不下去了。

星期五下午放学后，童澔照例回家，刚出学校大门口，迎面走过来三个小青年，中间那个留着茶壶盖发型的伸腿使个绊子，把童澔绊了个趔趄。

“没长眼啊，踩我的脚？”茶壶盖青年没等童澔缓过劲来，猛击一掌把童澔打翻在地上。

童澔站起身，拍了拍身上的土，问道：“是你绊了我，竟还强词夺理打人？”

另两个青年一人拉着童澔一只胳膊说：“好你个王八羔子，踩了脚还想溜走？”

茶壶盖青年伸出巴掌，左右开弓，重重地打在童澔的脸上，童澔的嘴角里马上流出了鲜血。

“住手！”随着一声断喝，拉童澔胳膊的青年放了手，只见奚婼跑过来说，“你们凭什么打人呀？”

“嘿嘿，这谁家的妮子啊？长得够标致的，小悦悦相中的就是你吧？”茶壶盖青年冷笑着瞥了一眼奚婼，“哥们打他不长眼，咋了？”

“咋了？青天白日，打人犯法！”奚婼看到童澔嘴上的血，愤怒地说。

“哟嗨，小小妮子家想多管闲事，看哥们连你一块收拾了！”茶壶盖青年瞪圆了双眼，抡起拳头吓唬奚婼。

“你敢！”奚婼挺起胸，一步跨到茶壶盖青年面前，“有种你来打！”

茶壶盖青年被激怒了，拳头变成了巴掌，伸向了奚婼的脸颊，不料却被一只大手紧紧地攥住，悬在了半空。

奚婼、童澔一看，解围的人是傅新悦！

傅新悦指了指童澔和奚婼，怒喝道：“他是我老同学，她是我女朋友，要打架，冲哥们来！”

茶壶盖青年乜斜一下傅新悦，伸舌头挤眼做了个鬼脸说：“悦悦哥，小弟见好就收，这事给你办圆满了！”说完右手一摆，领着另两个小青年溜走了。

奚婼余怒未消，对傅新悦说：“班长，老同学就是老同学，我啥时候成你女朋友了？”

童澔擦了擦嘴角上的血，看着傅新悦说：“谢谢你，老同学！”

“谢什么？路见不平拔刀相助，我也是图一时痛快！”傅新悦转向奚婼说，“嘿嘿，奚婼，你没事吧？”

奚婼瞥一眼童澔，意味深长地说：“你呀，就等着别人把你卖了，帮人数钱吧！”

14. 再进一杯酒

一个月后，童澔家出现了一喜一悲两件事：

喜的是乡里扩大敬老院规模，经大舅再三说合，童澔的妈妈住进了敬老院，每天的衣食住行有了保障；悲的是童澔养的大王八被人偷光了，小王八没有偷，都被农药毒死了，翻着肚皮浮在水面上。

三个月后，奚婼家也出现了两件事：一件是老家的旧房被拆迁，赔偿款偿还了银行贷款；另一件是在棠梨东关社区买了新房，一家人住进了城里，完成了从郊区农民到城市市民的跳跃。

第二学期开学后，学校举行摸底竞赛考试，奚婼获得全校第三名，童澔获得全班第二名，傅新悦名次排在前十。学校以傅新悦进步快为噱头，把他由班长擢升为学校学生会副主席。

升任了学生会副主席的傅新悦自然少不了“夸官亮职”。由他爸爸出面选定棠梨最豪华的饭店，择日隆重宴请为他进步出了力的校领导、班主任和任课教师；最后一轮赶在周末，由傅新悦亲自组织在学校附近的小餐馆，宴请奚婼、童澔等七八位老同学。

“老同学，大家请，今天是个特别的日子，我干杯，你们自便!”春风得意的傅新悦给老同学逐一斟上红酒，揭开了劝酒令的序幕，显示出足够成熟优雅的范儿。

“祝贺傅新悦同学荣升为学生会副主席，预祝今后步步高升，鹏程万里!”同学们纷纷附和着端起了酒杯。

酒过三巡，菜过五味，傅新悦抹了一把脸，特意给坐在身边的奚婼递了个眼神，敞亮地说：“今天没有外人，我们都是老同学、老朋友，一家人不说两家话，大家好吃好喝，畅所欲言，度一个美好的夜晚，我傅新悦全部埋单!”

几个同学说了一些令人肉麻的恭维话，无非是夸赞傅新悦家庭背景好，爸爸妈妈权势大、人脉广，财大气粗，出手阔绰；傅新悦相貌俊美，成绩优秀，特别是有组织领导能力，深得领导和老师的垂青，是同学中的一匹悍马等等。

见奚婼没有发言，傅新悦又对她眉目传情，笑盈盈地说：“作为老同学、老朋友、班花、校花、女学霸的奚婼，一直是我心目中学习的偶像和女神，下面隆重请出校花奚婼讲话，大家欢迎!”

“哗哗哗!”一阵掌声过后，奚婼喜笑颜开站起来说：“为感谢老同学傅新悦今晚的盛情晚宴，我敬他一杯荣升酒，大家乐意吧?”

满桌人鼓掌通过。

奚婼斟满一杯红酒双手敬过去，傅新悦接过杯子豪爽地一饮而尽。

“俗话说好事成双，一杯不成敬意，奚婼敬两杯酒大家不会介意吧？”

在同学们“应该、应该”的附和声中，傅新悦喝下了第二杯红酒。

“这三杯酒是义气酒，好比刘关张桃园三结义，请同学们赏光，咱们大家陪傅新悦一起喝好吗？”

奚婼说得句句在理，大家答应着同饮了一杯。

“这四杯酒是四季发财酒，恭请用了这杯酒，常喝常有，越喝越有！”童澔瞅机会站起来劝傅新悦再喝一杯。

“这话我爱听，童澔拿酒来，干！”傅新悦接过酒杯一饮而尽。

“要喝喝个五魁首，我们跟着班长走！”

“要喝喝个六六顺，我们跟着班长混！”

“要喝喝个八八八，班长一路发发发！”

“要喝喝个九九九，班长天长又地久！”

“要喝喝上十个酒，十全十美最风流！”

同学们你一句我一句，你也敬我也敬，不大会工夫傅新悦就喝得头发蒙，腿打飘，脚下像踩了棉花包，差点儿摔倒。

“同学们，班长进步这么快，让他介绍介绍经验好吗？”奚婼见缝插针，鼓动大家说。

“好！好！欢迎班长传经送宝！”大家异口同声地说。

傅新悦努力睁开眼皮子，嘴角流着哈喇子，神情恍惚地抹了一把脸，结结巴巴地说：“没有经验……没有经验，现在这世道，就是……兴拿钱！拿钱开路，拿钱说事，拿钱请客……反正咱有钱！”

“班长酒后吐真言，能否再说具体点儿？让大家听个明明白白！”奚婼直接鼓动傅新悦说。

“奚婼要说具体点儿……那就具体点儿，修理童澔，拿钱；灭他的王八，拿钱；考分不高，拿钱；要求进步，拿……还是拿钱！”傅新悦断断续续地说。

“班长喝多了，喝多了！”奚婼给童澔飞了个眼神说，“我们送班长回去休息，大家现在散了吧！”

15. 此地为别

高中二年级下学期，童澔妈妈的病越来越重了。大舅带信儿要童澔请假，去乡敬老院看望妈妈。

在敬老院的住室里，妈妈用干枯如柴的手拉着童澔，问他的学习，问他的志向，问他同老师、同学相处的情况，不厌其烦地问了一遍又一遍，童澔回答了一次又一次。

童澔看着枯瘦的妈妈说：“妈妈，有什么话你就对儿子说吧，我听着呐！”

“孩子，给妈妈笑一个，妈妈想看阳光灿烂那样的笑！”

童澔不知道妈妈何意，脸颊上勉强堆上了笑容。

妈妈点点头说道：“孩子呀，你笑得不开心！这人呐，再苦再难都要有一颗快乐的心，要做一个温暖的人；心存美好，懂得感恩，以后过日子才能没多少磕磕绊绊。”

童澔点点头说：“儿子记下了。”

“记下了就好！妈妈没有多少日子了，今后啊，不论你做事还是做人，千万记住在人之上，要把别人当成人；在人之下，要把自己当成人。”

“儿子明白。”

“妈妈再问你，谈女朋友了吗？”

“没有。”

“没有就好，你大舅告诉我，一个留茶壶盖发型的小伙子，说你抢人家的女朋友挨了打，还说偷王八是断你的财路，他们想逼你退学，妈妈才知道你在学校受委屈了。”

“妈妈别说了，儿子没受委屈。”

“孩子呀，妈妈知道你年少轻狂，想着干点事业，但你明白吗，好奇害死猫，咱家需要的是有烟火气儿的生活！人都是自己跌倒自己爬，真有事了吧，谁都指望不上。”

“妈妈想让儿子做什么？”

妈妈眼里挂着泪花，摇了摇头。

“妈妈，你说吧，儿子听你的！”

“妈妈知道儿子的命苦，家里大小事都得你扛，你不扛，没人替你扛，这学咱不上了好吗？”

童澔心里“咯噔”了一下，眼泪虫子一样往外爬，但他努力地克制着，背过头去擦了擦，不让妈妈看见。

“童澔哇，妈妈是快要走的人了，你就是咬着牙把高中读完，考上了大学，谁能供应你呀？你大舅家里也有一摊子事，为了咱们家，他受了不少委屈、生了很多暗气了啊！”

“妈妈别说了，儿子不上学了。”说了这句话，童澔的泪水像断了线的珠子一样，“唰唰”地往外流……

第二天回到学校，童澔同班主任说明了情况，到班里拿上自己的书籍杂物，然后向同学们辞行。

奚婼和傅新悦默默地把童澔送到学校大门口，童澔依依惜别说：“棠梨一高是我最难忘的地方，你们两个是我最好的同学，祝福你们学习进步，人生幸福！”

“童澔慢走，以前的事是我对不起你，请你原谅我！”傅新悦拉着童澔的手说。

“别说了，班长，过去的事都过去了，让我们今后重新开始吧！”童澔回应道。

“童澔，此地为别，我祝福你心之所向，如愿以偿！”

“谢谢奚婼，此地为别，我可能‘流年若水逝无痕，浮生若梦几何欢’了，能拿流年换浮生，也是我最大的心愿了！”童澔缓缓地挥动着右手说，“再见班长！再见奚婼！”

“再见童澔！”

“童澔再见！”

三个人的右手都晃动着，三个人的眼睛都湿润着。路上的行人都停下来，静静地看着他们……

16. 我们一起走

辍学后的童澔生活艰辛，路途坎坷：学习过炕鸭子，行情不好，炕的鸭子卖不掉；摔砖坯子烧马蹄窑，烧出的砖头红的多青的少，堆在窑厂没人要；赶集贩卖过鸡仔，赔得多赚得少；养猪正赶上疫情，卖猪的钱不够防疫费。

一年后妈妈去世了，办完丧事后，童澔好说歹说跟大舅借了点儿钱，买了一些王八羔子，又干起了养王八的老本行。虽说是挖耳勺炒芝麻——小打小闹，但毕竟王八行情没有暴涨暴跌，月月都有一些微薄的收入，“滚雪球”的发展虽然慢，但也慢慢地有了积蓄。

奚婼的爸爸身体残疾，妈妈却是个要强的人，干起活儿来不输男子汉。为了多挣钱，让奚婼安心读书，掏粪挖土扫大街，妈妈专找苦活累活能挣钱的活干。后来棠梨改革丧葬制度，建设了殡仪馆，奚婼妈妈主动报名，争取到了做殡仪馆美容师的差事，收入才够一家人的生活开销。

当了学生会副主席的傅新悦如鱼得水，吃喝玩乐的朋友比以前更多了，跟奚婼也走得更近了。为了讨得奚婼的芳心，经常给奚婼买点小礼品，主动帮奚婼打扫班级卫生，陪奚婼跑步健身，聊天散心，一步步加深着感情。

四月中旬一个周末的晚上，微风习习，月光如水，柔和的夜灯照亮着大街小巷和学校，这是人间最美好的时光。

学校绿茵广场周边密植的花木，盛开着五彩缤纷的花朵，阵阵清香散发着沁人心脾的芬芳，蕴含着无尽的朦胧清幽和婉约柔美。

"月上柳梢头，人约黄昏后"。一些男生女生总爱在绿茵广场或静坐，或散步，互相谈论他们各自喜欢的话题。此时，奚婼也应傅新悦的约请，正向这里走来。

奚婼总爱给人一种清爽的美。她穿着一款纯粉色的高腰真丝连衣裙，大大方方展现出干净素雅的清新魅力；穿在脚上的一双亚粉色高跟鞋，更透出那种极其高贵的公主气质。

傅新悦的手里拎着一提精致包装的巧克力牛轧糖果，早已静静等候在一株缤纷的月季花树下。看见奚婼缓缓走来，他连忙迎上前去，笑着把糖果递给奚婼说："奚婼，你越发漂亮了！这是进口的新产品，有嚼头，很甜蜜，很有巧克力的味道，你拿去吃吧！"

奚婼浅浅一笑，委婉谢绝："不好意思，劳你费心了，我不爱吃糖。"

"奚婼，时间过得真快啊，高考以后我们或许就各奔东西了，想想初中、高中这六年的同学生涯，我一辈子都不能忘记你的陪伴。"

"是啊，六年不易，真爱永恒。同学们有的辍学，有的打工，有的远走高飞，纯真的友情谁都难以忘记。”

“就说童澔吧，他辍学后炕过鸭子烧过窑，贩过鸡仔养过猪，结果都失败了。买牛牛贵，养羊羊贱，政策支持也罢，现实残酷也罢，他偏偏都是走霉运。这人呀，都是命！不认还不行！童澔一出生就输在了起跑线上，再发奋折腾，有什么用？不甘心倒不如甘心的好！”

“你对童澔还挺关心的啊！”

“老同学嘛，友情为重！再说我吧，我是爸爸千千万万个精子中，跑得最快、最强劲、最幸运的那一个。从我成功孕育的那一刻，我就命中注定成大才、坐高位、享清福。我爸爸妈妈这样说，爸妈的同事这样说，我家隔壁的黄大仙也这样说，也许这就是我的命！”

“是呀，你本来就是同学眼中命好福大的公子哥嘛！”

“我喜欢你，你也喜欢我吗？”

“喜欢啊！”

“我时刻爱着你，你也爱我吗？”

“爱和喜欢是一回事吗？”

“你答应嫁给我，我许诺一辈子疼你爱你，给你幸福和快乐！”

“咯咯咯！这时候山盟海誓的，你不觉得肉麻吗？我只想考学深造，别无他求。”

“大学我也要上的，现在就是想升级我俩的关系，恳求你做我的女朋友！”

“一提牛轧糖就能升级俩人的关系？你太有想象力喽！”

“奚婼，我家要什么有什么，你想要什么我给你什么，只要你答应我，哪怕是搬梯子上天我也去！”

“我想要北京大学或清华大学的学生证，你有吗？”

傅新悦摇了摇头。

"这不就得了，大学的路上，希望我们一起走!"

"好，答应你，我们一起走!"

17. 老同学情谊

说心里话，奚婼不是那种不懂人情世故的高冷女生。

冬瓜调素菜，各人有所爱。奚婼喜好独处，乐于矜持，崇尚那种"腹有诗书气自华"的小资情怀，有意无意追逐那种"清水出芙蓉"的清新自然。

对于那些低胸短裤、衣着暴露的时尚，奚婼从来是只欣赏、不模仿，也不会随意赶潮抖酷。虽然生理的发育使她渐次步入朦朦胧胧的情窦初开时期，但凡过分亲热、接吻拥抱的男欢女爱之事，奚婼往往是避而远之，不敢盲目"高攀"。

爱美是女人的天性，女人的美在骨不在皮。接触了东方哲学传统文化的奚婼，明白一个真正被男人深爱的女人的魅力所在，不会是包包、口红或香水，应该是由内而外散发的涵养、气度与自信。班长傅新悦向她的表白，着实让她陷入了一阵沉思。

奚婼给所接触的男生挨个排了名，最熟悉的莫过于童澔和傅新悦。童澔曾两次提出同她交朋友，都被她轻松地回绝了；要说傅新悦对她动的那些小心思，她也看得清清楚楚。高考前的这次直接表白，既出乎意料也在情理之中，只是……只是他太过急于求成，有违欲速则不达的常理罢了。

临近高考的前几天，奚婼爸爸外出棠梨办事的路上，不幸遭遇了车祸，没来得及抢救就匆匆地走了。爸爸出殡那天，奚婼哭得死去活来，前来吊唁的傅新悦买了个大花圈，还特别拿了一千元唁礼。童澔那天也流着泪参加了仪式，劝奚婼节哀顺变迎战高考，陪着她及其家人安葬了老人。

爸爸的去世重创了奚婼的心灵，一连十几天她都走不出悲痛的阴影。她昏昏沉沉地走进考场，水平自然不能正常发挥，就读北大、清华的理想成了遥远的美梦，最终被天津一家知名的医护美容学院录取为本科新生。

志在必得的傅新悦因为考场作弊，考分被扣除了一部分，没能如其所愿冲进北京、上海等体育名校，爸爸妈妈竭尽全力给他私下运作，才被省城的一家金融学校录取，也算是与大学结了缘。

一晃就到了大学开学的时间，童澔相约他们来到棠梨城。还是在棠梨一高门前那个喝王八汤的小餐馆，童澔主动提出由他埋单为奚婼、傅新悦饯行。

这是“挥手从兹去”的日子，也是“久别话重逢”的时候。综合各人的喜好，三个人点了四菜一汤——那汤，自然还是用童澔养殖的大王八特意熬制的。他们饭吃得津津有味，话说得开开心心。

童澔首先祝贺奚婼、傅新悦学业有成，走进了预示人生完美圆梦的大学殿堂；然后讲述自己辍学后历尽的坎坷路途，对先前开发王八羔子系列产品的梦想轻轻摇头，付之一笑，好像他经历的无数苦辣酸甜，都被那清浅的笑靥一下子包容或化解了似的。

奚婼还是那样矜持和低调。她说，大学录取通知书并没有圆满她的梦；爸爸撒手人寰以后，家里的负担落在妈妈一个人身上，那是她永远的牵挂和永远的痛；四年大学生活，她将只身飘零于天津，心灵深处的炙烤会使她天天都难以安生。

“别说了奚婼，咱们是老同学，老同学情同手足，你妈妈就是我妈妈；童澔虽然不才，我承诺经常进城看望大妈，像孝敬我妈妈一样孝敬你妈妈，你就安心读书吧！”

童澔的话由衷而发，朴实无华，感动得奚婼的两眼汪满了泪花。

傅新悦马上捏了餐巾纸递给奚婼说："童澔是我们信得过的老同学、好同学，我相信童澔不会食言。以前我有很多对不起童澔的地方，童澔都原谅了我；今天请奚婼作证，以后童澔只要有用得着我的地方，我保证倾尽所能，尽力而为！"

"谢谢你，我的老班长！"傅新悦的话令童澔激动不已，连忙站起来合掌致谢。

"谢什么，就是一句话的事，我都是给你添堵添乱，什么也没有帮到你！"傅新悦说着，呷了一口茶水，看了看奚婼，转变了话题，"说一句你们不爱听的话，初中、高中这六年，我和奚婼同班学习，形影不离，也算是两小无猜，青梅竹马；上大学后虽然天各一方，我永远都会把奚婼装在心里，也希望奚婼心里永远都装着我傅新悦！"

"我今天也把心里话挑明了说，傅新悦同学，你若不离，我便不弃，我们老同学情谊永远地久天长！"

"哈哈哈，但愿不是白老夫子'天长地久有时尽，此恨绵绵无绝期'之意吧！"坦然大笑的童澔再次站起来双手合掌，连连顿首说，"祝福你们，也祝福我们'执子之手，与子偕老'，愿美好的友谊陪伴终生！"

奚婼、傅新悦激动得站起来鼓掌共鸣，然后，三个人六只手紧紧地握在了一起。

18. 妈妈的味道

第二年七月初，大学开始放暑假了。

天津站高大的主站楼房顶上，矗立着的圆柱形钟楼雄伟挺拔。左侧的邮政大楼与右侧的龙门大厦，像钟楼张开的两个臂膀，拥抱着面前宽阔的广场和翻腾着浪花的海河。几只白鸽掠过横跨海河的解放桥，俯瞰站前广场熙熙攘攘的人流从凝重的大铁桥上走过。

奚婼静静地坐在站前广场一侧的椅子上，面前陪伴她的还是那个粉红色的拉杆箱。她身着一款简约风格的碎花连衣裙，脚穿一双乳白色的尖头皮鞋，乍看上去不怎么经典时尚，但那种优雅端庄、娴熟淑女的气质，却吸引了不少游客及行人频频闪烁的眼球。

奚婼抬头看了看广场上巨大的时钟，时针已经指向了八点；再看了看出站口稀稀疏疏的人流，微微蹙动了一下眉头，自言自语说："应该到了，会不会火车晚点了呀？"

忽然，两只大手从背后轻轻捂住了她的眼睛，耳边还传来了一个非常熟悉的声音："美女，猜猜我是谁？"

"傅新悦，"奚婼拨开了那两只大手，揉了揉眼睛回头说，"你吓了我一跳！"

"是吗？真正的惊喜在这里！"傅新悦微笑着，拿出一朵娇艳如火的花。

"彼岸花！"

"彼岸花代表着我无比漫长的思念！"傅新悦竟忘情地朗诵起一首《蝶恋花》来，"彼岸花开开彼岸，独泣幽冥，花艳人不还。尘世忍离谁再念？黄泉一路凝泪眼。叶落花开花独艳，世世轮回，花叶空悲恋。莫叹人间魂黯淡，何知生死相怜远！彼岸花开开彼岸，奈何桥上可奈何？"

"咯咯咯咯，看你臭美的样子，想笑死我啊？"奚婼也随口吟诵起一首诗来，"花开彼岸本无岸，魂落忘川犹在川。醉里不知烟波浩，梦中依稀灯火寒。花叶千年不相见，缘尽缘生舞蹁跹。花不解语花颔首，佛渡我心佛空叹。"

"怎么样，喜欢吧？"傅新悦说着把花递给奚婼。

“彼岸花是孤独和落寞的象征，叶落花开，悲切轮回，我才不喜欢它呢！”奚婼接过彼岸花，放在鼻子下嗅了嗅，顺手放在了座椅上，问道，“是不是火车晚点了呀?”

“哪里呀，我是开车来的！”傅新悦微笑着说，“原来写信给你说坐火车来，后来想想不妥，专程接我的仙女妹子回棠梨度假，没有专车算什么档次？你看，车在那里呢！”

奚婼顺着傅新悦手的指向，看见停车坪上有一辆崭新的孔雀蓝轿车，回眸看着傅新悦嫣然一笑说：“辛苦你了，班长！”

“我还是你班长吗？改叫新悦、小悦悦、悦哥哥吧！”

“咯咯咯，小悦悦、悦哥哥，太亲昵了吧？我叫不出口！”

“你叫悦哥哥试试?”

“不叫，还是叫班长亲切顺口！”

“哎，随你吧，爱叫不叫，叫不叫我也是悦哥哥！”傅新悦喜形于色说，“这蓝鸟轿车是爸爸给我买的专车，今后哪年放了暑假，我都要专程开车来天津，接着心爱的你，一路兜风回棠梨！”

“看你得意忘形的样子，净耍嘴皮子了，还没吃早点吧？我去给你买‘狗不理’包子！”

“那包子狗都不理我会理吗?”傅新悦解释说，“我已经吃过了，咱们走吧，你这会应该归心似箭了！”

“真是归心似箭啊，早就想家了，想妈妈了！”

“想我吗?”

“想你个头！嘿嘿，想喝童澥的王八汤喽！”

“你是想童澥，还是想王八汤?”傅新悦讪笑着问。

“想你，想童澥，也想王八汤，好了吧？你还没完没了！”

“随你想什么，我们走！”傅新悦冲奚婼飞了个吻，拎起奚婼的拉杆箱，向停车坪的孔雀蓝轿车走去……

晚上十点，孔雀蓝轿车终于开进了棠梨东关社区。奚婼的妈妈和童澔就等在社区大门口，童澔手里拿着一把芭蕉扇，正呼嗒呼嗒地给奚婼妈妈扇风乘凉。

奚婼老远就摁下车窗玻璃，探出头来喊叫“妈妈”，等轿车停稳，车门拉开的那一刹那，母女俩紧紧地抱在一起亲不够，童澔呆呆地看着，眼角里沁出了温热的泪花。

晚饭是童澔帮厨、奚婼妈妈亲手做的四菜一汤：凉拌黄瓜、番茄炒鸡蛋、青椒肉丝、干炸小黄鱼，都是奚婼爱吃的菜肴；那汤，自然是用童澔带来的大王八清炖的，白亮亮的像牛奶，热腾腾的水汽里散发着香喷喷的味道，早诱得奚婼的鼻翼翕动了好几次。

主食没有馒头，是奚婼妈妈烙的葱花饼，闻着清香，吃着爽口，嚼着劲道，用奚婼的话说，这就是“妈妈的味道”！四个人吃着饭菜，唠着闲话，天南海北，家长里短，说说笑笑，嘻嘻哈哈，快快活活地享受了一次温馨的晚餐。

晚饭后，傅新悦开车送童澔回家去了。看着那辆孔雀蓝轿车消失后，妈妈问奚婼：“这俩小伙子，你喜欢哪一个？”

“妈问这个做什么？”奚婼反问妈妈说。

“你年龄不小了，到谈婚论嫁的时候了，少说也得有个心仪的男朋友吧！”

“妈，我还在上学，没工夫考虑这些事。”

“你不着急，妈还着急呢！”妈妈盯着奚婼沉思了一会儿，突然问道，“奚婼，那个开车的他的爸爸妈妈是谁呀？做什么的？”

“你说傅新悦呀？他是我们初中、高中的班长，爸爸是商业银行副行长，妈妈是保险公司经理。”

“商业银行？他家是不是在棠梨一高西侧，一处独体的欧式大别墅吗？”

“是呀！”奚婼突然觉得妈妈问得有点儿蹊跷，赶忙追问了一句，“妈，你怎么知道傅新悦的家？”

“他也姓傅？真的是他……”妈妈的目光顿时呆滞了，慌忙看了一眼奚婼，轻轻摇摇头说，“没什么，妈随便问问。”

奚婼纳闷了：妈妈真是随便问问吗？

19. 抓阄

夜色中的孔雀蓝轿车奔驰在去童澔家的县乡公路上，车灯的光柱像两条贼亮的探测器，试图穿透夜的漆黑，径直伸向神秘的远方。

车灯的光柱里，不时出现几只乱闯乱撞的幺蛾子，或钻进夜空盲目地飞，或撞向轿车前面的挡风玻璃；公路两侧的树木像两堵黑森森的墙，人还没有看清枝叶，就匆匆向后退去。

“童澔，这一年，想我吗？”傅新悦虽然全神贯注地开车，可是也不想让嘴巴消停一会儿。

“想啊，想你，也想奚婼！”童澔回答。

“想我就是想我，怎么还想奚婼？”

“也许，思念是一种不能自抑的病，老同学是一种不可分割的情吧！”

“呵呵，养王八不累呀，还整天胡思乱想的？”

“不累也想，累了更想，胡思乱想也是真情实意的想。”

“以后能不能不想了？”

“哪能会不想？不想还是老同学吗？”

“你知道你是谁吗？整天想来想去的会想入非非的！”

“当然知道了，我就是一个养王八的，很稀松平常；但我有两个读大学的老同学，一个在天津，一个在省城，都是个顶个的棒！”

“我棒个球，考分是花钱买的，人家奚婼才是真功夫真本事，同她比，我就是个小矬子！”

“你要是个矬子，我就是个侏儒，跟你们不可同日而语呀！”

“呵呵，人贵有自知之明，还好，你知道自己是个矮子！”

“什么意思？”

“没意思，我的意思是说，你以后啊，该想的就想，不该想的就少想，或者不想，比如想我，没什么用；想奚婼，更没有什么用，胡思乱想耽误瞌睡，你说是不？”

“不是！你给我说清楚，我怎么感觉你这话里有话呀？”

“那跟你直说了吧，你好好养你的王八，挣了钱娶个媳妇得了！那奚婼，可是天津医护美容专业的学霸，前程远大着呐，你就是蹦三蹦，够得着吗？所以呀，想也是瞎子点灯——白费啦（蜡）！”

“你这是什么话？人生在世还不能爱着点儿什么？野百合还有春天呢？”

“嚯嚯嚯，童澔，你真搞笑，听说过拉磨驴原则吗？不号叫，不蹬套，不尿道！这人啊，跟拉磨驴一样，得找定位守规矩，知道自己能吃几个馒头，心里不透活的话就是根老木头！”

“你苦心孤诣拐弯抹角磨叽了半天，我终于弄明白了，你是见不得我想念老同学奚婼了吧？”

“你是个明白人，少年时的老同学，谈婚论嫁时也要讲究个般配是吧？”

“谈婚论嫁？我谈婚论嫁了吗？你这是以小人之心度君子之腹！”

“别生气，童澔，我这是为你好，想没想谈婚论嫁，谁也不能钻谁心里瞧瞧！”看看前面公路尽头是土路了，傅新悦忽然停住了车说道，“这样吧，咱们抓阄比输赢，看看是谁想没想谈婚论嫁的事?”

傅新悦说着，打开挡杆后面的方便匣子，从里面拿出一个精致的棕色绣花袋子，“哗啦啦”抖落出一堆围棋子，拿出一黑一白两个子装进袋子，说：“黑子表示想，白子表示没想，每人抓三次，多的定输赢，好吧，你先抓!”

“你出的主意，让你先抓!”童澔说。

傅新悦连连抓了三次，每次抓的都是黑子；然后让童澔抓，童澔三次只抓了一个黑子。

“这个结果说明，我是天天在想谈婚论嫁，你是有时候想谈婚论嫁，想就想吧！前面都是土路了，轿车不方便，你下车走回去吧!”傅新悦看了看童澔说，“最后再规劝你一句，想别的女孩我不管，奚婼是我的人，你就不要再想了！听明白我的话了吗?”

童澔下车后扬了扬手，说：“班长请回吧，童澔心里有阳光，没有那些不着调的想法!”

这一夜，奚婼失眠了，妈妈的话触动了她的心：

是啊，男大当婚女大当嫁！在天津的学校里，同学们人手一本琼瑶写的情感书籍，什么《窗外》《潮声》《水云间》，还有《一帘幽梦》《心有千千结》《海鸥飞处彩云飞》。她虽然不像同学那样钟情地向往风花雪月，搂搂抱抱，内心深处却也时不时涌动着一些情感的暗流。

“这俩小伙子，你喜欢哪一个?”面对妈妈的话，奚婼说不出自己的选择，她压根儿也没有想过选择。当初，童澔提出做朋友，被她婉拒了；后来，傅新悦提出做朋友，也被她婉拒了。

在她心里，从同学变成朋友，从朋友变成喜欢，从喜欢变成相爱，从相爱变成婚姻，所有的变都要靠情义和人品来维持。做人如此，人生如此，恋爱结婚也如此，无关风月，无关欲望，只是日久情长 。

"喜欢哪一个？"是一个直白得不能再直白的问题，怎么决断？奚婼是有底线的。

她知道，朋友的缘分不仅在于能够相遇、相识和交集；还在于能否来电，能否触碰出火花；更在于能否匹配，能否共振，能否相融或相知；归根结底是看能否靠谱，能否相托，能否默契或相随。当激情渐渐褪去时，能够记得自己是谁，不变成别人嘴里的甲乙丙丁，才是最浪漫、最正确的选择或决断。

奚婼翻来覆去地想：班长傅新悦挺好的，爸爸妈妈有体面的工作，本人好歹上了大学，一向对自己关心热情，亲自驱车千里跑到天津接她回家，是再好不过的朋友了。老同学童潲也挺好的，他虽然运气不济，但志气尚好，诚实、勤恳、敦厚、有爱心，面对她的托付，童潲承诺"你妈妈就是我妈妈，像孝敬我妈妈一样孝敬你的妈妈"，一年来，他真的做到了，还做得特别的好。

童潲和傅新悦，究竟谁是生死相依的终身朋友，谁是风吹沙飞的弧光流影？奚婼决定撇开哲学的思考，以抓阄见分晓。她把一黑一白两个一样大小的珠子放在床上，先灭了灯，再闭上眼，用手胡乱拨动，心里暗暗念叨：白的是班长，黑的是童潲，三抓两胜，抓谁是谁！

令奚婼没有想到的是，她一连抓了三次，次次抓的都是白色的珠子，看来傅新悦就是她能够托付终身的朋友！

她有些迷惘，也有些不甘，索性闭上眼睛再抓一次，结果……奚婼看着手里的珠子，萌呆呆地摇摇头，哑口无言了！

20. 谁爱着谁

有哲人说，人的一生，不可能只有鲜花和顺意，没有冰霜或逆境；人的生活，不可能只有快乐和欢笑，没有痛苦和哭泣。

也有贤人说，世界就像一个万花筒，生活就像一个五味瓶，嬉笑怒骂皆文章，酸甜苦辣是人生，你拿青春赌明天，他用流年换浮生。

休说人生不人生，反正第二天上午，奚婼的妈妈上班走了以后，傅新悦就来到奚婼家，说是约她到棠梨一高走走的，想回溯一下高中生活的情趣。

——看来，班长傅新悦不愧是个有情人！

奚婼自然很高兴。她简单收拾了一下服饰：把一头秀发随意拢成一把，用串着两颗黑白珠子的橡皮筋轻松一扎；粉色T恤裙经典的翻领下，压着三粒乳白半开襟纽扣，露出清晰迷人的曲线；荷叶边裙摆刚好遮到膝盖上方，搭配着那双洁白的尖头皮鞋，既给人自然灵动的淡淡柔美，又倍增生动俏皮的洒脱童趣。

奚婼走出房间的那一刻，傅新悦禁不住脱口而出："嗨，奚婼真美！"

"是吗？也许你是情人眼里出西施罢了！"奚婼想起昨晚抓阄的情形，自自然然地回应了一句。

"这么说，你是我的情人了？"

奚婼自知说漏了嘴，但覆水难收，只好顺坡下驴，白了傅新悦一眼说："美得你？没正经！"

两人或一前一后，或肩傍着肩头，有说有笑就去了棠梨一高。

七月，太阳燎得脸热。奚婼拣着荫凉的地方走，傅新悦后悔没有开车来，让奚婼受了毒日头的晒。路过一家日用品百货店，他一眼看中了一把粉红色的天堂伞，二话没说就买了下来，打开给奚婼遮蔽着阳光。

"好想有把天堂伞，今儿终于遂了愿！"奚婼开心地说。

"只要我俩在一起，今后事事都随你的心愿。"傅新悦的话音很轻，却很有分量。

"是吗？现在渣男那么多，你就不会食言？"

"渣男都是丑娘养的、惯的、宠的。我可不是，我爸我妈都恪守老祖宗几千年留下的传统，食言会不揍死我？再说了，我就是食言也吃不肥的，呵呵！"

"你肥你瘦你带着，我奚诺虽然无才，这一生决不养渣男！"

"我看也未必，常言说世上没有不吃腥的猫，也没有忍得住瘙痒不跳墙的猪！"

"看你胡说八道的什么呀？我说的渣男，就是生活作风不检点的那种人！"

"知道你说的是贞洁，我问你，如果女人婚前都没有性行为，婚后生活不出轨，这世上还会有渣男吗？"

"你都想些什么呀？真是不可理喻！"

"奚婼别、别！"傅新悦一时慌了，忙改换话题说，"我呀，昨晚送童澔回家时，同他抓阄了。"

"抓阄做什么？"奚婼问。

"我们都到了谈婚论嫁的年龄，抓阄是为了阻断他想你的念头，阻止他今后再打你的主意！"

"就你满嘴跑火车，童澔什么时候打我的主意了？"

"就凭咱们三人的关系！"傅新悦看着奚婼说，"你灿若仙子，耀眼的漂亮，走到哪里都是风景，跟我天造地设的般配；我担心童澔他黄鼠狼想吃天鹅肉，还担心你一朵鲜花插在了牛粪上！"

"你是谁呀？童澔怎么想，你去管；我要怎么着，你也管；你管得着吗？不觉得自己自私又可耻吗？"

"婚姻都是自私的，我拿实际行动维护你的贞洁，有什么可耻的？"

"真逗，你是我什么人？我的贞洁还需要你来维护？"

"奚婼，我爱你，就像这把天堂伞一样保护你！"

“咯咯咯，傅新悦，爱字太沉重，我可担当不起。”

“我爱你，你也爱着我，不是这样吗？”

“班长想象力太丰富了，你可以爱着我，怎么知道我也爱着你？”

“爱你是我的事，爱不爱我是你的事，不管你爱与不爱，我的爱一直在路上，这辈子都围着你、爱着你！”

“什么爱你爱我的？你们俩啥时候热乎上了？”刚走到学校东侧的小餐馆门前，童澔冷不丁地冒出来，还冷不丁地插上了话。

奚婼的脸瞬间红了，就像那把粉色的天堂伞，更像她身上的那件T恤裙！

“童澔，怎么又是你啊？就像半路上跑出的一匹黑马，处处都有你掺和？”傅新悦把眉头拧成了麻花说。

“白马是马，黑马也是马，再怎么掺和，你总不能把黑马说成是王八吧？”童澔据理力争起来。

“白马王子是女孩子心中的最爱，你听说过黑马王子吗？这世界上有黑马王子吗？”傅新悦不屑一顾地反问道。

“嘿嘿，班长，白色的马屁（匹）加黄色的王八羔子，是不是最搞笑的呀！”童澔诙谐地逗笑。

“白马王子出自民间童话《睡美人》，说白色的马屁加黄色的王八羔子，你分明是在玷污传统文化的好故事！”

“班长，你知道吗？骑白马的不一定是王子，他可能是个唐僧；带翅膀的不一定是天使，也可能是个鸟人！”

“你怎么学会胡扯了？我们说的是美好婚姻，你怎么就扯上什么唐僧、鸟人了？”

“亏你还是个大学生，我这是站得更高，尿得更远，懂了吧？班长。”

“你呀，平常怎么看都不是随便的人，要是随便起来，真就不是个人了!”

“好了，别整这些无厘头的东西了，你们俩是堂屋墙上挂狗皮，越说越不像话（画）了!”奚婼合住了天堂伞，打断童澔和傅新悦的争执说，“童澔，快说说你怎么在这里?”

“我呀，昨天晚上跟班长磨了几句嘴，感觉心里很不是滋味，痛苦，憋屈！回家看着我的王八塘子，就拿酒消愁，想多喝点酒淹死痛苦，没想到该死的痛苦竟学会了潜水，一觉醒来感觉更痛苦。”童澔挺了挺腰，伸了伸脖颈，仿佛是把痛苦咽进了肚子里，再抹了一下嘴巴接着说，“既然喝酒不能解决什么，我就做我喜欢做的事情，养王八，卖王八；这不，刚给餐馆老板送了几只王八，就碰到了你们。”

“你说得对！没有谁会让你坚强，也没有谁会替你坚强，人生没有成功可言，能挺得住就意味着一切。昨晚班长的话，权当刮大风，你不要太往心里去啊!”奚婼的话入情入理，富有哲理。

“不会的，过去我把上大学看得比什么都重要，现在明白了，人生不能只攀比。上大学好比是雍容华贵的牡丹，养王八就好比积极奋进的牵牛花；你们憧憬着你们幸福的向往，我也用不容苟且的努力，撒播着即便弱不禁风，也一路张扬的小喇叭!”

“童澔真不愧是语文学霸，说出话来都一套一套的，极具文学性、哲理性，像是一块没有加工雕琢的璞玉啊，真让我傅新悦自愧弗如!”

“班长客气了，我担心自己不是美玉，因此不敢深雕细琢；却又认为自己就是一块美玉，因此才又发奋地努力，期盼有一天能进入伯乐的慧眼。”童澔坦诚地说。

“也许上帝真的会滴下一滴眼泪，滴到人间，化作一颗善良的心，再把这颗善良的心交给了你!”奚婼委婉而有深意的话，暖暖的，热热的。

“我就像草木对光阴的钟情，阳光照进来，事情想开了，心情自然就轻松了；名利看淡了，烦恼自然就消失了；愁着我的愁，乐着我的乐。”童澔说着，自个儿笑了。

“童澔真好，能够看透红尘，放下爱恨，上帝不会亏待你，将来一定给你一个深爱着你的人！”傅新悦夸赞说。

“呵呵班长，童澔也把同样的祝福送给你，希望有一个爱你的人和一个你也深爱的人！”

听了童澔的话，傅新悦与奚婼递了个眼神，三人不约而同相视而笑，笑得那样的舒暖和自然。

21. 英雄救美

暑假这些天，傅新悦几乎天天来找奚婼聊天，还接连不断地送一些小食品、小礼物，似乎一天不见奚婼，就吃饭不香、睡觉不甜似的。

这天下午，傅新悦又开着轿车来找奚婼了，说是去城郊的小河边看看水草，捉捉鱼虾。

“你会捕鱼捉虾吗？”奚婼问。

“捕鱼捉虾有什么难的？”傅新悦说，“你不知道，现在天气干旱，种植的庄稼都枯萎了，农民们取小河的水抗旱保苗，河水快要抽得干涸了，城里乡里很多人都下到河里捕鱼捉虾呢！”

“咯咯咯，原来你是想浑水摸鱼啊！”

“别讲清水浑水，摸到鱼就是好样的！”

“走吧，真要摸到了我就给你炸焦鱼、炖鱼汤吃！”

傅新悦拉开车门，让奚婼坐上车，扣上了安全带，踩着油门向着城郊的小河奔驰起来。

这是一个旱魔肆虐的盛夏。火辣辣的太阳像一个泼了油的火球，往大地上抛撒着灼灼的热气，天空中稀稀拉拉的云朵，也在太阳的蒸腾中灰飞烟灭。知了中暑似的躲在大树的枝叶下，有气无力地呜咽着。田野被太阳炙烤成赤褐色，蒸汽顺着太阳的光束往上爬。大豆、玉米缩卷着叶子，像是在闷热的烤炉中努力地挣扎。

城郊乡的小河水愈来愈浅了，有几处的河底变成了浅滩，农民们在河岸安装着大大小小的水泵，一个个拖着粗细不一的水管子，吸取浑浊的河水，浇灌着沿岸的庄稼。

不少人甩掉鞋子，光着脚丫，扑进河水里捕鱼捉虾，不时将捉到的小鱼扔到岸边，岸边的孩子们兴高采烈，提着竹篮子来来回回地跑，捡拾大人捉到的鱼虾。

傅新悦选择一处宽敞的地方停下车，拿出一个塑料袋给奚婼说："我下水捉鱼，你准备捡拾，看看我们今天有多少收获！"说完，他挽了挽大裤衩，脱去凉鞋，走到河边弓腰试了试水温，两只手小心翼翼伸向水里，一步一挪，像模像样地摸起鱼来。

"傅新悦快过来，这儿有一条大鱼，看见了吗？"忽然，奚婼在一片浑水处看见了鱼，着急地喊道。

傅新悦忙抬脚走过来，弄得河水扑嗒扑嗒地响，大裤衩湿了半截，等走到奚婼手指的地方，那条鱼早跑得没踪影了。

"在水里，人永远撵不上鱼，白手捉鱼得一步一步地挪，一点一点地摸，捉住一条是一条。"

傅新悦边说话边弓腰摸起来，很快摸到了一个圆圆的、扁扁的东西，拿出水面一看，是一个大河蚌，笑嘻嘻地扔给奚婼说："拿住，这河蚌贼好吃，滋阴壮阳，功效跟生蚝一个样！"

"河蚌不跑，谁都能捞；鱼跑得快，你捉不着，还好意思夸功啊？"奚婼奚落着说。

"捉一个，捉住一个！"说话时，傅新悦的两只手紧紧地合拢在一起，想把那条鱼拿出水面，忽然“哎哟”一声，又松开了手，咬紧牙关，像是很疼痛的样子。

“怎么了？”奚婼赶忙问。

“八成是条小黄鱼，背上的刺扎着了手！”傅新悦甩着抬出水面的左手，看了看指头肚，竟然扎了个洞，往外流着血水。

“快，快让我看看！”奚婼着急地跑向傅新悦，不料脚底下一滑，打了个趔趄，眼看就要摔倒在污浊的河水边。

“小心，奚婼！”突然，随着“嗵”的一声响，有人扔下一个水桶，旋即箭步跑上前，伸手拦腰抱住了奚婼，奚婼也紧紧地拥抱住童澔。两个人的脸几乎贴在了一起，相互的气息嘘热了对方的脸。

水中的傅新悦看呆了：那抱住奚婼的人，正是童澔！

奚婼没有摔倒，只是衣服上溅了一些泥污。她挣扎着，努力站直了身子，羞涩的红晕爬满了脸颊。

童澔放开了手，说：“好险呀，差点在这污水里泡泡澡！”

“谢谢童澔！你怎么在这里？”奚婼不好意思地问。

“河水浅了，你们捉鱼虾，我来捡王八。”童澔回身扶正刚才扔下的水桶，里面好多小王八挨挨挤挤地往外爬。他说，“都是野生的小王八，养大了能卖好价钱！”

“童澔同学，你会算计怎么着？恰好赶到这小河里，上演了一出英雄救美的好戏！”傅新悦妒火中烧，心里像是被谁踢翻了五味瓶，说不出是什么滋味，半天才右手捏着左手指，蹚水上了岸，走过来说风凉话。

“呵呵，什么会算计？班长吃醋了吧！”童澔开心地笑着说，“老远我看见你们俩在这里，就走了过来；英雄救美的戏不是故意演的，是时间赶的，这就叫‘天将降大任于斯人也’！”

“天上掉下个皮帽子，好事总是落到你头上，嘿嘿，傅新悦佩服，佩服！”

“别吃醋了，班长，赶快洗净手，我给你包扎。”童湍从衣兜里掏出纸巾和一张创可贴，慢慢展开，擦拭干净傅新悦的左手，在伤口上贴好创可贴说，“这河水太脏，不小心会发炎的！”

“嘿嘿嘿，鱼没捉着，却扎伤了手，不是童湍来得及时，我俩这人可就丢大了！”奚婼回忆着刚才的惊险场景，自我解嘲说。

“人在河边走，哪有不湿鞋的？这没有什么，你们捉鱼，我还去捡小王八。”童湍说着拎起了水桶。

“不捉了，等我洗洗脚，咱们打道回府！”童湍的热情令傅新悦也开了心，他转身找干净的地方洗脚去了。

“别走，班长，你腿上有蚂蟥！”童湍说着，上前狠劲伸巴掌拍在傅新悦腿上，大拇指与食指捏着一个黑黑的软软的小肉球。

奚婼瞪大眼睛看着那个小肉球说：“蚂蟥这东西能钻进皮肤里，专吸人的血，可厉害了！”

傅新悦笑笑说：“嘿嘿，它那么小，能吸多少血？就我这块头，再厉害也能撑死它！”说完又去洗脚了。

“别动，你们都别动，这里有情况！”童湍突然摆手制止奚婼和傅新悦，两只眼紧紧盯着一处冒泡的浅水汪，一动不动地看。

“你又一惊一乍的，还是蚂蟥？”傅新悦看过去。

水汪里不停地往上冒水泡，一嘟噜两个，一样的大小，一样的间隔，非常均匀地冒。顺着冒泡的地方往深处看，水底隐约有一堆青灰色的东西，说土不像是土，说水草也不像水草。

“这里有什么情况？”奚婼探着头看了半天，问童湍说。

“水下有个大王八，三年的，没三斤也得有二斤八九两！”童湍乐滋滋地说，“捉住了这家伙，够我们晚上下酒喝的喽！”

童湍蹑手蹑脚走近浅水汪，瞄准冒水泡的位置，两只手迅速插进水里，再收缩合拢，搅浑了一汪水，轻轻拿出一只大王八。

那大王八瞪着两只黑黝黝的绿豆眼，四只爪子慌乱地一蜷一伸，逗乐了一旁的奚婼。

傅新悦连忙跑上前来看，“啧啧”赞不绝口：“你还别说，童澔这家伙，还真的长着一双王八眼儿呢！”

22. 妈妈生病了

下雨天，留客天，天不留人人自留。

大二开学时，妈妈生病了，医生说她是什么心病，她吃饭不香，食量减少，老是说心里不舒服。

奚婼自然要留下来照顾妈妈，得知这一消息后，童澔立马赶到了奚婼家。

那天，沉闷的暑气穿过棠梨城鳞次栉比的楼房，被湿热的风吹散到空中，一片浓重的阴云，一阵轰隆隆的雷声，覆盖着奚婼家那个小区，却一个雨点也没有落下来。热气依然扑面，大地仍旧滚烫，闪电用它那稍纵即逝的光亮线条，肆意地把天空撕成许多尖尖角角的灰格格，人们期待已久的雷暴大雨终究没有落下来。

“奚婼，你去天津吧，大妈这里有我呢！”童澔揩了一把头上的汗，坚定地对奚婼说。

“去上学吧，奚婼，妈妈没事的。”妈妈也在劝说奚婼，“就算有点小事，还有童澔呢！”

奚婼看看童澔，童澔看看奚婼，二人点头颔首，信任的目光里传递着一种默默的温馨。

“又给你添麻烦了，童澔！”说这话时，奚婼鼻翼翕动，眼睛发涩，心里有一种说不出的酸楚。

“不要说了，奚婼，我保证能照顾好大妈，你就安心学习好了！”

奚婼的眼里终于滚出了两颗硕大的泪珠。她转身拉起早已收拾好的拉杆箱，依依不舍地说："妈妈，家里的事，就拜托童潲了，我走了！"

童潲从兜里掏出一个鼓鼓的牛皮纸信封，递给奚婼，平静地说："这些钱，你带上，路上用得着。"

"不不不，我不要，妈妈已经给了我钱，足够用的了！"奚婼连忙推辞说。

"多少钱呀，童潲？"妈妈问。

"不多，就一万元，我知道大妈手头上拮据，特意给奚婼拿来的。"童潲回答。

"童潲是真心实意的，你们同学一场也值了，妈妈知道你的钱不宽绰，就带上用吧，以后记住这份情好了。"妈妈劝说着。

"嗯，谢谢童潲！"奚婼接过牛皮纸信封，打开拉杆箱，放好，再拉好箱子，站起身跟妈妈和童潲告别。

"走，我送你到车站！"童潲接过拉杆箱，走出了房门，奚婼再看了看妈妈，默默地跟了出去。

看着童潲、奚婼离去的背影，妈妈没有起身，眼睛里汪满了泪水……

刚刚送别了奚婼，从车站回到奚婼家时，童潲看见"天公"拉着黑沉沉的脸，马上变得乌云翻滚，狂风大作，像是被谁打翻了一大桶墨汁，接着震耳欲聋的雷声轰隆隆地响起来。突然一道闪电划破天幕，以山摇地动的气势，呼啦啦凭空洒下豆粒儿大的雨点，打得道路和地面噼里啪啦地响，空气马上凉爽起来。

"这是要出什么事吧？但愿奚婼顺风顺水，一路平安！"奚婼的妈妈双手合十，闭上泪眼祈祷起来。

"这是久旱逢甘雨，风雨送行人，是好事啊，大妈！"童潲开导着奚婼妈妈说，"一定是奚婼的孝心感动了上天，才普降甘霖，助她学业有成，将来好宏图大展啊！”

“呵呵，你这孩子，挺会说话的啊！”奚婼妈妈被童澔的话逗笑了，问道，“童澔，你喜欢奚婼吗？”

“大妈，初中、高中奚婼都是我们的校花，还是我们的学霸，喜欢奚婼的同学多了去了！”童澔回答说。

“那个傅新悦也喜欢奚婼吗？”

“喜欢得很呀，他们如今啊，关系比以前更密切了！”

“能密切到哪一步呢？”

“……这个，大妈，我真的……不知道。”童澔吞吞吐吐，不知道说什么好了。

“你这孩子，刚才还说你会说话，怎么一会儿就变大舌头了？”奚婼妈妈说，“你不知道，大妈知道……”

看奚婼妈妈痛苦地捂住了胸口，童澔连忙问：“怎么了大妈？”

“你别动，我这是心绞痛，痛起来能要了命，痛一会儿就会好的！”

“心绞痛是冠状动脉发生硬化，形成了斑块，斑块造成冠状动脉狭窄，越狭窄危害性就越大。”童澔说得有条不紊，“情绪激动，过度劳累，着凉受寒，阴雨天气，都是诱发心绞痛的起因。”

“你小小年纪，怎么懂得这么多的道理？”

“大妈，这次疼痛可能是刚才的雷雨寒凉诱发的，你躺下休息一会儿，我给你熬点儿红糖姜茶，喝下去就好了。”童澔说着起身向厨房走去……

23. 浮想联翩

火车厢里的奚婼被刚才的雷阵雨“浇”醒了。

她下意识地两眼望着车窗外，护路林木刚刚洗了个冷水澡，蔫儿吧唧的枝叶变得精神起来，抖擞着一头葱绿往车后退；远方的天幕呈现出水洗的蓝色，几缕灰白的流云追逐着火车奔跑。

“妈妈休息了吗？童澔该走了吧？”一些往事剪不断，理还乱，在奚婼的脑海里过电影一样翻腾起来，“傅新悦到了省城的学校吗？他怎么不来送我呢？是不是那天捉鱼时冷落了他？”

想起了那天捉鱼的事，奚婼的气就不打一处来——

那天傍晚，云霞满天，一抹橘红的晚霞装扮着城郊小河两岸。在一座古桥旁的垂柳下，傅新悦停住了轿车，解下安全带，用狡黠的目光死死盯着奚婼，盯得奚婼心里一凉一凉地直打怵。

“新悦怎么了？你看什么呢？”奚婼问。

“奚婼，你真漂亮！”傅新悦由衷地说。

“这话你说一百遍了吧？我耳朵都起茧子了！”

“是吗？让我看看。”说着傅新悦的头脸凑了过去。

“看吧，你看吧，看够了开车走路！”

趁奚婼没设防，傅新悦突然伸双手捧住了她的头，在奚婼脸颊上深深地亲了一口。

“新悦，你干什么？耍流氓！”

奚婼挣扎着推开傅新悦。

“没有耍流氓，奚婼，我爱你！”

“有你这样爱的吗？臭流氓一个！”

“奚婼，你骂吧，亲一下就是臭流氓，刚才在小河里，童澔搂你抱你怎么讲？”

“强盗逻辑，就你狗嘴里吐不出象牙来！”奚婼嗔怒了，说，“童澔哪里是又搂又抱？他那是救危救难！”

“救危救难？说英雄救美不是更好听！我都看见了，他还趁机亲了你一口呢！”

“傅新悦，你个变态鬼，什么话到你嘴里就变味，真是不可理喻！”奚婼说着，摁开了安全带的扣，伸手欲拉车门。

“变态鬼就变态鬼，任你怎么说，反正我爱你！”傅新悦扭动了一下，向前探出身子，再次把手伸向奚婼说，“在这浪漫的晚霞里，我就是想亲亲你，抱抱你！”

“傅新悦，你不要太过分，我是你同学，不是你女朋友！”

“是不是女朋友不是你说了算，在我心里，读初中时你就是我女朋友！”

“我彻底明白了，你煞费苦心地亲近我，就是想……”

“就是想娶你做老婆！怎么了？我傅新悦有什么错？”

“……你没错，是我的错，此地为别，我们还是拜拜吧。”奚婼两眼冒着火星，直射在傅新悦脸上，她边说边拉车门，想抬腿下车。

“奚婼，求你了，让我抱一抱好不好？”

“瞧你死乞白赖的那个脸，我再也不想看到你！”奚婼下车了，把话说绝了，抬腿走人了，全不管身后傻了吧唧的傅新悦了。

“奚婼，你给我听着，傅新悦永远爱你，我一定得把你弄到手里——”傅新悦声嘶力竭地号叫着，哭了。

那天晚上，奚婼也哭了，哭了整整一夜，泪水流湿了那件粉色的睡衣，浸透了半个枕巾……后来的时间里，傅新悦上门约了她几次，都被她借故一一婉拒了——作为感情中人，她害怕傅新悦把控不住，再整出什么出格的事儿。

“都过去了，还想这些做什么？也许，傅新悦是真心的，是一时失控；也许，是自己误会了，是当时过分了！”奚婼努力收回信马由缰的思绪，心里想道，“这男女之事，我啥时候才能看得懂、看得透呀？”

火车缓缓地停在了省城的车站。奚婼拿起水杯，起身走到茶水处，接了一杯水，又走回座位上，慢慢地呷水，静静地看上下车的旅客陆陆续续地走动，等火车再次行进时，又情不自禁地开始翻腾起她的电影故事了——

无论以后怎么说，她都需要修补与傅新悦的情感裂痕！奚婼想到了那天妈妈询问傅新悦的事，她从妈妈欲言又止的表情里，隐隐约约感觉到妈妈的内心充满着矛盾，她好像是用“没什么，妈随便问问”的谎话，掩饰一种难以启齿的柔弱或者痛苦，这究竟是为什么？奚婼冥思苦想了半天，还是没想出答案来。

想不出的事，就暂时不想，干脆放下，将来用时间来验证，这是一种人生的处世哲学。奚婼想到了童澔，感觉童澔挺热情、挺好玩、挺有意思的：初中时他提出做朋友，被奚婼婉拒后，他撂下了一句“我等你”；高中时他当着傅新悦的面，再次提出做朋友，又被奚婼婉拒了，童澔再撂下了一句“我等你”。显然，童澔的“我等你”与傅新悦的“我爱你”，根本不是一个层次的情感！

她想到了戏剧《红灯记》李玉和的一句唱词：穷人的孩子早当家。童澔何止是穷人家的孩子，他分明是一个穷命的苦孩子。爸爸早走了不说，与病魔苦苦抗争的妈妈也走了，正是读书的年龄却被迫早早辍了学，上学时背着沉重的家务养王八，辍学后梦想着致富养王八，养王八就能致富了吗？这命运不是折腾穷苦的人吗？

折腾就折腾吧，敦厚的童澔待人还那样的淳朴、厚道，让人无可厚非、津津乐道！傅新悦千方百计出主意整他，他不忌恨；傅新悦嫉妒他与奚婼的正常交往，他也不忌恨；这样的人真少见，真难找！

更少见、更难找的是，童澔还一诺千金，从无反悔！仅仅因为“老同学”的关系，他就一口承诺照顾奚婼的妈妈，说什么“你妈妈就是我妈妈，像侍候我妈妈一样侍候你妈妈”，他说到还真的能做得到，做的比说的还要好，这是“正常交往”吗？童澔那么热情，会不会别有用心？可怎么看他都不是居心叵测之人啊！这究竟又是为什么？

为什么？为什么？这些究竟都是为什么？

哪有那么多的为什么。也许，你奚婼不是在研究什么“东方哲学”，而是《红楼梦》中多愁善感的林黛玉，一个地地道道现代版的林黛玉……

24. 妈妈的心病

到了大二的暑假，傅新悦照例专程开车，到天津接奚婼回棠梨。

“奚婼，还生我的气吗？捉鱼那天怪我吃了童澔的醋，一时心血来潮，太冲动太莽撞了，你就原谅我吧！”路上，傅新悦真诚地给奚婼致歉说。

“咯咯，傻帽一个，生气我还会再坐你的车吗？”奚婼回应道。

“奚婼真好！诗人刘禹锡最懂我的心，‘曾与美人桥上别，恨无消息到今朝’。一年了，我想你，爱你，要死要活的，就是担心你记恨我，错过了多少来看你的机会！”说话时，傅新悦长出了一口气。

“咯咯，幸亏你没来，我害怕你为爱莽撞，来天津做出更出格的事！”

“你是被什么东方哲学束缚住了手脚，都啥年代了，脑袋还不开窍，男欢女爱自古有之，男女亲吻是爱的表达，搂搂抱抱是人之常情，天经地义，有什么大不了的呀？”

“东方哲学培育东方女性，东方女性讲究传统美德，传统美德主要体现节操贞洁，在没有步入婚姻殿堂的那一刻，贞洁就是东方女性必须恪守的美德！天底下有哪个男子喜欢不守节操的女子?”

“好啦奚婼，我的姑奶奶，不要给我洗脑了，你别影响了我爱的激情!”

“爱的激情？咯咯，我看你是荷尔蒙冲动！对我说实话，开学时你怎么没打招呼就去省城了？是不是学校有一个爱着你的林妹妹?”

“你就瞎胡想吧，林妹妹我只要你一个!”傅新悦看了一眼奚婼，解释说，“还不是因为我冒名顶替，被人举报，查了出来；没开学爸爸就带我到省城跑路子，又花了一大把钱，才摆平学校要除名的事，哪里有时间向你辞行呀?”

“哦，原来是这样!”

“想开了吧，奚婼，到棠梨让我亲一个?”

“让你亲两个！咱俩的关系向你的爸爸妈妈说了吗?”

“你这里不表态，我说也是白说。等你确定了，带你到我家见见爸爸妈妈吧?”

“我害怕，不敢见。”

“人家都说丑媳妇不怕见公婆，你这么漂亮怕什么?”

“怕你爸爸妈妈眼界高，嫌弃我配不上你。”

“什么话？你是嫁给我，不是嫁给爸爸妈妈，只要我喜欢，谁嫌弃都是白搭!”

“嗯，婚姻是大事，等有机会我给妈妈说透了，再答应你吧。”

“嘿嘿，你就说‘我爱他，爱着他，就像老鼠爱大米’，你妈妈保准答应你!”

“你呀，就是荷尔蒙分泌过盛，神一道鬼一道的!”

“童澔同你联系过吗？他还继续照看你妈妈吗?”

“我俩没联系，只有妈妈来电话说，童澔对她可好了，一有空就往我家跑，知道妈妈患心绞痛病，给她买硝酸甘油片带身边，炖小王八粥给她吃，说是补气血，强筋骨，童澔真是个有心人！”

“哦，童澔那点小鬼心眼儿，不会是也爱上你了吧？”

“你又吃醋了？一家女，百家问，兴你爱就不兴童澔爱？童澔的爱是淳朴的爱，是纯洁的爱，是人间最最美丽的爱！”

“咦——我头痛，奚婼，莫非你也爱上童澔了吧？”

“东方哲学认为：爱是相互的，也是专一的；美是属于大家的，真爱是没有国界的！”

“奚婼，我的亲姑奶奶，东方哲学说没说，你就只爱我一个？”

“你的话，日本动画大师宫崎骏早就替我回答了：你以为最酸的感觉是吃醋吗？不，最酸的感觉是连吃醋的资格都没有！”奚婼开心地笑了，笑得是那样的妩媚，那样的柔美，“咯咯咯，爱上一个人就像引燃了焚心烧肺的火，那痛的、恨的、热的、冷的、失望的、恐惧的、幸福的都是……爱！”

“没发现东方女性还有这样矜持的坏，坏得好像……远比我想象中的还要坏！”

……到家时，童澔刚走，妈妈已经做好了晚饭，奚婼好说歹说留不住傅新悦，母女俩就边吃饭边聊起了闲话。

“奚婼呀，妈妈看出来了，这个傅新悦挺喜欢你的，你是不是也喜欢他？”

“妈妈说呢？”

“你真是人大心也大，越大越可怕，妈妈是在问你！”

“女儿也在问妈妈呀！”

“妈妈心绞痛，你也心绞痛吗？”

“妈妈说哪里话，我俩喜不喜欢，与心绞痛有关系吗？”

“有！关系大着呐！”

“女儿不明白，请妈妈说明白了。”

“该你明白时，妈妈自然告诉你；我再问你，童澔对咱家那么好，你们俩是咋回事?”

“童澔人好呗，还能咋回事?”

“妈妈看出来了，童澔是爱你的，你也爱他吗?”

“妈妈说什么话，你让女儿爱几个人？见谁爱谁吗?”

“妈妈的心事你不知道，妈妈是……是真心想让你同童澔好!”

“啊——为什么？为什么呀妈妈?”

“……没，没有为什么，妈妈心绞痛……你快，找硝酸甘油片，在……妈妈衣兜里!”

25. 奚婼答应了

第二天一大早，妈妈去殡仪馆上班时，郑重其事地扔给奚婼一句话：“听妈妈的话，你就跟那个傅新悦断了来往吧!”

好像是当头一棒，奚婼顿时头懵得如斗大。“就这样不明不白地断了？为什么呀？都什么年代了，妈妈还干涉女儿的自由?”她怎么也想不通妈妈到底是咋回事。

想不通就不想，干脆健身去，找谁做朋友，横竖谁也干涉不了，都是自己说了才算！奚婼收拾好家务，换了一身运动服，出了小区，沐浴着晨风，顺着马路边的人行道，迈步向城外跑去，仿佛跑步能够化解惆怅似的。

七月早晨的棠梨城外，是一派美丽的世界。东面的朝霞连天接地，慢慢露出笑脸的太阳红得像火，照射着生机勃勃的广袤大地。广场或街心公园的草地上，孩子们蹦蹦跳跳地追逐觅食的白鸽，几位晨练的青年男女在健步如飞地跑步；优美的音乐下，那些悠闲、轻松的大妈大伯们，或跳街舞，或打太极，一个个精神抖擞，全然看不出老态龙钟的样子。

道路两侧高大的绿化树上，不时传来画眉、黄莺清脆悦耳的歌声；硕大的月季花绽放着五彩缤纷的笑脸，仰望天空朵朵白云衬托的蓝天。大自然的美好就像艺术家的画卷，那栩栩如生的画面根本不须雕琢，简直是用柔和的彩笔蘸着红、绿、黄油彩，随意涂抹而成的。

清新的早晨，清新的空气，伴随着人们美好的心情，人们开始了新的一天的生活。奚婼跑得浑身发热，额头上微微沁出了汗粒，两条腿迈进的频率不由自主地慢下来。

“奚婼，跑步啦，昨天到家很晚吧？”

耳边传来熟悉的问话声，奚婼瞬间判断出是童澔。她收住脚步，看见童澔正骑着电动车从一侧的小道上插过来，问道：“是啊，这么早你到哪里去？”

“去你家啊！大妈这几天心情沉闷，心绞痛也犯得勤了，我想陪她去看看医生。”童澔停下车子说。

“童澔，谢谢你，我妈昨天晚上还犯心绞痛，吃几粒你给她的硝酸甘油片就好了，今天一大早又上班去了。”奚婼说，“改天我陪她去医院，有我在家就不麻烦你了！”

“现在医院看病的人多，程序也比较繁琐，挂号、门诊、化验、取药哪里都需要排队，你刚出学校门，跑上跑下的陌生，还是我轻车熟路的好办。”

“嗯，也是！”奚婼沉吟了一下，又说，“童澔，能问你一点事吗？”

“什么事？你说。”

“你……有女朋友了吧？”

童澔微微一笑，摇了摇头，没回答。

“怎么，默认了？还真让我猜着了？”

“奚婼，你怎么突然问这个？”

“我妈……是我妈想给你介绍一个女朋友。”

“是真的吗？我太幸运了！该不会是你吧？”

“我？咯咯咯，我有那么好吗？”

“你有多么好我不知道，我就知道念念不忘地等你，一天又一天，一月又一月，等得孤寂难耐；孤寂的时候，我就静静地去听窗外的风，悄悄地去看野外的云，那思念如风刺骨，如云漂浮，如桂花飘落！”

“谢谢你，童澔！”

“我说过‘我等你’，更担心配不上你。”

“不要说配不配，你就说心里话，喜不喜欢我？”

“我喜欢也是白搭，你还有傅新悦呢，我比他差十万八千里呢！”

“童澔，我对不起你，去年这个时候，我夜里抓了四次阄，都……都没抓到你！”

“哈哈哈哈，奚婼，你的东方哲学就是研究抓阄呀？什么年代了，抓阄你也信？”

“信个鬼呀，我那是打发无聊！”这时，朝霞缓缓退去了，太阳渐渐升高了，奚婼的脸颊上却倏然现出了红晕，她说，“童澔，我现在答应你，我们做朋友，好吗？”

“奚婼，我一直在等你，你终于答应做朋友了，中午我请你喝王八汤！”童澔喜出望外，远远伸着两只手走近奚婼。

东方的太阳露出红红的脸，红得发白，白得发亮，亮得那样柔和，那样优雅，那样温馨可爱。

“让太阳作证，我们做那种纯洁的朋友！”奚婼补充着这句话，抬头看了看太阳，才姗姗伸出手来。

两人的四只手，第一次紧紧地握在了一起……

“童澔，童澔，你怎么在这里？快去看看吧，你妈的心绞痛犯了，正在棠梨人民医院抢救呢！”突然，从城里跑来一位男青年，告诉了童澔这个消息。

奚婼和童澔大吃一惊，霎时都怔住了，呆呆地看着来人。

“童澔，你还愣在这里做什么？我是殡仪馆的职工，认得你，不会错的，你妈妈刚到殡仪馆就蓦然倒地，不省人事了！”男青年说，“我们把她送进医院，就过来找你了。”

“谢谢你，大哥！”童澔点点头，看着奚婼，推起电动车催促说，“奚婼快走，我们去医院！”

惊诧的奚婼蹙紧了眉头，连忙坐在童澔的车后面，电动车像离了弦的箭一样跑开了……

26. 说说心里话

大三开学的时候到了，奚婼心里五味杂陈。

上午这会儿，奚婼的妈妈在床上躺着，好像睡着了。她病了整整一个暑假，身体日渐消瘦，多亏童澔拿出养王八的积蓄全力相助，才算保住了一条命，却不能正常去殡仪馆上班了，即使去也只能做一点轻微的体力劳动。

殡仪馆那边人手少，为了生活，也为了给妈妈看病，经人说合，奚婼主动利用假期，替补了妈妈的空缺，每天到殡仪馆临时上班，按照当地风俗习惯或家属要求，给即将火化的遗体进行最后一次化妆整容。

奚婼在天津学习的就是美容化妆专业，恰好歪打正着，算是在这里派上了用场。接触亡灵的遗体，需要更加谨慎、更加细心、更加轻柔。奚婼学会了给死者脱旧衣，换新衣，擦拭身体，按摩尚未闭合的口、眼，使其合拢，精致化妆，捋顺和安放手、足等常规技艺。殡仪馆领导开玩笑说：“奚婼呀，等你毕业了，这个岗位我们就给你留着！"

奚婼并不留恋这份工作，她满脑子想的是回校学习。妈妈那份微薄的工资，勉强维持家里的日常开销，甭指望挤出一些给奚婼解决学习费用了。没有钱，学还怎么上？

她想念傅新悦了。暑假过完了两人也没见一次面，他忙什么呢？妈妈明明白白要她断了与傅新悦的联系，既是老同学、好朋友，又是她情窦初开的心上人，怎么能说断就断了呢？断得了吗？好糊涂的妈妈呀！

"奚婼，妈怕是活不长久了，妈想给你说说心里话。"妈妈醒来了，见奚婼守在床边静静地想心事，轻轻开口说道。

"有什么话？妈妈说。"看妈妈醒来，奚婼连忙回话。

"就要开学了吧？妈现在这个样子，这学你还怎么上呀？"

"妈妈说，我听你的。"

"妈妈对不起你，想让你退学。"

"退学？妈——"看着妈妈愁眉不展的样子，奚婼忍不住，泪水扑簌簌地冒了出来。

"奚婼别哭，妈妈不哭，你也别哭，不想退学，休学也行。"奚婼看得出，妈妈说这话的时候，忍受了多么大的痛苦，"奚婼呀，妈给你说的都是心里话。"

奚婼止住了泪水，拿纸巾擦了擦眼角，说："妈妈，有话你就说吧，我听着呢！"

"好孩子，都是妈不好，妈这辈子命苦，是妈连累了你。"

"妈妈往下说。"

"那一年呀，妈还没有你这么大，来棠梨城给人家当保姆，就是做月嫂，没想到男主人是个禽兽，他……是他祸害了妈的青春，让妈妈从此在社会上抬不起头来。

"你都听说了吧，你爸也是苦命人。他小时候爹娘去地里干活，让四岁的姐姐照看他。谁知姐姐贪玩，一时没有注意，他把屎尿拉襁褓里了，被跑来寻食儿的一头猪啃光了他的命根子……从此你爸爸落下了残疾。对我们女人来说，实际上你爸他就是个废人，谁家姑娘会嫁给他？

“这人呀，咋活都是命！经村里热心肠的老辈人说合，妈妈就阴差阳错地嫁给了你爸爸。结婚后你爸觉得埋汰了我，就对我忒好，发誓养我一辈子，轻活重活都不让我做。妈妈是个要强的人，失去贞洁丢了脸面，却要拗着劲向红火的日子讨面子！

“后来，咱家办了个小造纸厂，没钱投入就向亲戚朋友借，老想着把生意做大了，资金周转不开妈去金融单位跑贷款。没想到跑贷款那么难，也没想到金融单位也有禽兽，妈妈受了禽兽的骗，一次一次地失了身，后来……后来就怀上了你。

“妈妈怕丢人，要把你‘做掉’，你爸死活不乐意，说他没能力，孩子是无辜的，好歹都要把你生下来。如今咱家进城了，你爸却走了，妈又落下这该死的心绞痛，耽误了你上学，也影响你的终身大事了。”

“妈妈——”听到这里，奚婼一头扑进妈妈的怀里，泣不成声了。也许几十年来，妈妈的苦是第一次往外倒！

“奚婼别嫌妈妈絮叨，女人啊贞洁就是命！婚姻是大事，千万不能潦草，一步走错步步错，人前人后一辈子都抬不起头来。你老大不小了，交朋友要看准了，把握好。”

“妈，我喜欢傅新悦。”

“那个傅新悦，你想都别想，要是换成童潞，妈妈就支持你！”

“在我眼里，童潞只是个备胎。”

“听妈的话，备胎要上位，把傅新悦撤下来！”

“傅新悦有什么不好啊，这么招你讨厌他？你说为什么呀？”

“没有为什么，妈是为你好，他家的事你不要给我提，妈妈不想听!”

“嘭、嘭!”随着一阵楼梯的响声，有人敲门问道：“奚婼，奚婼在家吗?”

是傅新悦！傅新悦来了！

奚婼一下子就听出来是傅新悦的声音，她看了一眼妈妈，擦擦眼角，整了整衣襟，走出去了。

“奚婼，你开学了吗？啥时候去天津呀?”傅新悦说。

“嘘——”奚婼摆了摆手，往房间里指了指，拉着傅新悦下到楼梯转角处，责问道：“这个假期一次都没有看到你，你忙什么去了?”

“奚婼别提了，我爸因贪占挪用资金和作风不好，被员工举报，进局子了；我妈因公司管理混乱，账目做假，被查处了，全家人折腾得就像坐过山车，哪还有时间来看你啊!”傅新悦低着头，有气无力地说。

“哦——你今天来有什么事吗?”

“以前爸爸背地里向我提起过你，说想见见你；进局子前一天，爸爸塞给我一张三万元的银行卡，让我转交给你，他说对不起你，要你好好读大学。”傅新悦说着，拿出一张卡递给奚婼。

“妈妈的病一天比一天重了，我可能要退学了。我无功不受禄，没理由花费你家的钱，这卡你拿回去吧，我不要。”

“你退学，我可能也要退学，爸爸妈妈需要我找人给他们跑事，上学的事眼下没着落了。”

奚婼看得出，傅新悦说话时流露出的伤感情绪，与先前花花公子的模样判若两人。她安慰傅新悦说：“这钱我更不能要了，你拿回去用到该用的地方吧!”

“同谁说话呢？快给我倒杯水喝。”房间里传来奚婼妈妈的呼叫声。

“新悦，你快回去吧，我妈有事了！”奚婼说着，转身几步上楼梯，推门进房间时，回头看了一眼傅新悦，摆摆手表示告辞。

傅新悦手里拿着卡，眼睛木讷讷地看着奚婼，杵在那里。

27. 分梨

奚婼没有退学，如期走进了天津医护美容学院大三班的教室。在这里再坚持学习一年，大四实习时，她就可以回到棠梨，一边去殡仪馆上班实习，一边照顾患病的妈妈了。

支持奚婼来天津上学的，自然是老同学、好朋友童澔。

傅新悦送卡的那天下午，童澔再一次来到了奚婼家，当着妈妈的面，郑重其事地说：“大妈，奚婼读大学不容易啊！我童澔做梦都想读大学，可是大学与我无缘呀！奚婼如今读大学，够苦也够难，可再苦再难，奚婼都要去上学！我童澔只身一人，无牵无挂，大妈由我来照看，奚婼的花销用我养王八赚的钱，我就是砸锅卖铁，也要支持奚婼读完四年大学！”

妈妈流泪了，说：“童澔啊，我们无亲无故的，已经给你添了不少麻烦了，你养王八也不容易，这是何苦啊？”

“大妈，我跟奚婼是初中同学、高中同学，奚婼是学霸，心志最远大。我也有奚婼那样的梦，也饱尝过中途辍学的辛酸滋味。无论作多大的难，我都不能让奚婼忍受退学的煎熬。”童澔的话像一个个铁砣砣，掷地有声。

“童澔，你别说了，我……我不退学了！”奚婼的鼻子一酸，泪水模糊了双眼。

“奚婼，你的经历我有过，你想上学的心思我知道，我说的都是掏心窝子的话，你要相信我，也请大妈相信我，相信我乐意、也有能力帮你渡过难关，读完大学！”

"童澔呀，你的情意我们领了，大妈看病已经花你五六万积蓄了，怎么忍心再让你……"

"大妈，只要水塘里王八长，童澔天天有活钱儿！我不是放屁砸脚后跟的人，说到就能做到，这一万元奚婼拿去做生活费用，用完了再告诉我。"童澔说着，掏出一沓钞票递给了奚婼。

奚婼擦去泪水，看看妈妈，再看看童澔，点了点头，接下钞票说："童澔，老同学，好朋友，有你的支持，这学我还上，我和妈妈都谢谢你了！"

童澔开心地笑了。

……来天津两个月后，奚婼接到傅新悦寄来的一封信。信上说他爸爸的事有了结果，服刑十二年；他妈妈服刑三年，推说身体不适，托人四处活动，好歹弄了个保外就医回到棠梨，他这才有机会回省城继续读书。

傅新悦告诉奚婼，他这是最后一个学年，毕业了就找一份合适的工作做，不再削尖脑袋往官场上爬了，能陪着奚婼好好过清净的日子，他也就知足了。

真是时过境迁，岁月如刀！当年傅新悦家如日中天，飙车的花花公子踌躇满志，游戏人生，编织着"雨过天青云开处，这般颜色做将来"的梦想。如今经过岁月的洗礼，仿佛磨平了不谙事理的少年狂傲，沉淀为看破红尘、心灰意冷的儒道方家，奚婼不知道该为傅新悦可贺还是可悲。

时间犹如白驹过隙，一晃就到了第三年的暑假。放假时傅新悦没有开车接奚婼——他家已经没有轿车了，但这位"公子哥"依然没有爽约，倒是搭乘火车来天津的。

"奚婼，你比去年瘦多了，脸颊更白了，身材也更苗条了！"火车上，傅新悦看着奚婼，没话找话说。

"心里不清净，骨关节有点痛，胃口也不太好，老不想吃东西，怎么会不瘦？”奚婼回话说，“你不是说喜欢林黛玉吗？现在知足了吧？咯咯！”

“我喜欢优雅柔美的林黛玉，可不希望你弱不禁风啊！”

“还说我弱不禁风，你拿镜子照照自己，黑瘦黑瘦的，哪里还有花花公子的派头？”

“唉，都是家里事情折磨的！”傅新悦从包里拿出一个大鸭梨，掏出水果刀，细心地削着皮，削好后递给奚婼说。

“这么大的梨子我吃不下，你切开，咱们一人一半吧！”奚婼回话道。

傅新悦把梨子一刀两开，给奚婼一块，自己留一块，接着说，“这次回棠梨，咱俩把关系挑明了，让我妈吃下定心丸，省得她絮絮叨叨没完没了，好吗？”

“怎么，你妈着急给你说媳妇了？”奚婼咬下一小口梨子，问道。

“她每天见我都絮叨这件事，哎哟，烦死人喽！”

“男大当婚，女大当嫁，就是你妈不着急，你也该说媳妇了呀！”

傅新悦“咔嚓”咬下一大口梨子，反问说：“都什么年代了，还求媒婆说媳妇？我俩不是在恋爱、在发展吗？”

“我俩？”奚婼眉头皱了一下，轻轻摇摇头，晃了晃手中的梨子说，“我俩……是在分梨（离）呀！”

“分离？”一头雾水的傅新悦看了看手中的梨子，顿时哭笑不得，说，“为什么？你告诉我为什么呀？”

奚婼只是摇头，没有说话。

28. 晴天霹雳

晚上，奚婼回到了家，童滺和妈妈炖好了一锅王八汤在等着她。

进门的那一刻，童滺和妈妈好像发现了新大陆似的，几乎异口同声问：“奚婼，你怎么瘦成这样子了？”

“咯咯，有什么大惊小怪的，我减肥呢！”奚婼回答。

童滺仔细看看奚婼，接下她手里的拉杆箱，摇摇头说：“不会吧，减肥怎么眼泡还肿了呢？”

妈妈目不转睛地盯着奚婼看，然后问道：“奚婼给妈说实话，你是不是生病了？”

“哎呀妈，说什么话呐？我盼着你好，你盼着我病啊？”

“没病就好，吃饭吧，葱花饼、王八汤，专门为你接风洗尘的！”童滺说着，放好拉杆箱，进厨房把汤和饼端到餐桌上了。

“嗯，吃饭，葱花饼香，还是妈妈的味道！”奚婼马上洗漱了一下，说，“坐了一天的车，我早就饿了。”

“今天的饼和汤都是童滺的手艺，一年了，多亏童滺跑里跑外的，妈的心绞痛好多了，童滺也成自家人了！”

看着妈妈幸福快乐的样子，奚婼动情地看了一眼童滺，往他碗里夹了一块王八肉，说：“童滺，谢谢你！”

“自家人说啥谢不谢的，让自己忙碌起来，是我的选择和爱好。”童滺说道，“赶快吃饭吧，我还要回去喂王八。明天咱们去医院，给大妈复查身体，你也做个常规检查，看瘦的，马上大风都能刮跑了。”

“童滺为我们这个家你忙碌了一年，难得一会的清闲。现在我回来了，你也休息休息吧！”奚婼给童滺抛了一个媚眼，然后喝一口王八汤，吧唧了一下嘴唇说，“嗯，真香，一年了，好想喝王八汤啊！”

看着奚婼快乐的样子，妈妈和童潞都开心地笑了。

第二天上午，天气晴好，万里无云。童潞早早赶到奚婼家，与奚婼一起陪妈妈到医院复查。心病科医生初步察看了妈妈的体征，提出全面彻查的建议，要做全天候心电图连续动态监测，观察休息、活动、进餐、工作、睡眠等不同情况下的心电图资料，确定冠状病变累及心肌供血的范围和功能，才能进一步给出最佳的治疗方案。

趁妈妈做心电图连续动态监测的空档，童潞执意陪奚婼做身体常规检查。经过采血、化验、彩超、心电图、胸透等系列检查，主检医生看了结果后，问童潞：“你是奚婼的什么人？”

“同学，不，朋友。”童潞回答。

“你回避一下，我们需要单独询问她几个情况。”

童潞同奚婼对视了一眼，忐忑不安地走到诊室外的廊道里等候。他感到十分闷热，想凑近玻璃窗透透风，看见医院院子里绿化树的叶子一动不动，远处天空却有几坨小山一样的乌云黑压压地向这里汇聚，仿佛有一股怒吼的狂风在背后无情地推搡着。

乌云马上缠绵在一起，你挤我拥，踢打撕咬，密密地编织成一张蒙天的云布。突然一道炫丽的闪电撕破了云布，隆隆的雷声由远及近滚滚而来，珠子一样大小的雨粒一颗颗、一串串，形成无数条闪亮的雨线，劈头盖脸地冲洗着院子里一排排树木。

一股凉意袭进廊道，奚婼打了个寒噤走出诊室。童潞忙上前问话，奚婼摇摇头，要童潞在这里等一会儿，她去问妈妈一件事马上回来。目送着奚婼走去的瘦弱背影，童潞忙走进诊室，询问主检医生奚婼的病情，医生告诉他初步怀疑是再生障碍性贫血。

这时，有一位护士突然跑过来喊童潞说：“快去心电室吧，你妈妈休克了！”

童澔拔腿跑到心电监测室，看见几位医生正在对奚婼妈妈进行紧张抢救，奚婼焦灼地拉着妈妈的手，高一声低一声地呼叫着“妈妈”。

原来，奚婼的问话使妈妈做梦都没有想到，女儿竟患上了与她姥姥一样的遗传性疾病——血癌！并且，并且医生给出的诊断是，六十天的有效抢救时限！

六十天，短短六十天，如花似玉的奚婼就……这消息不啻晴天霹雳，一下子击倒了奚婼妈妈。霎时她血脉灌顶，两眼发黑，嘴唇青紫，牙关紧闭，胸部炸痛，浑身上下大汗淋漓，骤然出现心肌梗死的紧急状况。

奚婼妈妈肌肉注射了硝酸甘油液，在医护人员施行的紧急抢救下，慢慢苏醒过来，眼里止不住流下了泪花……

疾病不相信眼泪，眼泪也救不了病人。奚婼查出的疾病，无疑使她们雪上加霜，把羸弱的母女俩推向了崩溃的边沿！能够治病救人的，是医生给出的方案和那些大大小小的药片，不可或缺的还有源源不断的资金注入。

求助天公没有用，诅咒病魔没有用，埋怨命运也没有用，最最有用的是不遗余力、源源不断地拿出真金白银，好让白衣天使开方取药，治病救命，或许能够柳暗花明，绝处逢生！

血癌就是个吞钱的恶魔，纵有万贯家产它也能应收尽收，吞入口中！奚婼家去哪里弄钱，来塞满这个恶魔的血盆大口？

妈妈微薄的工资，不够自己的花销。妈妈看病，奚婼上学，用的都是童澔养王八的收入。童澔还有多少积蓄？他就是不吃不喝，还能拿出多少卖王八的钱，为她们母女二人看病？何况，何况童澔仅仅是奚婼的同学和朋友！为了她们母女俩，童澔的王八羹、王八膏、王八茶等系列产品的致富梦想，早就泡了汤！

奚婼想起了读高中时她劝慰童澔的话："面对逆境，要学会坚强；你不坚强，没有人替你坚强!"现在看来，这些话需要自己践行了!

奚婼想起了顶替妈妈上班时，殡仪馆领导开玩笑的话："奚婼呀，等你毕业了，这个岗位我们就给你留着!"眼下"这个岗位"真的需要自己履职了!

从医院回到家的第二天，奚婼安顿好妈妈，就毅然去了棠梨殡仪馆仪容室，正式签约上班了。留给她的时间只有六十天，她要竭尽全力与病魔赛跑!

29. 什么是朋友

殡仪馆领导了解到奚婼和她妈妈的情况后，千方百计提供力所能及的救助。给奚婼妈妈办理了病退手续，按照规定发放一笔补贴金，还破天荒地预支了奚婼两个月工资。

没过几天，童澔再次到奚婼家，送来十二万元现金卡，说是转让了养王八的水塘和他家的房屋与宅基地，这些钱用完了，他再想别的办法筹措。童澔的厚德大义，再一次感动得奚婼母女两人泪如雨下。

傅新悦也来了，他并不知道奚婼生病的事。从天津接奚婼回棠梨的路上，在他的追问下，奚婼告诉他选择分手的根子在妈妈。他想给奚婼妈妈讨个明白，老人家为什么不同意他与奚婼处朋友。

"看在你是个孩子的份上，我也就给你说了实话吧!"奚婼妈妈说，"奚婼是你的亲妹妹，你是奚婼的亲哥哥，你们是同父异母的亲兄妹，你爸爸就是那个多次骗我上床的衣冠禽兽!"

"原来是这样!"奚婼听了妈妈的话，倒吸了一口凉气。

"原来是这样!"傅新悦听了奚婼妈妈的话，惊诧得说不出话来，撒腿跑回了家。

两个星期后，傅新悦再次来到奚婼家，“扑通”一下跪在奚婼妈妈床前，在地板上连连把头磕得“咚咚”响，说：“阿姨，我专程跑到监狱，问过我爸爸了，他说当年的事都是他的错，他对不起你，对不起奚婼，现在我代替爸爸向你谢罪！”

站在一旁的奚婼看傻了眼，尽管她非常不情愿相信这是事实，可是老泪纵横的妈妈和傅新悦额头上磕出的红包，让她明白这是谁也扭转不了的真实，昨天的同学、恋人傅新悦，就是她同父异母的亲哥哥！恨也？气也？悔也？不是她的选择，她没有功夫甄别老一辈的是是非非，她需要拼尽全力上班、挣钱、治病、救命！

童澔每星期都要来奚婼家一次，每次都带来奚婼和妈妈喜爱的一些小食品、小礼品和不少于千元左右的现金。看着日渐消瘦的童澔，奚婼和妈妈多次嘱咐童澔别买东西了，还追问童澔不养王八了，哪里来的钱，童澔只是憨憨地笑，从没有正面回答过。

奚婼对童澔的举动产生了怀疑。这一天，她趁歇班的机会，悄悄地盯梢着童澔，看他究竟想了什么“筹款”的戏法。早饭后，她真真切切地看见童澔走进了棠梨医院，走进了医院的血站，在血站的采血窗口伸出了胳膊……奚婼疾步上前，拦住了采血医生的针头，一把把童澔拉了出来。

“童澔，你不能……”奚婼吼叫着。

童澔回头看是奚婼，狡辩说：“没事，奚婼，我身体棒！”

“身体再棒也会折磨垮的，你身体垮了，我和妈妈还指望谁？你再这样执拗，咱俩干脆断了联系，奚婼再也不认你这个同学和朋友了！”

“奚婼别发火，你身体要紧。”童澔憨憨地说，“我听你的，我们做永远的同学和朋友！”

“傻童澔！”奚婼马上破涕为笑，重重地在童澔脸颊上亲吻了一下。

那一刻，童澔觉得脸颊热热地发烫……

四十天后的一个晚上，童澔又一次来到奚婼家，兴致勃勃地告诉奚婼母女一个好消息："我专程向市里、省里的医学专家咨询了，他们说施行骨髓移植手术，治好'再障'的比率在百分之五十以上。医院化验比对了我的血型，我是奚婼骨髓移植的最佳匹配人，事不宜迟，我们马上做骨髓移植手术吧！"

"不要啊，移植骨髓风险太大，我要清静地走，不能再连累你了！"奚婼果断拒绝了童澔的建议。

童澔"扑通"一声跪在地板上，盯着奚婼，目光如火，一字一顿地说："奚婼，你告诉我，东方哲学里什么是朋友？朋友是持久的守望，不是短暂的牵手；朋友是真心的奉献，不是有难就逃走。疾风知劲草，患难见真情，咱们既然是朋友，你的痛就是我的痛，四十天来我一直痛着你的痛！不要说有百分之五十的比率，就是只有百分之零点五的希望，为你移植骨髓，我死也无憾！"

奚婼连忙走上前，双手搂住童澔，把头伏在童澔的肩膀上，嘤嘤地抽搐起来。

此景此情，奚婼妈妈洞若观火，痛彻心扉。她提醒童澔说；"童澔，手术不是说做就能做的，那需要一大堆钱啊，奚婼就是答应了你，我们上哪里弄钱去呀？"

"大妈不要发愁，我给棠梨民政局领导反映了奚婼的情况，他们答应筹措资金，帮助奚婼渡过难关！"

"奚婼别哭了，既然这样，童澔真情难违，你就答应了他吧？"妈妈看着奚婼说。

奚婼这才擦了擦泪水，点头应允。

三人说妥了做手术的事，童澔才哼着周华健的歌曲《朋友》往回走：

一句话　一辈子
一生情　一杯酒
朋友一生一起走
那些日子不再有……

30. 别样的婚礼

手术那天，应奚婼和童澔之约，医院为他们举办了一场别样的婚礼。

原来，答应童澔做骨髓移植手术的那天夜里，奚婼失眠了。她想了很多很多认识童澔的往事，初中时，她嘲笑童澔要求做朋友；高中时她嘲笑童澔不辨是与非；她为童澔送过书籍和作业，童澔资助她上学和治病，还多次炖王八汤给她滋补身子。

同学情，一生情；朋友情，一辈子。她亲吻过童澔，拥抱过童澔，童澔的肩膀是她的依靠。她俩的友情是纯真的，淳朴的，永远的。她要嫁给童澔，把友情升级为爱情，将爱情进行到底。她俩的骨髓移植手术命悬一线，生死未决，她想早一天举行婚礼，并且越早越好，她渴望早一天享受步入婚姻殿堂的快乐。

第二天早晨，奚婼对妈妈说明了心意，妈妈爽快答应了。

令奚婼没有想到的是，等中午见了童澔的面，她向童澔表明自己的心思和妈妈的态度，却被童澔一口拒绝了："奚婼，谢谢你的真诚和信任，这件事我不能答应你。"

"为什么不答应？是不喜欢我吗？"奚婼问。

"喜欢，真心喜欢。"

"是不爱我吗？"

"爱，骨子里都爱。"

"是不想娶我吗？"

“想，做梦都想。”

“你是不是有别的心上人？”

“没有，压根就没有。有你在，我从未羡慕过任何人。”

“那你就是叶公好龙了，爱我想我都是故作的假象？”

“不是，我的爱天地可鉴，九牛也拉不回！”

“为什么不举行婚礼？为什么不走进婚姻的殿堂？”

“我怕。”

“怕什么？”

“怕我配不上你，怕你一朵鲜花插在了牛粪上！”

“你不觉得令我失望吗？”

“我在等你，我在守望；等你是怕你孤单，守望是更久远的爱。我要你拥有更好的生活，不是仅仅能够喝上一口王八汤！”

“童澔，我收下了你苦心孤诣的爱。你想过吗？骨髓移植手术一旦不成功，我俩就会阴阳两隔，天人永绝，我在天堂等你，你在人间守望，正应了‘天长地久有时尽，此恨绵绵无绝期’的诗意。难道你要的就是这样的爱吗？”

“我……奚婼，你的东方哲学把我的王八思维逼得无路可走了！”

“你执意不答应举行婚礼，我俩就此了断，反正我只有一死，还遭受骨髓移植手术那份罪做什么？”此时，奚婼很想哭，她的泪都流到心里去了，眼睛里已经没有了一丝儿泪花。

“别……奚婼，我要陪你到彼岸，长长的路慢慢地走，深深的话浅浅地说。”童澔木然地盯着奚婼说，“我现在答应你，你也要答应我，我俩在走进手术室的前一刻再举行婚礼好吗？”

“……嗯，我答应你！”奚婼迟疑了一下，慢慢闭上那双渴望的眼睛，羞涩地说，“童澔，来，吻我一下。”

看着奚婼脸颊上灿若桃花的红晕，童澔轻轻地、轻轻地挪动着脚步，生怕脚下的声响打扰了奚婼美好的憧憬。看看渐渐走近奚婼，他缓缓伸出双手，用手心触摸住奚婼乌黑柔软的秀发，再捧住她一动不动的脸颊，悄悄向前移动着嘴唇。

奚婼一把抱住了童澔的双肩，一颗硕大的泪珠滴落在童澔滚烫的嘴唇上……

按照童澔和奚婼的请求，两人的婚礼现场就设置在手术室门前的廊道里。

这是一场温馨典雅、个性创意的浪漫婚礼：长长的红地毯铺满了欢乐喜庆，四周白色点缀的海蓝基调装饰彰显了婚礼的庄重优雅。

童澔亲自选定的青花瓷婚纱，配上橙黄浅红的洒金盖头，把奚婼打扮得婉约雅致，雍容沉稳，一举受到人人瞩目、满座惊艳的魅力与效果。

婚礼开始时，棠梨民政局、慈善总会、关工委和医院的领导纷纷来到现场，献上了满满的祝贺和厚厚的贺礼。

傅新悦的妈妈来到了现场，献上的红包据说是他家转让一院别墅的所得，这是他爸爸也是他全家人的集体决定。

傅新悦还带着初中、高中、大学的同学好友来到了现场，献上的贺礼是同学们踊跃捐赠的真心实意……

随着婚礼主持人充满激情的言辞，童澔一手抱着玫瑰花束、一手扯着新人奚婼走上主席台，给众人弯腰施礼，然后与奚婼相对站立，琅声吟诵道："我是云朵，你是晶莹的水滴；我是彩虹，你是绚丽的色彩；我是一弯新月，你是温暖的阳光。奚婼，我等你；这辈子，不放弃！"

奚婼接过童澔递过来的玫瑰，双眼流出了喜悦的泪花，回应道："童澔，老同学，好朋友，嫁给你，不后悔！"

"哗哗哗……"现场掌声如雷，久久不能平息。

简单的婚礼结束后，手术室的门打开了，在现场朋友的目送下，在两位护士姑娘的引领下，童澔与奚婼嫣然微笑，手牵着手，肩并着肩，缓缓走进了手术室……

狗 蛋

小村名副其实，真的不大，满打满算也就十九户人家，七十多口人。

村里只有一户祁姓，其他人家都姓马。下面讲述的故事，就发生在祁家。

祁家虽然是村里的孤门独户，但户主祁狗蛋却一度是村里响亮亮的“人头”：做过三十多年的“村官”，什么组长、村长、队长、村主任都干过。

这么说吧，祁狗蛋从二十世纪五十年代的小村互助组组长干起，一路春风得意，干到二十世纪八十年代时的改革开放。用他自己的话说，叫作“群马驼着狗蛋走”，或者叫“狗蛋骑（祁）在马头上”。

要说这狗蛋儿是棵“独苗”，其实极不准确。他爹娘一共生了五男二女七个孩子，他是个头生孩儿，兄妹中最大的哥哥。

狗蛋出生不到两个月，就赶上抗战时蒋介石派人扒开花园口，泡天黄水顺着贾鲁河、涡河一路东南，淹了河南、安徽、江苏三省四十多个县市，八九十万人死于非命。由于家徒四壁，锅底朝天，野菜根儿都没得吃，狗蛋后来的弟弟妹妹都一个接一个地在饥饿中“走”了。

狗蛋清楚地记得，他小时候长得又黑又瘦，三根筋连着一个头，皮包骨头不长个儿，两三岁时还没有取名字，爹娘唤他都是喊“孩儿”。

能够混上“狗蛋”这个名字，多亏了冬天的地锅灶膛。

那时候，他家穷得没衣服没被褥。冬天，爹娘担心他受冻，出门时就揭去铁锅片子，把他放在还有余温的灶膛里，弄几把软草围着给他取暖。他着急了就扒拉草，一把一把的灶膛灰把他染成了个黑孩子。

当地人有个俗语叫作“黑狗蛋”，就是形容人长相特别黑。于是他因黑得名，落下了“黑狗蛋儿”的乳名。长大成人后为了叫着方便，人们就省去了“黑、儿”俩头的字，只喊他“狗蛋”了。

常言道“人穷命也苦”，没等到中华人民共和国成立，狗蛋的爹娘就先后撒手人寰。那一年，往虚了算狗蛋刚好十二岁。

爹娘给他撇下的财产是村子西北角“官坑”边上的那个茅草庵。

这“官坑”可有来历：老辈儿人说是五代十国时期后周大将赵匡胤在这里练兵打仗、斩杀囚犯的“万人坑”，以前谁家死了人，要是没地方埋葬，总是说“拉坑里埋了”。坑里常年草不盈尺，水不过膝，夏天生长虫（蛇），冬天藏野兔，是个人人嫌弃的“官坑”。

对于祁家人，“官坑”却很重要：狗蛋的爹娘就埋在那里，而且是“软埋”。

爹娘“走”时，家里半条芦席也没有，是狗蛋在村里挨门磕头，求人用一抱芦苇裹着爹娘下的葬。在狗蛋眼里，那“官坑”就是他家的老坟地。

为了活命，十二岁的狗蛋要么沿村讨饭，要么给村里马姓财主或别的人家干杂活，好好歹歹能有个粗糠稀水填肚子，慢慢地熬日子。这就叫“留得青山在，不愁没柴烧”。

终于熬到了风风火火的土改年代，狗蛋分到了一间破草屋，二亩薄沙地。最让他感到荣耀的是做了区政府的通信员，做些跑腿、送信、打杂的事。

这通信员可是个肥缺，一般人是傍不上边的，它使狗蛋从此结束了挨门乞讨的历史。其实，那是外来的区政府领导看中了他根红苗正、无牵无挂，还有熟悉方圆数村环境（讨饭）的资历。

真是人走时运马走膘，很快长大了的狗蛋好运接踵而至。成立互助组时领导提拔他为组长，成立小公社时他当了村长，后来当了村主任。

年纪轻轻的狗蛋成了小村的“皇帝老子”，每天指东画西，说一不二，就是过去那个跺跺脚村里各家墙头都掉土渣的马财主，也赔着笑脸亲自登门给他保媒说媳妇。其实，马财主保媒是有用意的，他是想让儿子去村副业队学做木工活，用他的话说是“学会木工技术以后吃饭牢靠”。

要说娶媳妇，狗蛋是做梦都在想，可就是没有热心人说合。这次马财主主动给他保媒，狗蛋自然大喜过望，至于派马财主儿子学习木工技术的事，他当然一口应允。

对媳妇有什么条件？狗蛋是既不挑三拣四，也不顾及政治上有没有影响，只求进家有个说话的，睡觉有个暖脚的，下雨知道往屋里跑就行。尽管那婆娘是个二婚，还带着一个两岁的女儿影子，他也一口答应了。

据说，因为是马财主给他保的媒，狗蛋的政治前途受到很大影响：工作虽然积极能干，却一度被党组织拒之门外。

别人过不去的坎儿，狗蛋未必过不去，他可是小村独一无二的村长啊！

从食堂领回家的饭，他让给媳妇吃，等大伙都出工走了，他就抱着女儿影子去食堂“要饭”吃。一来二去成了习惯，食堂炊事员就知趣地提前给他们父女留下了好吃的饭。

就这样一年不到，媳妇吃得又白又胖，肚子挺得又大又圆，影子也远比别人家的孩子富态。转眼媳妇生了个白胖儿子，乐得狗蛋咧着嘴逢人就夸："好树结好果，好墒出好苗，俺如今嘿嘿，一男一女俩孩儿啦！"

娶媳妇是个好事儿，生孩子是个喜事儿，没啥吃不算是难事儿，有了病却是个头痛的事儿。

狗蛋没想到媳妇走满月时，却给儿子传染了天花病！高烧不退，闭眼嗜睡，脸、手和腿部到处都是淡红色的块状疙瘩（疹子）。这可吓坏了狗蛋媳妇，赶紧回来让狗蛋请医生给儿子看病。

当时的天花病被人传为"瘟疫"，很多小孩子死于此病。狗蛋千方百计找到一个老中医，硬是住人家家里看医生，决心啥时治好啥时走。

好在老中医有妙手回春的医术。眼看着红疹化脓，半个月开始结痂，然后发展成疥癣，慢慢结疤剥落，留下个坑连坑、坑套坑的棒轴子脸，好歹保住了儿子的命。

有人背地里戳狗蛋的脊梁骨说："看还显摆个啥？影子是人家的，儿子是自己的，'好墒'却出了个赖样儿！"

狗蛋听说后大度地付之一笑："人家的咋啦？影子是俺的影子，谁还牛群里认羊羔不成？赖样儿咋啦？赖样儿就赖样儿，样儿赖好养活！"于是顺坡下驴，这个儿子就取名叫作"赖样儿"了。

小村散食堂那年，村里囤底儿朝天，地里草芽挖干净，桑叶、榆皮、樗揪揪都吃得光光的，很多人发愁没地方去讨饭。村里人一年多没有添孩儿，倒是狗蛋媳妇有能耐，生了个不胖不瘦的儿子。有人放出话儿说："食堂散了，官食儿没了，看狗蛋咋养活这个儿子？"

狗蛋听说后又大度地付之一笑："食堂散了咋啦？家里分了自留地；没了官食儿有私食儿，这儿子俺就权当买了个小猪娃夯拉着养！”又是顺坡下驴，儿子就取名叫作“耷拉”了。

后来小村扫盲时，给儿子取名字的事被马财主夸了很多遍：“没文化不可怕，狗蛋的影子能长大；赖样儿耷拉俩儿子，叫着顺嘴儿省心啊！”

后来，一晃到了改革开放的年代，狗蛋仍然是小村唯一的“官”：体制上不兴叫“村长”了，有人喊“队长”，有人喊“主任”，准确点儿说该叫“村民小组长”。反正叫什么都行，狗蛋不计较名号，无论叫什么管辖的都是小村那几十号人。

在狗蛋心里，做“村官”有做“村官”的好处。一个上无片瓦、下无立锥之地的孤伶孩子，那年月不是当“动力”，后来怎么能当上组长，再当上村长、队长？不是当队长能娶得上媳妇？能养活一家三口？能在“困难时期”生俩宝贝儿子？就连女儿影子远嫁到云南，俩儿子能盖上青墙、红顶、大亮窗、透风脊的砖瓦房，也都靠的是他当“村官”的积德和福报。

要说影子，这闺女有福分。上大学时结识了个云南娃，毕了业就跟随那娃去了云南。临走时狗蛋含泪拉着影子的手说：“闺女呀，不管别人咋说，你就是爹的影子，嫁得再远不要忘记回来同你娘和我说说话。”

影子点头答应了。来信说是在一家旅游公司上班，每月能挣一万好儿，吃不愁，穿不愁，有房有车有票子，捎话要接狗蛋和老娘去云南走走，看看风景，享享清福呢！只是她娘没摊上享福的命，刚给小儿子耷拉盖好房子，就撇下狗蛋上了奈何桥。

大儿子运气好。狗蛋当小村队长的时候，公社一位驻村干部常年在他家吃饭。那年月干部下乡吃饭时兴给钱给粮票，狗蛋从未收过那人的钱和粮票。后来那位公社干部晋升到县土产公司管事，大儿子赖样儿就跟着人家干合同工，再转为正式工。

麻脸点儿多。改革开放后大儿子赖样儿回村办个草纸厂，挣了钱在县城买了一套房，还当上了副乡长。嘿，别看“样儿”赖“官儿”也不大，走路挺着肚子，迈着方步，脸上的麻点儿也一闪一闪放光明，真有那么个“官样儿”，在乡下可风光了！

就数小儿子奋拉让人操心。这孩子上小学爱跟人家斗架，隔三岔五地有人找上门告他的状；上初中结伙逃学跟人打牌弄赌；输了钱就偷家里东西卖，家里养的鸡养的羊，哪样他都偷卖过。更出格的是他还趁月黑上路抢夺摩托车、拦人家大姑娘，“严打”时被派出所抓住送劳改队三年。回来后眼红大哥赖样儿会挣钱，组织小村姓马的村民，告他哥的草纸厂污染，硬生生讹诈他哥十几万，弄得亲弟兄俩反目为仇，生分得见了面也不说话。

如今改革开放了，村里年轻人都进城打工了。种庄稼这事管不管都稀松，只要舍得上化肥就能多打粮食，想想生产队时成天盯着人家干活，真是可笑。现在好了，女儿嫁了，老伴走了，两个儿媳妇娶来了，两个儿子分家了，狗蛋不仅当“村官”没事做，当家长也没事做了。

没事做就找点事做，反正闲着不舒坦。看人家下海经商办企业挣了大钱，狗蛋真是也有些心动眼馋。他穿过百家衣，吃过百家饭，做过几十年“村官”，能吃能喝能说，认识的熟人也多，趁着手脚还灵活，就是捣卖个鸡蛋也能把钱包鼓起来。

“对，就捣卖鸡蛋！”这生意是小本买卖，花不了大本，赔不了大钱，就是碰烂几个也能吃到肚里长膘水。

梦终归是梦，圆梦是需要条件的。脑袋拿定了主意，兜里却没钱支持，什么好梦都难圆。

狗蛋冥思苦想，不觉暗暗苦笑自己：看这么多年“村官”当的，快要成穷光蛋了。上面说“兜里没有钱，不是好党员”，那年月因为娶媳妇养孩子沾了村里不少光，进步却受了影响，没能够入上党，现在没钱也不是“好村官”啊！

他心里谴责自己整天跑东跑西，这不放心，那不入眼，这得看看，那得管管，好像村里没有他，地球都不转圈儿了。可是没捣卖鸡蛋的钱……

有道是钱出急家门。

狗蛋想到了大儿子赖样儿，这孩子办过草纸厂，当了副乡长，腰包里肯定有钱。但赖样儿在县城买了房买了车娶了媳妇，当爹的没帮上他多少忙，就心里头有愧，怎么能去再给他添麻烦呀？

他也想到了二儿子耷拉。这孩子打小不听教，不正干，整天同一帮狐朋狗友玩，结果把自己“玩”进去了。虽说出来两年娶了媳妇，但还是拴不住他的心，狐朋狗友你来我走，不知道整天都赶啥。反正他是腰窝子瘪塌，指望他出钱，怕是门都没有。

门儿还是有的！山不转水转，活人能叫尿憋死？儿子靠不上就求女儿，老爹没钱影子有。她虽然远嫁到云南，却是在旅游单位上班，每月收入一万多呢！找她给个三百二百的，还不是小菜一碟？她还能驳了老爹的面子？对，就求她了！

结果，狗蛋趁去乡里开会的机会，给远在云南的影子打了一个长途电话，搞定了三百元的本钱。

他本来张口要二百元，是影子大方，慷慨地多孝顺他一百元。狗蛋散会后顺便买了一对竹篮子，用过去挑水桶的钩担挑着，走东村，串西村，逢单赶南集，逢双赶北集，逢礼拜天进县城，竹篮里装着方便面，雨天雪天不误事，啥时饿了啥时吃，别看买卖鸡蛋生意小，挺好玩儿的。

刚开始狗蛋拉不下脸皮，见熟人磨不开面子。他就用一顶破草帽遮住脸，或者熟人来了背背头。时间一长，嘿，什么脸皮不脸皮？一不哄，二不骗，不偷人，不养汉，一个鸡蛋的买卖，规规矩矩挣二分钱，当“村官”为人民服务，买卖鸡蛋为人民币服务，没啥不好意思的？想开了，他就“胆子大一点，步子快一点”。

你别说，狗蛋买卖鸡蛋还真是块材料。三年下来，顺风顺水，当初的小篮买卖，如今鸟枪换炮，改成加重自行车带后驮框了，装钱的棉兜兜换成皮革挎包了，不光肚子鼓起来，钱包鼓起来，连俩儿子的眼睛也都鼓起来了。这不，刚过了二月二，大儿子专门从城里回家说：“爹呀，这几年生意不错吧？”

“是啊，挣了几个压腰的小钱。”

“有四位数了吧？”

“四位数？一千还是九千？”

“听爹这口气，不止九千了？”

“嘿嘿，看你那个赖样儿，就会小瞧爹！乡里已上报我当万元户了！”狗蛋心想，你小子真是“乡官”小看“村官”，拿豆包不当干粮，别说四位数，老爹可是石磙对碾盘——实（石）打实（石）的万元户，兜里三个五位数都不止了。

“祝贺老爹发财！你大媳妇临产了，双胞胎，医生建议剖宫产，要去省城做手术，支援儿子几个呗？”

“那好，要多少？”

“三万差不多够了，爹你随意吧？”

“三万？我的儿，你要老爹的命吧？我就只有一万六千元钱！”狗蛋不是舍不得，那些钱都是他一个子一个子从牙缝里抠出来的啊！

“看爹说的，我还能用完？给一万五得了，这不都是为你孙子好吗？”

“为孙子好”，狗蛋不心疼，一万五不打折扣，全数给了大儿子。不曾想二儿子知道了这件事，连夜回家找狗蛋。

“爹呀，如今儿子听你的话，赌博那事洗手了，这几天跟朋友合计，想合伙做点生意。”

“好哇，有道是光棍收心饿死狗，浪子回头金不换，你这才叫有长进，有出息啊！”

“爹你知道，儿子玩赌点儿背，手里空啊，需要你输点血救助救助呀！”

“看你说的，你只要往好处混，爹不帮你还帮谁？说吧，需要多少？”

“三万差不多够了，爹你随意吧？”

“乖乖，也学你哥要我的命呀？爹就只有一万六了！”狗蛋庆幸棋高一着，留了一手，钱没全给大儿子。

“看爹说的，我还能用完？给一万五得了，爹这是为儿子好啊！”

“为儿子好”，狗蛋不心疼，一万五不含糊，全数给了二儿子耷拉。这俩件事下来，狗蛋钱包瘪了，“捣蛋”三年，两手空空。

入夜，睡床上的狗蛋仔细想啊想：这事好啊！挣钱就是花的，给孙子花，该！给儿子花，该！不给他们花还给谁花？自己没个做伴的，老头子吃饱，全家人不饿，当老人的就盼着儿孙们都能过好，只可惜老伴走得太早了！

一想起老伴，狗蛋就觉得伤心。你说一辈子什么苦都吃了，什么罪都受了，这世道刚刚抬头变好，你咋就忍心走这么早呢？叫我上不去下不来，连个说悄悄话的人也没有，再苦再累都得一个人担着。能打能跳的怎么着都好，就担心深更半夜有个头痛脑热的，孤独独一个人苦支撑，没有谁来烧杯水喝。过日子比树叶子还稠，总不能处处都指望儿子孙子吧？

没有人烧水喝？狗蛋还真想起一个能“烧水喝”的女人！

那是春节前的一天上午，冰雪盖地，走起路来哧哧拉拉地响。路上，十里八村赶年集的人不顾天寒地冻，可劲儿往县城奔。狗蛋骑车带着两驮篓子鸡蛋，一路上非常小心地骑，生怕路滑摔烂了两篓子鸡蛋。

那天农贸市场热闹得水泄不通，卖年货的摊挨摊，买年货的人挤人，脚下的冰雪都给暖化了。

狗蛋累得浑身冒汗，大口喘气，东瞄瞄，西瞅瞅，正发愁找不到摊位，车子驮篓没地方放。还好，一位站在人力三轮车旁卖山药的大嫂招呼他："看你这老头怪难的，我这山药快卖完了，你就靠在我这里卖吧？"

"谢谢你了，大嫂！"他抬头看去，那大嫂背部穹起，驼得厉害，说话时头都埋在三轮车把上。

"谢个啥？大冷天做小买卖，谁没有个难处啊！"

遇上好心人了！

虽然与人家不认识，狗蛋却觉得心里热乎乎的。他把车子推过去，停好，揭去盖草，露出鸡蛋，开始叫卖。其实不用扯嗓子喊，买鸡蛋的看见了自然就会来的。

"吃饭了吗？"驼背大嫂问。

"还没呢，乡下人赶早进城，天天都这样。"

"我先给你看着，你去对面早点店里喝口热汤吧！"

"谢谢大嫂，还是先招呼生意吧！"

"你要不嫌弃，我这还有两个素包子，自个带来的，你吃了垫垫吧。"驼背大嫂说着，就去取包子。

"不用不用，谢谢大嫂！"说话间，围上来几个买鸡蛋、买山药的客人，他们都各自招呼生意，谁也顾不上吃不吃包子的事了。

一阵子忙活，那驼背大嫂卖完了山药，看看狗蛋还在忙着卖鸡蛋，随口打了一声招呼，就蹬上三轮车艰难地走了。

约莫一顿饭工夫，狗蛋的鸡蛋就篓底朝天，只剩下十几个小个头和碰有裂纹的，不卖了，留下回家炒吃吧。刚收拾好车子、篓子，就来个卖萝卜的青年人，他赶紧前客让后客，推车给那人腾空摊位。

挤出农贸市场，在城郊结合处的老桥口，狗蛋给对面来的几辆货车让道，身后过来一个骑摩托车的小伙子，一个劲地鸣喇叭，他不知道往哪里躲闪才好。

小伙子一脚踹在驮篓上，狗蛋一个趔趄，连忙偏身下车，摩托车“噌”地擦身开过去，他却滑倒在雪地上，崴了左脚，站立不起了。

“你怎么在这里？鸡蛋卖完了吗？”身后一个熟悉的声音问道。

来人是卖山药的驼背大嫂。

狗蛋连忙搭讪，说明了缘由。

“伤得厉害吗？起来看看，要不要我给你找医生。”大嫂说。

狗蛋试着站起来，左脚踝子骨痛得像刀割一样。驼背大嫂很费劲地帮他扶起车子，要他忍痛走向老桥口旁边的那两间小屋里，自己推着三轮车跟在后面。

“这是你家吗？”坐下后，狗蛋问。

“租的，我家在城里。”大嫂热情地找出一张伤湿止痛膏给狗蛋贴上，边同他聊天边张罗着做饭，“我给你做饭，饿坏了吧？”

谈话中他得知大嫂是离家出走来这里的。她原本有一个幸福的家，但丈夫病故，儿子本来不干正经事，嫌弃她是后妈，又有严重驼背的残疾，担心日后受其拖累，就把她赶出了家门。她来这里两年多了，靠卖时鲜蔬菜和水果生活，儿子媳妇不曾看过她一次，也算是无家可归的人了。

那天，驼背大嫂给狗蛋留下了深刻的印象，让摊位给他，帮他扶车，送止痛贴，嘘寒问暖，做饭给他吃，还告诉他说年纪大了，别乡下城里两头跑，操心遭累也不多挣钱，城里人多机会多，生意比乡下好做。

“大嫂你真是个好人！”狗蛋由衷地说。临走时他把驮篓里剩下的鸡蛋，全部给了大嫂表示谢意，推让再三，人家大嫂还不要呢。

当时只是巧遇，他并没把大嫂的话放心上。现在想想，进城吧，每天挣个三十五十的，比做这个破“村官”强多了；几十年了，没讨饭，也没发财，跑不动了，让给年轻人折腾吧；能找个像驼背大嫂那样的热心人，租间房子好好做几年生意，挣几个养老钱得了！

第二天，狗蛋真的来到老桥口，在驼背大嫂附近租了房，然后不顾乡村领导的挽留，硬是辞去了村主任职务，带上锅碗瓢勺、被褥和余下的积蓄，悄无声息地离开小村，正儿八经做起了县城里的“商人”，专心致志地买卖他的鸡蛋。

住在老桥口，距离好心的驼背大嫂近了，自然你来我往说话也多起来。

大嫂告诉他，做生意不能一根筋，买卖鸡蛋也有旺季淡季，想多挣钱就得多动脑筋。比如，春天鸡子产蛋多，价格低，买主还爱挑三拣四的，忙活了一天挣不了多少钱，你把那些个头小的鸡蛋，用糠皮石灰水一骨碌，做成松花蛋，赶六月天热时卖，小鸡蛋就能多赚钱！

“可是，大嫂，我不会做松花蛋呀！”狗蛋说的是实话，他除了会当“村官”，会做农活，会吃松花蛋以外，别的什么也做不来。

“你真是个笨狗蛋！大嫂会啊，我教你！”

“你教？大嫂，你这技术怎么转让？”狗蛋知道，这年头学技术是要付费的，价格高得令人生畏。

“你个小狗蛋，小瞧大嫂不是？心就装肚子里吧，大嫂不收你的转让费！”

“大嫂真好！”狗蛋再次被驼背大嫂感动了，“滴水之恩，当涌泉相报，我记着你的恩德，赚了钱咱俩分！”

“哈哈哈哈，分啥子分呀？我压根也没跟你狗蛋合啊！”

原来，驼背大嫂不仅热心肠，脑筋好，还是个爱开玩笑的人，一个“合”字，倒说的狗蛋心里甜蜜蜜、脸上却热乎乎的。

就这样，驼背大嫂手把手地教几次，“笨狗蛋”就学会了做松花蛋，一个春天连做带卖了多挣了几千元！

挣钱不忘感恩，狗蛋绝不食言。就在第一批松花蛋就要上市的前一天晚上，狗蛋特意整了一篮子送给驼背大嫂，想让她分享一下传授技术的幸福。

“能陪大嫂说句话就好，还拿什么礼呀？”驼背大嫂正在做饭，瞥了狗蛋一眼说。

“大嫂，这是你的技术，你不品尝鉴定，我哪敢上市卖啊？”

“哦，是松花蛋呀？快拿来我看看有没有松花！”大嫂说着，把拍好的黄瓜收拾到盘子里说，“正好今晚上咱俩来个黄瓜松花蛋！”

狗蛋放下篮子，拿了几个松花蛋递给大嫂。

大嫂拿起松花蛋，“啪啪啪”轻松地摔在地上，娴熟地捏出蛋来，用清水冲洗干净，再拿出一个放在眼前，慢慢地旋转着看，满意的微笑荡漾在脸上。

她一根指头点着松花蛋说：“狗蛋，你看，这蛋黄金灿灿的，蛋清晶莹透亮，柔软如琼脂一样，几簇松花在里面绽放，像不像一幅画？”

大嫂背驼个子低，狗蛋连忙蹲下来，把头凑到大嫂举起的松花蛋前，一只胳膊自然地搭在大嫂的背上，瞪大眼睛仔细看蛋里的松花。

只见那蛋清里一簇簇银色的松花，就像是能工巧匠雕上去的，晶莹剔透，有的像深邃的夜空繁星，有的像海洋中可爱的珊瑚，冰清玉洁，好不漂亮。

“大嫂的手艺，真好！”狗蛋两眼放光，欣喜非常，跷起大拇指赞不绝口，脸颊下意识地伸到了大嫂的怀里。

“看你，饿了？”大嫂向后退了一步说，“吃奶孩子似的，你朝前拱个啥！”

“嘿嘿，是饿了，大嫂，我馋得要流哈喇子啦！”大嫂的胸怀温热了狗蛋的脸，女人的味道挑起了他几年来不曾有的冲动。但理智还是让他明白了刚才动作的莽撞，机灵地给自己圆谎。

“饿了就吃，你端菜吧！”大嫂说着就拿菜刀切开松花蛋，均匀地摆放到盘子里，泼上老醋、麻油、辣酱等佐料，让狗蛋把松花蛋与黄瓜菜一起端到饭桌上，又抄起勺子盛了两碗米粥，拿了几个包子。

松花蛋貌美味也美。狗蛋不客气地轻轻咬了一口黄褐色的蛋清，一股清凉之感在口中慢慢漾开，顿觉清爽。再咬一口，松花蛋的凝汁缓缓从舌尖滑过，那种特有的清香萦绕唇边，慢慢浸润着身子，整个腹腔都充盈了松花蛋的美味……

“真好吃啊，大嫂！”松花蛋的美味让狗蛋心花怒放，食欲大开。

“呵呵，好吃是松花蛋，不是大嫂！”大嫂细眯双眼看着狗蛋野性的吃相，乐呵呵地说，“改天买瓶红酒，大嫂给你做松花蛋米粥，或者松花蛋豆腐汤，你品尝品尝，那可是酒席桌上的一道绝美佳肴啊，你应该吃过的。”

“吃过，不止一次吃过，但哪一次都没有今晚的好吃，让人嘴馋！”狗蛋回味着，赞美着，此前他怎么也想不到驼背大嫂还是个做美食的行家里手。

“好吃也不能多吃，这东西吃多了凉胃，不好消化，对身体不好。”

“这个我知道，”狗蛋两眼热辣辣地看着驼背大嫂说，“大嫂，以后啊，狗蛋就来你这里解馋了！”

“来吧，天天来，大嫂就愁没有个人陪伴呢，呵呵呵！”大嫂说完自个儿笑了，脸上像极了盛开的一朵玫瑰花。

五月的一天傍晚，天色阴晦，狗蛋特别累，也特别高兴。原来是他那天生意特别好：卖了两驮篓鸡蛋，还卖了两驮篓松花蛋，上午两趟，下午两趟，累得他浑身筋骨都快要散架了。

狗蛋拖着一身疲惫回行在老桥口的路上，按捺不住的欢喜促使他买了一袋红谷小米和二斤老豆腐，思谋着回去品尝驼背大嫂的精美手艺。

驼背大嫂这天卖的是鲜桃和甜杏，收摊较早，一个人在住处坐着吃桃子。

“大嫂，我来了！”狗蛋的声音夺门而入。

“喊啥子呀，你不是天天来吗？”大嫂没有起身，爽快地反问着，当她看到狗蛋手里拎的东西时，反而有点嗔怒了，“你怎么回回都拿礼物啊？”

“先前是感恩，今天是想……”

“想什么？”

“想品尝你的松花蛋米粥手艺，呵呵！”

“你呀，挣几个钱都是辛苦换来的，咱们是邻居，破费个啥呀？”

“今天不比往日，身子累，心情好，想跟大嫂分享一下快乐！”

“真是当官的嘴，戏子的腿，大嫂就爱听你说话！累了吧？车上有鲜桃、甜杏，爱吃啥自己拿，我去做汤。”

狗蛋把豆腐、小米递给大嫂，自己抓起几个甜杏，洗洗就吃起来。

他边吃边把今天集市的情况说给驼背大嫂，大嫂没乐，自己倒乐呵得前歪后仰的，摇晃得小椅子咯吱咯吱地响。

“我说狗蛋，你就不累呀？”大嫂说道，“生意好就要为自己身体多想想，钱要紧，命要紧？看你那破车子烂驮篓的，换辆电三轮不是省些力气吗？”

“换，明天就换；有了电三轮，休闲时我可以拉着你去逛风景！”

“逛啥子风景？年纪大了，不趁能打能跳时留点积蓄，几个钱浪荡光了，看日后有你作的难！”

“大嫂说得是，我咋就没有往这儿想呢？”

说话间饭做好了，屋子里弥散着松花蛋米粥和豆腐汤的香味。

“好香，闻闻就解馋！”狗蛋扔下杏核，抽动几下鼻翼，起身端碗。

“你先吃吧，我出去一下，马上就来。”驼背大嫂擦擦手，边说边往门外的厕所走去。

这时，一辆轿车停在大桥口，车上走下来的一个中年人，发现了驼背大嫂，问道：“老人家，这里有位姓祁的老汉吗？”

“有。”大嫂朝屋里喊，“狗蛋，有人找你！”

“好的，来了！”狗蛋听声音知道是大儿子赖样儿，心里纳闷，“这孩子，怎么找到这里了？”

狗蛋说着走出屋，招呼大嫂：“大嫂，是儿子来了，你先吃吧，我领他到住处看看。”

赖样儿闻到了粥香，扭转头往屋子里看了看，就跟着老爹走了。

“你怎么住这儿了？让我好找！”来到住处，赖样儿说，话语里好像充满了埋怨的味道。

“有事啊，想起找爹来了？”狗蛋问。

“是这样，你媳妇的娘家妹子要在城里买房，钱不宽绰，托他老爸找我借，我也是手头拮据，来求你支持支持。”

“看你个赖样儿，”一听要钱，狗蛋立马气就不打一处来，说道，“你们给我生的双胞胎孙子呢？又来骗我是吧？”

“上次是我给爹说了假话，这次是真的，爹不为儿子还不为媳妇着想？不为媳妇还不为你亲家呀？那可是你儿子媳妇万刀都割不断的亲戚啊！”

“爹没钱，现在做生意难，做小生意更难，我一天卖不了半篓子鸡蛋，赚不了几个钱，你打别的主意吧！”说实话，狗蛋是个直来直去的人，像这样违心地说话，真的还是第一次。

“没钱你做什么生意？跑城里来打野鸡啊？”赖样儿说话时，抬手指着驼背大嫂的小屋。

“你给我滚！我没有你这个儿子！”狗蛋一下子火蹿脑门，暴怒了，他怎么也想不到儿子会说这难听的话，“你还是乡长哩，就你这赖样儿，你祸害乡里吧！”

“滚就滚，你打野鸡有钱，支持儿子没钱，今后让鬼来叫你个爹吧！”赖样儿说完，恶狠狠地看一眼驼背大嫂，上了轿车，“吱”一声钻进了夜幕中。

不用说，那晚的松花蛋米粥和豆腐汤，狗蛋与驼背大嫂都没有吃出风味儿。

一波刚平一波又起，狗蛋没安生几天，二儿子耷拉也趁着月黑骑着摩托车找上了门。

“爹离家也打声招呼啊，害得我满大街找你，不是人家风言风语说你在老桥口租房住，我还找不着你呢！”耷拉的话语里也是充满了怨气。

“找爹有啥事？说吧。”

“你是不是给我们招了个后妈？”

“没有的事，你胡咧咧个啥！”

“没有就好，想问爹要几个钱用。”

“又要钱？生意咋样了？”

“赔了。”

“赔成啥样了？”

“哥几个吵闹一顿，厮打一场，掰开了。”

“还要钱做什么？”

“你辞职后，小村主任的位子一直空着，我想托道上的人去乡里打点打点，干几年，混几个钱花。”

“也不撒泡尿照照，看你是不是那块料？你以为羊屎蛋插根鸡毛就能飞上天？送几个钱就能当好村主任吗？你做梦吧！”

“做啥梦？村干部都是喝出来的、玩出来的、打出来的，这三条你说我哪一样比别人差？”

“别斜巴着眼睛看村干部，当村干部心态要正，爹这几十年那都是给人搞服务，服务！你懂吗？”

“别提你那傻了吧叽的几十年，什么心态正？现在搞服务就是捞钱，捞钱！你懂吗？”

“我怎么生养你这么个赖种，脑子里装那么多邪恶、邪念！该找谁要找谁要去，我没钱！”狗蛋横下一条心，不能拿钱让夯拉去胡乱糟蹋。

“我先用了以后再还你，行了吧？爹！”

“今晚上你就把死蛤蟆说得尿淌，我也没钱给你！”

“真没钱？”

“没钱！”

“好，有这样的父子情义，你就在这里蹲着打野鸡吧，死也别进小村了！”极度气愤的夯拉咬着牙说完，偏腿骑上摩托车，走了。

那一夜，狗蛋失眠了，泪水浸湿了枕头。

转眼到了八月中秋，月上梢头，夜风习习，乡村里、县城里万家灯火，亲人团圆，不时有闪亮的礼花飞上天空，欢笑着炸响。

狗蛋没有回村，儿子们没有看他，女儿影子打电话说现在是旅游旺季，正忙，春节前才能回来看他。此时，他孤苦伶仃一个人躺在床上，看着房顶的天花板，眼角挂着泪花，不知道在想什么。

这时，驼背大嫂走来了。

“傻狗蛋，一个人发啥子癔症呀？走，到我那圆月去！”

“圆月？孤男寡女的也圆月？”他心里一阵发热，擦擦眼角，没再多想，随口答应一声，抬脚就跟在大嫂身后。

狗蛋两个儿子要钱的事，驼背大嫂心知肚明，什么“野鸡”不“野鸡”的伤心话，她也没怎么往心里去。反正人在做，天在看，白天不做亏心事，夜里不怕鬼敲门。嘴长在别人身上，凭空辱没人，只要不怕长疔疮，爱怎么说就怎么说去，一年一度的中秋节，还得好好地过。

这天晚上，她特意整了四菜一汤：白斩鸡、炸黄鱼、凉拌木耳、三七核桃仁，还有松花蛋豆腐汤，都是狗蛋爱吃的。

进屋后，狗蛋看见菜肴已在饭桌上放好，中间那个盘子里还摆着一个切开的双麻五仁月饼，扑鼻的醇香使狗蛋味蕾兴奋，胃口大开，喜乐爬上了眉梢头。

驼背大嫂掩上门，走近衣柜找出一瓶珍藏的红酒，递给狗蛋说：“坐呀，打开！”说完又拿出两只杯子，坐下等狗蛋斟酒。

狗蛋费劲地开了红酒，斟上，笑眯眯地看着对面坐的驼背大嫂，激动地说：“大嫂，没想到你这么细心，酒菜备齐，单等我圆月呢！”

“狗蛋啊，大嫂琢磨透了，这人呀，生下来活下去才叫生活；一辈子谁没个磕磕绊绊的？都土埋到脖子的人了，该吃吃该喝喝，遇事别往心里搁，珍惜今天，活好当下，才叫人生不后悔，潇洒走一回，你说是不是?”

“大嫂高人啊!”狗蛋敬佩地竖起大拇指，“大嫂这境界，我估摸大学教授也不过如此!”

“啥子高人不高人?都是残疾害了我，大嫂才活得不如人，这辈子没生养只男半女，老了还是一个人!”说着，大嫂端起杯子给狗蛋碰，“喝酒吧，别愣了!”

狗蛋一饮而尽，说：“大嫂，好酒啊，狗蛋也好久没这样痛快地喝酒了!”

“好酒你就多喝点，大嫂今晚陪你!”

三杯酒下肚，狗蛋拎起筷子，夹上一块白斩鸡放嘴里：“嗯，真香!”

大嫂看着狗蛋快活的吃相，喜得两眼眯成了一条缝，问道：“狗蛋，你老婆走了，想她吗?”

狗蛋愣了一下，很快摇摇头说：“有大嫂在，不想!”

“呵呵，是吗?大嫂可没给你什么呀!”

“我懂，大嫂残疾，狗蛋不需要!”

“你懂个屁呀?野百合还有春天呢!”

狗蛋再愣了一下，看着大嫂，又摇摇头说：“大嫂，俺怕。”

“怕啥呀?怕大嫂吃了你?”

狗蛋又愣了一下，不解地看着大嫂，摇摇头憨笑。

“你傻笑个啥?今晚喝醉，大嫂把你想要的都给你!”

狗蛋愣得瞠目结舌，两只眼盯着大嫂说：“大嫂，就你这身体……嘿嘿，真不知道那时你跟大哥是怎么着的?”说完，一只手捂住嘴，边摇头边微笑。

“真是傻狗蛋，活人还能叫尿憋死?说出来不怕你笑话，你大哥他……我们后位呀!”

“嘭嘭嘭！”

突然，一阵急促的敲门声响起，两人都愣住了。

大嫂颔首示意狗蛋开门，狗蛋起身问道：“谁呀？”

房门刚刚闪开了个逢，一只有力的大手狠狠地抓住了狗蛋的衣领，“谁？你大爷！”

灯光下，来人五大三粗，一脸横肉，怒目圆瞪，霸气上扬，一副凶神恶煞的模样。

“你怎么来了？”大嫂平静地说，“松开他，有话慢慢说。”

“我怎么不能来？搅和你们的好事了？”

“说什么呀？我们不是在吃饭吗？”大嫂依然那样平静地说话。

“是啊，你们吃饭，吃了饭你就把他想要的都给他了，还‘后位’呢？我呸，老不要脸！”

“你这孩子，仿佛我们见不得人似的，究竟有啥子事你说吧！”大嫂依然不愠不怒，平静地说话。

“啥事？你就装糊涂吧！城里好好的家你不住，跑到这儿找野汉子，你把脸装裤裆里，让我这脸往哪儿搁？叫我还怎么在城里混人啊？”

“你还有理了？是你们嫌弃我没有能耐，担心拖累了你们，把我赶得有家难回，无家可归。我在这儿租房做点小生意，就图保个活命，你们谁来看过我吗？招你了还是惹你了？”大嫂平静地据理辩驳。

“少给我浪里个浪，老子没工夫给你磨牙，说吧，今儿这事咋了结？”

“了啥子结？一没偷二没抢，惹不起你们还躲不起？”

“说的比唱的还好听吧，不偷东西你偷人，躲过了初一躲不过十五，拿三万元咱拉倒，敢少一个子儿，我叫你们一对野鸳鸯见不到明天早晨的太阳！”那人说着，从腰里“嗖”地拔出一把匕首，反手扎到饭桌上，震得盘子、杯子哐啷啷地响。

“你杀了我吧，我一个老婆子死了干净，省得连累了你们！”说话间，驼背大嫂探身去抓那把寒光闪闪的匕首。

这场面可吓坏了狗蛋。满脸蜡黄的他算是听明白了，来人是驼背大嫂丈夫与前妻的儿子，今天是特意找碴要钱来了。

有道是好鞋不踏臭屎，光棍不吃眼前亏，为了息事宁人，为了大嫂的声誉，也为了自己眼下的安全，狗蛋根本不想那么多，急忙从贴身口袋里掏出存折，完全不顾那是他七八个月辛苦挣的血汗钱，颤抖着手递过去，说：“大兄弟，这存折有三万五千元，你……你都拿去用吧！”

“算你是个明白人，今晚先饶了你们，这事咱们没完！”那人一把夺过存折，顺手抢回饭桌上的匕首，拉开门，一脚踏碎月光，扬长而去。

“你傻啊，狗蛋，明摆着他就是来敲竹杠的！”驼背大嫂一脸不平，愤怒填膺，说话时手指头连连点叨着狗蛋。

“好了大嫂，钱是人挣的，财去人安乐，气坏了身子不值，那钱权当咱们喂狗了。”

“你别想喂饱这条恶狗，吃馋了嘴儿他会常来的，明天你报警吧！”

“恶狗警察也怕，咱不跟狗一般见识，”狗蛋说着，端起了酒杯，“来，大嫂，我们继续把酒圆月！”

狗蛋晚上贪杯，第二天早晨还没有起床，忽然听见有人喊“救命”，他一骨碌爬起来，拉开门冲到老桥口路上出事的地方。

原来，是驼背大嫂出了车祸。

她躺在水泥路旁的血泊中，轧扁了的人力三轮车压在左腿上，满地都是散落的苹果、梨子，几位赶路的人惋惜地围着观看，肇事车辆早已跑得无影无踪了。

狗蛋慌忙上前挪开车子，左手托着驼背大嫂的头，连声呼唤："大嫂，大嫂!"

大嫂有气无力地睁开眼，看看狗蛋，嘴角抽搐一下，轻轻晃动着头，昏了过去。

"各位兄弟大哥，求你们先看着大嫂，我马上开车送她去医院!"狗蛋恳求着围观的人，慢慢放下驼背大嫂，站起身跑回住处，开来他的电动三轮车。

大伙帮忙把驼背大嫂托进三轮车，狗蛋谢过众人，急忙开车去了医院。

在随后的三四个小时里，狗蛋先后紧张地挂号、等候、陪护，请求医生和护士察看、清洗、会诊，再推着大嫂验血、胸透、拍片，最后终于等到了一纸会诊结论和治疗方案：左臂重度创伤，左腿粉碎性骨折，先交一万元押金，住院观察治疗。

驼背大嫂仍在昏迷中，虽然有时醒过来，也只能稍稍摇头表示什么，却不能说一句话。医生安排让她进观察室观察治疗，保持安静，不能打扰。

等候在观察室门外的狗蛋很着急。治病就是救命，驼背大嫂孤苦伶仃，这事他必须管，也必须管到底。关键是他手里没有钱，几个月的积蓄被人一杠子敲走了，大嫂可能有钱，但她昏迷不醒，不能说话，钱再多也不足以救命。怎么办？怎么办？怎么办呀!

俗话说钱出急家门。狗蛋这会儿急的，谁只要给钱，叫喊爷爷都行。可是，"爷爷"在哪里？

肇事车辆逃逸，央求交警去查找吧，恐怕至少得仨月俩月才有眉目，大嫂能等得到拿回赔付的钱吗？要求民政部门救济吧，那是国家的钱，管得严，条条多，门槛多，况且杯水车薪，远水不解近渴；求医院吧，医院是按规矩接诊，只认钱不认人，瓜清水白，交钱看病，没钱走人；他两个儿子都是"啃爹族"，并且妒忌老爹与大嫂的关系，指望他们是盲人摸着碑楼子，根本有门儿难进；那指望谁？指望谁？指望谁呢？

“有了！”等狗蛋把能想到的关系想个遍，确确实实绝望得山穷水尽时，突然两眼放光，禁不住两手一拍大腿，终于大喜过望，脱口说道，“影子，我狗蛋还有个女儿影子，虽然她不是亲生的闺女，但狗蛋毕竟还是养她的爹！”

但影子这一答案很快被狗蛋自己否定了。

跟闺女找钱给别人看病，这事让狗蛋怎么开口？影子如果问你不是找过钱做生意吗？做生意挣的钱呢？你跟病人是什么关系？夫妻不是夫妻，兄妹不是兄妹，人家有儿子有媳妇，你八竿子打不着的，咸（闲）吃萝卜操什么淡（蛋）心？

不操心哪儿成啊？驼背大嫂是好人，是狗蛋的恩人。七八个月来，我们好歹相依为命，同在老桥口租房住，吃饭不分你我，说话少有忌讳，她对我的好一辈子也忘不下。如今她被车撞了，撞人的司机没良心跑走了，我狗蛋还能不长良心跑走吗？管它是不是夫妻，管它是不是兄妹，救人要紧，救命要紧，狗蛋我横下了这颗心！

扪心自问的狗蛋最终下定了决心：求影子出钱，是一线希望，决不能放弃，以后挣了钱可以再还她，没什么不好开口的，实话实说得了！

想到这里，狗蛋马上走进医院的电话亭，接通女儿影子的电话，简单明了的说清了情况，请求女儿支持他。

“爹呀，世界上最难得的是善良，你是世界上最善良的爹！不管她是谁，只要能救活她的命，女儿就支持你！”听筒里，电波传送着女儿影子炽热的话，“说话呀爹，你需要多少钱？”

“一万，医院要求先交一万。”听了女儿影子的话，狗蛋老泪纵横，滴到手背上依然发烫，他有些泣不成声地说，“闺女啊，这钱……算爹借你的，爹挣了……再还你，爹一定还你！”

“别说了爹，我马上给你汇两万，用完了你再说，你可要好好陪护病人呀！”

三个月过去了，当影子汇来的两万元钱几乎花光时，医生通知驼背大嫂病愈出院。

在病房陪护了三个月的狗蛋，虽然瘦得脸上还有两张皮，两眼塌陷到眶骨里，还是高兴得搂着大嫂的头，把嘴唇贴在她的耳边，悄悄地说：“大嫂，咱们回家吧？”

回家？哪里是家？城里早就没家了！

大嫂知道，这三个月，狗蛋天天陪着她养伤看病，老桥口租的房退了，电动三轮车卖了，所有能换钱的东西都卖光卖净给她看病了；儿子媳妇没有伸头来看她一眼，指望不上啊！狗蛋虽然有家，她怎么能去呀？有啥子理由去啊？

大嫂的眼圈潮湿，泪水在眼眶里打转转。她心里想：我这叫病愈吗？左腿的钢板还在肉里呢？驼背不说，如今腿又残了，走路得依靠双拐，我还能做什么？还有，我无儿无女，孤寡至此，活着无家可归，死了无地可埋，还能再去哪里流浪啊？

大嫂两眼的泪像断了线的珠子，“扑嗽嗽”地从脸颊上落下来，她紧绷着嘴唇，一句话也没有说。

“大嫂你怎么了？今天可是我们的喜日子啊！”

喜日子应当高兴才是，无论内心怎么努力，大嫂还是高兴不起来。

“大嫂，”狗蛋说，“你不要多想，就听我的话，从今往后，只要有我狗蛋吃的住的，就有你吃的住的。你要是受委屈，我狗蛋就不是人！”

大嫂沉重地睁开眼看看狗蛋，问：“狗蛋啊，农历今天是几儿呀？”

“十一月十六，你八月十六伤的，住院三个月，这日子我记得清！”狗蛋如数家珍，掰着手指告诉大嫂。

“是啊，再有月把就过年了，大冷天的，我们去哪里呀？”

“看你，去我家呀，小村啊！”

“你有家吗？我怎么能再连累你和你的家人呀？”

是啊，小村也没有狗蛋的家了：大儿子全家在县城，老家是铁将军把门，恐怕锁都要生锈了，因为给他娘家妹子借钱买房的事，气得现在连爹都不认了，他家是不能住。二儿子因为要钱送礼没有得逞，虽说后来当上了“村官”，可仍然对老爹耿耿于怀，不依不饶，他家也住不得啊！

去哪里？去哪里？去哪里呢？总不能去云南女儿家吧？

活人不叫尿憋死！沉吟半晌的狗蛋还是想到了一个地方：在小村后面“官坑”的爹娘坟墓旁，大儿子的草纸厂被环保部门拆除时，有一个带洞的麦草垛，旁边围上一个草棚，让大嫂凑合着先住洞里，我住草棚，等过了春节天气暖和时，再想办法盖两间房子住。

当狗蛋跟大嫂说完他的想法时，大嫂忍俊不禁，破涕为笑，说：“狗蛋真傻，你就不能跟大嫂住一个洞里呀？呵呵！”

看着大嫂开心的笑靥，狗蛋反而红着脸，没趣似的低下头，抠起了大拇指。

事已至此，驼背大嫂只好顺从了狗蛋。

狗蛋办完出院手续，带上衣服、被褥、米面、铝锅什么的，还买了一大兜包子带上，租了一辆三轮车，在车上把大嫂安顿好，这才让师傅开车，走上通往乡下小村的公路。

天气阴晦，北风呼呼，干冷的路人用袖口使劲地装着两只手走路。

三轮车一路颠簸，来到距离小村还有一千多米的路口，由于道路坎坷，车主师傅不肯往前走，狗蛋只好与驼背大嫂下车步行。

大嫂拄着双拐行走非常吃力，走一步挪动不了多少，狗蛋就执意背起大嫂向前走。

近年来因为干旱缺水，小村的“官坑”长着稀疏疏的荒草，春夏秋季，这里是村民放羊的牧场，眼下是冬季，“官坑”只有草根、瓦砾、村人扔弃的垃圾和高低不平的坑底。

“官坑”荒废多年，周边环境已不堪入目。一条小路通过这里，几堵断壁残垣，标示着草纸厂当年的辉煌不再，旁边不远处就是狗蛋爹娘及媳妇的两座坟墓。一个二三十平方米的水泥池子，是当初草纸厂软化处理麦秸时挖掘的，半池子黑乎乎的污水，上面漂浮着几个垃圾袋，散发着刺鼻的腥臭味儿。

一个略呈长方形的麦草垛矗立在水池旁不远的地方，垛顶几片明显塌陷的地方，呈现黑褐色。草垛向阳一面的中间，有一个洞口，蜘蛛网遮掩了上半个洞口。

当狗蛋背着驼背大嫂走近洞口时，一条瘦骨嶙峋的灰色母狗跑出洞口，发疯一样“汪汪汪”地狂叫，一副凛然不可侵犯的样子。洞内传来一阵小狗娃哼唧哼唧的抗议声，仿佛两人入侵了它们的领地似的。

狗蛋忙放下大嫂，驱赶那条嚎叫的大灰狗，可是不顶用，大灰狗前爪蹬地，两眼通红，颈毛四炸，毅然“汪汪汪”守护着洞口狂叫，就是不肯走开。

“别驱赶它了，狗蛋，这也许是条流浪狗，是我们惊扰了它，你扔几个包子喂它吧。”大嫂说。

狗蛋拿出两个包子，扔到洞口外，大灰狗“呜呜”地叫着，跑上前嗅嗅，张嘴啃住一个，衔起来，放下；再啃另一个，衔起，放下，瞪着眼睛看看狗蛋，看看驼背大嫂，仍然一副惊恐异常的模样。

狗蛋再拿出一个包子，扔给大灰狗，说："吃吧，吃吧，我们不伤害你的。"

大灰狗放下嘴里啃着的包子，衔起狗蛋新扔的包子，翻翻眼迷惘地看看狗蛋，再看看驼背大嫂，慢慢平静了狂躁的情绪，停止了嚎叫声。

狗蛋看看大灰狗，再扔一个包子，说："吃啊，吃啊，吃完了再给你！"

趁着大灰狗大口大口吃包子的空儿，狗蛋弄去草洞口上面的蜘蛛网，弯着腰走进去，洞里面的麦草上盘成一个大窝窝，四只毛茸茸的小狗正在窝里哼唧哼唧地叫，像是刚出生十几天的样子。他小心地把四只小狗捧到洞口，回转身去收拾草洞。

大灰狗忙衔着没吃完的包子，跑过来亲昵地看护着它的小狗崽。

驼背大嫂见大灰狗瘦得可怜，也拿出一个包子扔给它，友好地说："吃吧，大灰，好好吃吧，以后这个草洞就是我们大家的，你不是流浪狗，我也不是流浪的女人了。"

大灰狗抬头看看驼背大嫂，又往洞里看了看，把剩下的包子吃了个精光，伸了伸懒腰，再把身体蜷缩在一起，卧下来，目不转睛地看着驼背大嫂，安静地给它的小狗崽哺乳。

狗蛋收拾好草洞，把被褥铺在厚厚的麦草上，弯腰架着驼背大嫂，让她躺在松软的草铺上，说："大嫂啊，这草洞就是家了，你先休息会儿，我去找东西在洞口搭建草棚。"

"你也休息会儿吧，草棚不搭了，我们都住在洞里，睡通铺更暖和。"

"大嫂，那哪儿成？咱们没有成家，我咋能跟你睡通铺啊？"

"嫌弃大嫂不是？都土埋脖颈的人了，还那么多道道儿，谁规定不成家就不能睡通铺？"

"没有没有，大嫂别误会，睡通铺就睡通铺，我在外头给你看门!"

"呵呵，这还差不多!"

"大嫂，那我现在也不能休息，得去找几块砖头什么的，把锅支上，去村里弄桶水，烧水给你喝!"

"唉，要忙活你就忙活吧，忙活完天也就黑了，我们好好睡一觉!"

"嗯。"狗蛋答应一声，出去找砖头，在洞口简单地垒了一个"灶"，刚好把铝锅放上，再去村里找水桶提水。

天黑了，冷风仍在吹，本来应该有圆圆的月亮挂在东面的天空，可仿佛有一只巨大的手，把团团黧黑的阴云从北方往这里推，压得人情绪低落，无精打采。

驼背大嫂吃一个包子，喝了杯白开水，坐在草铺上，等狗蛋忙完活，说道:"狗蛋，你过来。"

狗蛋弯着腰走进洞里。

"你过来，过来，再靠近点儿!"

"有事吗？说吧。"狗蛋靠洞口坐在草铺外头，看着大嫂说。

大嫂把两手伸进自己腰里，边窸窸窣窣地忙活，边说:"狗蛋，你还有钱吗?"

狗蛋摇摇头，摸着他那干瘪的棉袄兜子，愧疚地说:"没了，大嫂，最多还有二三十元，你要钱做什么?"

"我就不明白，你把钱给了俺那个赖种，我住院这几个月，你向闺女要钱，退房卖车凑钱，什么难都作尽了，怎么就没问我要过钱?"

"大嫂，我是大老爷们，无论有什么难，也要你安心养伤啊!再说，你身体不好，就卖那么点儿时鲜，也没有钱啊!"

"大嫂是没钱，可也要给自己留有后路啊。"驼背大嫂说着，解开了她的棉布条裤腰带，拿在手上，颔首示意狗蛋，“你过来！”

“你……你要做什么，大嫂？”狗蛋见状，顿时紧张起来，连说话也语无伦次了。

“我让你过来！”

“过来就过来，你……你解腰带做什么？”

“做什么？你说我能做什么？我让你过来！”

“大嫂别……别这样，明天我们去乡里办……办个结婚手续，再……再那样吧。”狗蛋结巴着说话，就是不肯往前挪动。

“啥子这样那样啊，你啰唆个啥？我要你现在就过来！”

“大嫂，有话好好说，我……我听着呢！”狗蛋盯着大嫂，没有挪动的意思。

“嘿嘿，看把你吓的！”驼背大嫂把棉布条裤腰带扔给狗蛋，说，“腰带里逢着两张存单，共六万元钱，是我这两年的积蓄。”

“大嫂，存单怎么放这里呀？”狗蛋拿起棉布条腰带，轻轻用手一捋，感觉到了两处有存单的地方，不解地看着大嫂问。

“大嫂没能耐，贴身放更安心。”

“那你给我做什么？”

“影子对咱俩这么好，也没啥回报的，你把钱取出来，给她吧。”

“六万元，给影子？”

“是啊，给影子。”

“六万元全给影子？”

“是啊，全给影子。”

“汪汪！汪汪汪！”这时，卧在洞口的大灰狗汪汪地嚎叫起来。

狗咬生人。谁来了？是赖样儿。

赖样儿这个时候来，是想他爹了？

是的，但主要是想爹的钱了！

赖样儿五月份以帮娘家妹子买房为借口，向爹要钱没有得手，气愤地同爹伤了和气，从此再没见爹一面。眼看到了年底，他以为老爹在城里卖了一年鸡蛋，手里一定有不少积蓄，这才想起来找老爹。

他在老桥口听说几个月前驼背女人出了车祸，爹陪着她在医院养伤，就跑到医院里找，有人告诉他驼背女人已病愈出院。他想：那女人出院走了，老爹一定回小村了。于是，就马不停蹄赶来小村，恰巧在这里断断续续听到老爹与驼背女人的对话，他们要把六万元积蓄都给姐姐影子！

他听后，火气不打一处来：好啊，老爹，你简直是昏了，影子不是你亲生女，我是你的亲儿子，六万元没我的份，你分明胳膊肘往外拐！不行，我一定要抢在前头，讨回六万元，争取属于当儿子的权利！

看到来人是大儿子赖样儿，狗蛋连忙把棉布条腰带还给驼背大嫂，示意她往腰里系好，这才喝住大灰狗，爱理不理地问道："你来做什么？"

"我是你的儿子，六万元该给我！"

"什么六万元？哪来的六万元？"狗蛋明知故问。

"刚才你们的话我听见了，是你做生意的积蓄！"

"我做生意积蓄的钱凭什么给你？"

"你的钱凭什么给影子？她是你亲闺女吗？"

"我啥时候把钱给影子了？"

"少给我说无用的，你就说这六万元给不给我？"

"别说我没钱，有钱也不给！"

"真不给？"

"就是不给！"

"不给你们就搬出去，这麦草垛可是我赖样儿的！"

“你村里的房子是我盖的，明天我搬房子里住！”

“你住不成，那房子我卖给别人了！”

“就这样你还是个副乡长，撒泡尿照照你那个赖样儿！”

“样子好赖跟草垛没关系，限你们明天搬出去，这草垛我要烧成灰，卖钱花！”赖样儿恶狠狠地说着，扬长而去。

“烧吧，把老爹烧死，你就有钱花了！”狗蛋起身指着赖样儿的背影，骂个不休。

父子俩的吵闹声惊动了距离这里最近的人家。

是谁？狗蛋的二儿子耷拉。

耷拉正一个人在家喝闷酒，盘算着如何去县城向老爹要钱过春节，余款偿还媳妇娘家的债务，开了春媳妇娘家翻盖房子还就指望这笔钱呢！他忽然听到大哥与人吵架，仔细听来是为六万元的事。于是，他来了劲儿，忙把剩下的半瓶酒咕嘟嘟地灌进肚子里，起身披衣来到麦草洞旁。

大灰狗照样又惊厥地“汪汪汪”地嚎叫起来。

狗蛋伸头一看，是二儿子耷拉，心里顿时“咯噔”一下：真是人走霉运盐也生蛆，我这是中了哪门子邪了，前脚刚送走一条饿狗，后脚又跟着来了条恶狼！

“怎么了？你回来也不同我说一声，大哥呢？”

“走了。”

“你打算住这草洞里吗？大哥的房子空着呢！”

“他房子卖了，草洞也住不成，天明我就搬走。”

“哦，有地方住就好！刚才你给大哥六万元钱，是吧？”

“谁给他钱了？”

“那你给谁了？”

“给你影子姐了！”

“你行啊，六万元全给影子了？”

“什么全给影子了？”狗蛋被耷拉的话绕得头都大了，不知道自己在说什么，“在影子那里存着呢。”

“啊？你把钱存影子那里了？”

“你这么疼她，是你生的吗？黏得到一块吗？”

“她就是我亲闺女！咋的了？”

“不是不是，是你爹刚才气糊涂了，他的钱给我用了。”驼背大嫂见狗蛋说错了话，担心被耷拉误会，急忙接过话茬子解释。

听见洞里有女人接话，耷拉弯腰朝洞里看了看，却只看到黑洞看不到人，说道：“你是谁？出来说话！”

“我是……”话到嘴边，驼背大嫂呜咽了，心里想：我是谁呢？是过路的行人？不是！是狗蛋的女人？不是！是狗蛋的嫂子？也不是，狗蛋哪来的嫂子！狗蛋可是一直口口声声叫我大嫂啊！是，我就是狗蛋的嫂子！

“她是你‘二姨’。”驼背大嫂正要开口，没想到狗蛋却接上话茬了。

“二姨？稀罕，我怎么不知道还有个二姨？”

“现在不是知道了？她就是你‘二姨’！”

“我倒要看看这个二姨是哪路神仙，凭什么花老爹六万元钱！”说话间，耷拉对着洞门大声喊，“哪里来的野女人？你给我出来！”

“她身体残疾，行动不便，要看你明天看。”狗蛋说。

“哦，是老桥口那个卖时鲜的女人吧？我就知道你们俩早混到一块了，你们这老东西咋不死！”

“说什么没大没小的混账话？我可是你爹！”耷拉的话使狗蛋大为恼火，想拿出“爹”的头衔压压他。

“你该是谁爹是谁爹，我耷拉没你这爹！明天就叫影子把六万元给我送回来！”耷拉恶狠狠地说着，扬长而去。

夜深了，风停了，天空彤云密布，人们仿佛进入了隆冬大雪即将来临的前夜。

狗崽们不管这些，努力蜷缩着毛茸茸的身子，躺在狗妈妈的怀抱中香甜地熟睡着，麦草垛周围回归了原有的平静。

狗蛋没睡，就坐在草铺外头，双手捂着脸生闷气：我咋养了这么两个啃爹的赖种？一个比一个不是东西，一个比一个见钱眼开，一个比一个狠心！千不该万不该咋晚气昏了头，说错了话，凭空给影子招惹了麻烦！说不准这两个赖种一串通，明天就会找影子的茬儿，真是对不起影子啊！

驼背大嫂也没睡，她坐在草铺里头，蜷曲着身子想心事：这可怎么办？狗蛋的两个孩子都这样，没有一个孝敬，没有一个不想着老爹的钱，没有一个肯怜悯我这孤苦伶仃的残疾女人，无情无义，连一条狗都不如，明天可怎么办啊？

“大嫂，你睡吧，别想太多了。”

“狗蛋，你也睡吧，明天我们再说。”

“我不困，我在想明天我们怎么办。”

“我也不困，我也在想明天的事。”

“大嫂，天无绝人之路，我们还没到山穷水尽的时候。”

“话是这么说，就要下大雪了，我们真的无路可走了。”

“大嫂，路就在脚下，怎么走狗蛋都陪着你。”

“好狗蛋，大嫂谢谢你！”

“大嫂，我有个想法，只怕委屈了你。”

“啥子想法？说来大嫂听听。”

“大嫂，我们……结婚吧！”

“结婚？结婚，你终于说出这话了！”

“你同意吗，大嫂？”

“……”

“说话呀，你同意吗?”

“大嫂不同意，大嫂不能连累你!”

“大嫂啊，有什么连累不连累的，狗蛋想好了，我要陪伴你走完今后的路!”

“狗蛋，你傻呀，大嫂驼背，腿又伤残，生意做不得了，生活需要照顾，生理上也不能满足你，大嫂就是个累赘，你图什么呀?”

“大嫂人品好，对狗蛋有恩德，狗蛋不是没良心的人，跟你结婚，狗蛋不后悔!”

“真不后悔?”

“狗蛋指天发誓：不后悔!”

“好狗蛋，来，亲大嫂一口!”

雪花无言，悄悄地飘洒在麦草垛上，垛顶白了，洞口白了，荒废的草纸厂白了，整个天空与大地白茫茫地交合在一起，像是在默默祝贺狗蛋与大嫂今夜的诗情蜜意……

第二天，纷纷扬扬的大雪继续下着，起“床”后的狗蛋一扫昨天傍晚的晦气，痴情地回味着后半夜的甜蜜。

几年来一个人孤寂的落寞，是大嫂雪夜里给了补偿，那种多次调换体位的忍耐，都被他原始的冲动一一替代，快乐并幸福着他和驼背大嫂。

美好总是短暂。

昨夜的时光是满满的美好，足以令狗蛋一辈子也忘不了！可是，太短暂了，不知不觉天就亮了!

他匆匆洗漱完毕，扒开临时“锅灶”上的积雪，美美地熬了两碗米粥，把剩下的包子全部蒸热，拿了两个，端一碗米粥递给驼背大嫂，自己也喝了碗米粥，把没吃的两个包子，扔给盯着他摇尾巴的大灰狗，再凑到大嫂跟前来了个热吻，这才整了整帽子，抻了抻衣摆，一头钻进漫天飞雪中，去了乡里，把一遛深深的脚印抛在身后的雪地上。

今天去乡里，狗蛋要办两件事：一是给女儿影子打电话，让影子回来看看她出资救助的“二姨”；二是到民政咨询与大嫂结婚登记的事，还有，没领证之前他们能不能同居。

狗蛋一向遵纪守法，办事规规矩矩。虽然当了多年的“村官”，却对同居算不算违法这事还真的弄不明白，所以一定要问问清楚，等领了证就排排场场办一场婚宴，大凡小村的人都请来，好让全村马姓人见识见识他祁狗蛋的二次风光！

人逢喜事长精神，狗蛋今天事事顺心。接通影子的电话，影子开口就说春节过后回来看他，与旅游高峰错开时间。民政所的同志告诉他，孤寡老人只要情投意合，没正式结婚之前社会上允许同居，结婚证可以补办的。

等办完了这两件事，几位老熟人热情地拉着狗蛋的手，说是一年没见，中午无论如何也要到餐馆里喝几杯，结果都被他一一谢绝了，独个儿冒着风雪，心急火燎地往小村赶，他知道回村后还有一件更重要的事情去办！

什么事那么当紧？解决住房的问题！

大儿子赖样儿要钱不成，恼火地说要烧麦草垛，这事可不是开玩笑，草垛烧了，草洞就没了，他和大嫂住哪里？生意暂时不能做，不能再租房住城里；两个儿子比着孬，小村有家没房住，眼下漫天飞雪，天寒地冻，住哪里去？

狗蛋自然想好了对策：马财主的儿子早年学了一手木工技术，这几年开了个棺材铺，去他那里买两口好棺材，往爹娘坟墓前一放，他和大嫂每人一口，遮风挡雨避冰雪，再不怕天寒地冻，那是小村的“官坑”，没有谁再找碴往外赶了。

大活人住到棺材里，就不怕别人当作茶余饭后的谈资笑料？嘿嘿，不怕，棺材是自己买的，死人能住，活人为什么不能住？

活人以后也会死的，没啥子丢人现眼的，小村谁家房子里没停过死人？说不准还一兕十年旺，神鬼不敢傍呢！想到这里，狗蛋不由自主地加快了脚步，嘴里还不时哼几句过时的小曲儿。

可是，等狗蛋急三火四地赶到了“家”，面前发生的事令他猝不及防，仿佛是五雷击顶，他两眼发黑，双腿瘫软，瞬间晕倒在雪地上。

原来，驼背大嫂死了！

怎么死的？事情是这样子的：

狗蛋去乡里时，大灰狗也跟着他走了，没有狗妈妈挡风避寒的小狗崽们，又冷又饿，爬出草洞找狗妈，找食物；其中，两只小狗崽爬到草纸厂软化麦秸的水泥池子旁，随着积雪的坍塌，狗崽掉进了黑乎乎的污水里，发出“唧唧唧”的求救声。

驼背大嫂听见小狗崽痛苦的叫声，吃力地拄着双拐走出草洞，循着声音来到水泥池旁，看到两只小狗崽“唧唧”着在水里打转转，急忙把一根拐杖伸向水里，可是无论怎么也够不到小狗崽。

她趴在雪地上，使劲伸长胳膊，努力向前探出高高穹起的驼背，一心一意想救小狗崽，没想到一股大风雪刮来，使她的身体失去平衡，翻落在污水中，与两只小狗崽一起，溺水而亡。

发现驼背大嫂的是邻村一位卖豆腐的热心人。他每天都要从这里的小路上经过，当他发现大灰狗看着水泥池“汪汪”乱叫，走近前看到池子里有衣物漂浮，不祥的感觉使他本能地呼喊：“快来人啊，有人落水了！”

狗蛋回来时，风停了，雪止了，荒凉的“官坑”很凄惨。

村里人已经把驼背大嫂拖出污水池，放在草洞里；大灰狗两眼含泪，默默地守护着草铺上的驼背大嫂，两只活着的小狗崽，分别横卧在它跟前。

没有散尽的村人正在听奋拉述说昨晚的事情，看到狗蛋晕倒，慌忙施救；奁拉则钻出人群掏出手机，给大姐影子、大哥赖样儿分别通电话，要他们赶快回村处理后事。

村人们围着狗蛋，辈分低的呼叫“老主任”，辈分高的呼叫“祁狗蛋”。马财主的儿子马木匠也在场，他急忙蹲下身去，或是按摩前胸，或是掐捏人中，好不容易救得狗蛋“哼哼”两声，慢慢睁开他那极度疲惫的双眼。

狗蛋看看忙乱无措的村人，看看闭目安卧的大嫂，好久才开口说话：“是我走得太匆忙，我对不起大嫂……”

“老主任不要着急，你给大家说说，这个驼背女人是谁呀？”马财主的儿子问狗蛋。

“实话给大家说了吧，”狗蛋呆滞地看着乡亲们，指了指驼背大嫂，认认真真地说，“不怕你们笑话，她是我的女人，奁拉的‘二姨’！”

“既然这样，我们该怎么处理她的后事呢？”马木匠继续问道。

“你那里还有现成的棺材吧？我要两口，如数付钱。”看着大家疑惑的目光，狗蛋继续说，“一口安放驼背大嫂，一口我自己留用，求你们把棺材送到我爹娘的坟墓前。”

下午，按照狗蛋的嘱咐，马木匠把两口棺材送到“官坑”的指定位置；在村里人的帮助下，狗蛋给驼背大嫂穿好了寿衣，掘好了墓坑，静静地等待女儿影子和大儿子赖样儿他们回村后安葬。

第二天上午，大儿子赖样儿回村了。他没有看一眼驼背大嫂，也没有看一眼老爹狗蛋，更不问是谁在草洞里守灵，径直跑到二弟奁拉家中，劈头盖脸地质问老爹那“六万元”钱的去向。

奁拉正窝着一肚子无名欲火没地发泄：你赖样儿从老爹那里拿没拿走六万元钱，我不知道；大姐影子那里有没有老爹六万元钱，我也不知道；老爹和“二姨”住了一夜的破草洞，大伙救人时我翻了个底儿朝天，根本没见着六万元的影儿，就差没对老爹搜身了，六万元究竟哪里去了？我这个继承人当然要知道，当然要得到！

“我也想着那六万元呢？是不是昨晚你回县城，独个儿吞了？”奋拉反过来质问赖样儿。

“小奋拉，你必须老实交代，昨晚我走后是你把六万元拿走了？还是今天救人时，你趁忙乱得了手？有大哥在，你想独吞六万元，没门儿！”

“放你的狗屁！六万元你要是没拿走，就一定在影子姐那里！”

“这话怎么讲？”

“老爹昨晚说，是他存给影子了，我已经打过电话，就等影子回来六只眼相照呢！”

“老头子好阴毒，六万元不给儿子花，全给了一个不是骨血的闺女，气死我吧！得空我就把草垛烧了，让他住雪地里去！”

下午，影子没回村。

第三天，影子依然没回村。

就在这天晚上，大儿子赖样儿终于忍不住，放火烧光了麦草垛，出了一口邪气。

俗话说“入土为安”，冰天雪地的，安葬驼背大嫂的事不能再往后拖了。

经乡亲们跟狗蛋反复商量，狗蛋才终于同意给驼背大嫂下葬。

这天，全村的人都来了。他们从狗蛋那里了解了驼背大嫂的前前后后，都带着沉重的心情为她送行：一个可怜的残疾人，一个流浪的老女人，不仅对孤寡的狗蛋有爱心，对帮她的影子有爱心，对流浪的狗狗有爱心，还对溺水的狗崽有爱心，人们多么希望全天下的人，都有一颗像她那样的爱心！

这一天，狗蛋老泪不止，哭得撕心裂肺。他为驼背大嫂守灵，已经三天三夜双眼没合上、水米没搭唇了，此时的他已气得身子发抖，哭得脑涨，饿得头昏了。

安葬了驼背大嫂的当天夜里，狗蛋已是“生死两茫茫，无处话凄凉”，只好用心中所有的哀伤裹着无尽的遗憾，躺在大嫂坟墓旁的棺材里，和衣而眠。熟睡中却美美地做了一个“梦”，“梦”中的他正带着那条大灰狗，奔向奈何桥，恋恋不舍地追赶着大嫂。

其实，大灰狗没有做梦，它与两个小狗崽就守候在狗蛋休息的棺材旁。

天亮后，儿子耷拉来了，他想再同老爹好好谈谈，索要那六万元钱，至少弄清钱的下落，无论如何不能让大姐影子、大哥赖样儿私吞了。

可是，晚了，他发现棺材里的老爹已经咽气了！

昏老头子，真是死有余辜，看你把那六万元带到土里怎么花？

耷拉人财两空，愤慨满胸，连大哥赖样儿也没有通知一声，竟在大灰狗祈求的“呜呜”声中，自个儿把老爹埋了！

村里人说，狗蛋是殉情死的，蹊跷，轻松，也很值！

不知道是谁编了一段顺口溜，早在村里传唱开了：

稀奇稀奇真稀奇，
狗蛋娶了耷拉二姨；
快乐日子还没过，
二人双双命归西。
两个儿子都瞪眼，
六万元钱去了哪里？
女儿影子不回来，
谁能解开这个谜？

嘿嘿，影子回来就能解开“这个谜”吗？

这不，耷拉刚刚掩埋了老爹还没走出墓地，大姐影子就坐着大哥赖样儿的车回来了！

刚刚下了车的影子，看着新土埋的新坟，悲伤得眼泪像七八根竹竿挑大枣，“啪啪啪”地往下掉。

难怪影子伤心痛哭。老爹着急打电话要她回来看“二姨”，二弟着急打电话要她回来送钱。她马上请假，先乘飞机，再赶客车，又坐大哥的轿车回来，时间一丝一毫一刻都没有耽搁，却还是扑了个空！

“二姨”走了，老爹走了，近在咫尺的亲人不能相见，能相见的又都在算计着跟她要钱，她莫名其妙，满腹疑窦，不相信老爹竟然会这样离她而去！

影子伤心至极。她哭啊，哭得死去活来，哭得肝肠寸断，哭得天昏地暗。

泪眼蒙眬的大灰狗看着影子伤心地哭，竟挥动两只前爪，发疯似的刨起了坟墓。

影子见状，一把抓起二弟耷拉的铁锨，也发疯似的刨起了坟墓。

二弟耷拉问道：“大姐，你这是干什么呀？”

“我要刨开坟墓，看一眼爹爹！”

“疯子，你简直就是疯子，死人有什么好看的？”大弟弟赖样儿生气地说。

“你也没看爹一眼，你还不如这条狗！”影子狠狠地怼了赖样儿一句。

坟墓扒开了，棺木锉开了，奇迹出现了：做“梦”的狗蛋竟然活过来了，他正闭着双眼活生生地坐在棺材里！

耷拉惊诧，慌忙后退！

赖样儿惊诧，慌忙后退！

大灰狗飞身一跃，跳到棺材里，伸出舌头亲吻狗蛋的脸。

影子喜出望外，忙扑上前去，搂着老爹喊道：“爹，爹呀，你睁开眼看看，女儿影子回来了啊！”

狗蛋睁开了眼，看着眼前的一切，有气无力地笑了，轻轻地说：“影子，好闺女，爹想你呀！”

“爹呀，别吓我们，刚才你是怎么了?”影子问。

“爹做了一个梦，梦中跟你‘二姨’团聚呢，呵呵！”

半信半疑的赖样儿走过来，浑身发抖的耷拉也走过来，两人异口同声地问：“老爹，你没有死?”

“死?就你们俩人想着我死，放心吧，老爹我一时半会死不了！”狗蛋看了看赖样儿和耷拉，抚摸着大灰狗的头说，“是不是呀?大灰。”

“想不到老头子跟儿子还玩这一套！”耷拉唇角努力上翘，耸了耸鼻梁，轻蔑地转向影子，说，“大姐，现在你回来了，快把爹存你那里的六万元钱拿出来吧！”

“对，拿出来大家分了，不能一个人独吞！”赖样儿忙上前附和着说。

影子一头雾水，茫然问道：“爹呀，哪里来的六万元钱?你啥时存我那里的?”

狗蛋辛酸不止，老泪纵横，扯心揪肺地摇了摇头，痛苦地说：“闺女呀，我要不说存你那里有六万元钱，恐怕咱父女俩就见不上这一面了啊！”

接着，狗蛋从影子给他三百元钱卖鸡蛋说起，把几年来前前后后的经历，原原本本地哭诉了一遍，俩儿子听后，分别你东我西，先后甩手走人。从此，把赡养老爹的义务扔到了爪哇国。

“爹，那六万元钱现在哪里呀?”影子问。

“那是两张存单，就逢在你‘二姨’的棉布腰带里，穿衣入殓时，是我亲手给她系到了裤腰上。”

“哦，原来是这样。”

“闺女，那是你‘二姨’辛苦挣的钱，就让她带走吧！”

“嗯，爹爹真好！”

影子由衷地敬佩面前这个风霜残年的老爹，在生活最困难时，他努力养大了儿女，养活了全家；在年老体衰需要照顾时，他自己倔强地默默担当；在遇到真爱遭人误会时，他不推诿、不抱怨承受屈辱；在“二姨”落难无家可归时，他挺身而出奉献爱心。在道德崩溃、物欲横流的社会里，这样憨厚善良的老人，谁来照顾他的风烛残年？谁能照看他的桑榆暮景啊？

“爹爹，你就随我去云南吧？”影子泪眼模糊，紧紧拉着爹的手说。

“那不是连累你吗？”

“你就是我亲爹，闺女赡养爹，还不应该吗？”

“影子呀，我放不下你娘和你‘二姨’啊！”

“爹，咱们常回来给我娘和‘二姨’送冥钱，好吗？”影子说着，竟“扑通”一声跪下来，哭了，“爹，闺女求你了！”

“好！好啊，影子，爹答应你！”狗蛋弯腰把影子扶起来，脸上立马多云转晴天，乐得眉开眼笑，激动地说，“你就是爹的亲闺女，亲闺女！”

大灰狗摇晃着尾巴，舔舐着狗蛋的手，嘴里发出呜呜声。

“大灰，怎么了？你也带上小狗崽，跟我们一起去云南吧？”影子腾出手，抚摸着一下大灰狗。

大灰狗跳出了棺材，后腿站立在土堆下，前腿搭在最高处，昂头朝天“汪汪”地叫。

空旷的雪野上激起了嗡嗡的回声，一片浮云散去的南天，太阳露出憨笑的面容。

写于 2017 年 4 月行云桥

尿 性

一

羊年腊月初六，当夜色扯下帷幕，天空依然风清月淡，凉气袭人。

小城新区的马路两侧亮着昏黄的路灯，地面上，稀疏的花木身影斑驳陆离。

晚饭后，小城居民不约而同走到路上健身。他们三三两两，或健步疾走，或缓步慢行，马路虽然宽阔，此时倒也显得窄了许多。

时而有亮着远光灯的轿车驰来，刺得不能睁眼的人们便像逃避瘟神一样，纷纷躲开，偶尔也会惹得上了岁数的老伯愤懑，歪头看看开车的人，随口骂上一句："尿性，家里死人了不成?"

"吃饱了撑的，马路是你们消遣闲逛的地方? 尿噪什么!"开车的小伙回了一句。

"你让我们去哪里? 我们还能去哪里?"老伯毫不示弱地反问。

"老头子，别尿叽了，少说一句还能憋死人?"随行的老太太拉了拉老伯的后衣襟，劝道。

"你也少尿噪，没看那贼亮贼亮的车灯? 有个破车就霸道? 少教没养的货!"

这天晚上，老高两口也在路上走，刚才那一幕，正看了个清楚。

“马上就要过春节了，我想办一台晚会！”路上缓缓散步的老高突然收住脚，看着老伴说。

“你说什么？”老伴讶然。

“我要办春晚！”老高坚定地重复着，那语气，仿佛不容置疑。

“没发烧吧？”老伴近前伸手摸摸老高的脑门。

“发什么烧？不就是一台晚会吗？”

“尿性！”

“尿性咋啦？午马未羊，申猴酉鸡，明年是我的本命年，办台春晚也扫扫一年的晦气！”

“咋不找地儿称称你几斤几两，那春晚是你说办就办的？央视春晚动用国家资源，要钱有钱，要人有人，要场地有场地，光筹备就得大半年。县里办一台春晚还要准备三四个月呐！”老伴说话口无遮拦，就像竹筒子倒豆子，呼啦啦说个痛快，“你有钱吗？你有人吗？你有演出场地吗？就算你啥啥都有，你还有筹备的时间吗？”

“嘿嘿，车到山前自有路，活人不叫尿憋死！老婆子，我就试试呗！”

看着老高自信的样子，想想一年来他的遭遇，老伴妥协了，可那张嘴还是不饶人，说道：“知道你那尿性！还本命年，瞎折腾就不怕碰上了太岁？”

“嘿嘿，太岁也怕有心人！只要过了老伴你这一关，二十天后，老高请你看春晚！”

“树不挪不活，人不作不死，想死你就作吧，我懒得搭理你！”老伴说着，裹了裹上衣，继续朝向前走去。

老高暗自高兴，悻悻地跟在后面。

二

这一夜，老高没睡。

他睡不着，别说老高，搁谁谁都睡不着。

办春晚可不是闹着玩，往大了说，那是一个庞大的、复杂的、很烧钱烧脑筋的“系统工程”。

且不说演员阵容、舞台装备、灯光音响等等，仅仅是打磨一个节目，抑或剧本的一句台词，没有仨月俩月功夫是出不了精品的，何况满打满算留给老高的时间只有二十几天。

再说了，你老高办过春晚吗？登过春晚的台子吗？懂得多少舞台艺术？有什么经验积累呀？啥都不具备，仅凭一时的冲动，屁股就决定脑袋了？办春晚，你指望个啥？是不是开玩笑？脑袋不会是被驴踢了吧？

其实，办春晚，老高还真不是说着玩的！

驴是没踢着脑袋，可是这些天，老高的肚子里就像装了二十五只兔羔子——百爪挠心啊！他心里一天也没有清净过。

啥原因？自己作的！

老家村子里建养猪场资金不足，村干部着急央求他给担保借贷，他琢磨这是给村里办好事，连张条子都没让写，就把积攒了半辈子的养老钱拿出去担保了。

村干部因为寡居，私下在村里找了一个“小妖精”，他们的风流韵事，村子里无人不晓。

天知道乐极生悲，村干部突发脑梗死在“小妖精”的床上了。结果养猪场没建成，村里人把建猪场的材料哄抢了，借贷部门拿他的担保金抵了债，他的钱就这样糊里糊涂地没了。

老高回村讨要了几次，可是村干部的儿子在外地打工，不晓得有担保这事。跟村干部同居的“小妖精”抬腿走人，根本不认这账，还把他骂了个狗血淋头。

村里人都说是“死无对证”，讥笑老高是无中生有，白日做梦，甚至有人撺掇“小妖精”写状子告他落井下石，讹诈钱财。

人真是不作不死，这闹心事不想也罢，再想上八年也没地方说理！好事没办好，气出病可得自己受。

心里的憋屈要发泄，办春晚倒是个不错的排气口。

城里居民晚上压马路，是没地方去找乐，要是能坐在影剧院看看中意的节目，谁还会作死压马路？就是只为了走出养猪场担保借贷的阴影，解脱自己丢人丢钱的窘迫，这春晚老高也要办下去！

至于怎么去操办？他心里自有一盘小九九，因为，他有一位最可指望的朋友。

这朋友就是龙燕！

一大早，老高就给龙燕打了个电话，要他早饭后八点准时到影视店议事，自己则随便扒拉几口粥，骑着电摩匆匆上路了。

影视店是他十月份筹资兴办的。投资十几万元购置了设备，招了一男一女两个店员，从京城聘请师傅进行了业务培训，散发了两千多份宣传彩页，想象中的预期收获似乎握在手心里。

可是，理想很丰满，现实却很骨感，影视店开张两个月，却没一个客户上门！

顾客不上门，是知名度不高，认可度不够，宣传造势不到位，借春晚人气，正好可以提升一下影视店声誉！说实在话，这也是老高铁心办春晚的另一个重要原因。

“这么着急，有什么事？”龙燕人没进屋声音就先到了。

龙燕是一位烤面包店的老板，头脑灵活，能说会道，上知天文，下懂地理，又有着从事影视行业的经历，是老高最信得过的铁杆朋友。

龙燕在影视店的头衔，是策划兼导演！

“我想办一台春晚，请你参谋参谋！”回话的老高像打了鸡血，依然那么兴致勃勃。

“你就是有尿性！”龙燕伸出右手食指，点着老高的脑门，一字一顿地说，“其实，我也想办，就等你说这句话呢！”

二人不谋而合，一个重大的“系统工程”，就这样轻而易举地给敲定了！

三

老高和龙燕商定了这场春晚大气磅礴的名字：金猴拜年——××县2016·大型公益春节晚会，会标是一只挑着红灯笼的五彩金猴。

二人明确了分工：老高负责协调外援、筹措资金、落实场地；龙燕负责组织节目、选定演员、艺术统筹；影视店两个店员随时听差派遣，提供服务。

说做就做，他们马上进入了角色，按照约定开始各忙各的事，因为时间不等人啊！

中国人有一个规矩：凡事讲究师出有名。

为了师出有名，使春晚更具感召力和影响力，老高请出了一位重量级的老领导领衔。

老领导长期在小城宣传部门工作，退休前曾多次策划、担纲县里的春节晚会和大型活动，见多识广，经验丰富。登门拜访时，老领导提出了资金、场地、演员、节目、时间等等问题，老高有备而来，一一做了回答。

看着老高志在必得、信心满满的样子，老领导被感动了，同意了他的要求，答应出山，只是提出一个附加条件：他要每天接送孙子上学放学，领衔只能挂个名，指导一下可以，具体事务没时间参与。

挂个名就挂个名，只要答应出山“领衔”，老高和龙燕就可以名正言顺地打通其他关节了。

围绕攻克资金的难题，老高挑选了小城七八家有关系的知名企业，以条幅宣传、方阵互动、参与演出、舞台颁奖、后续服务等“互惠条件”，寻求赞助。

没想到“互惠条件”统统感动不了对方，“拉郎配”远没有想象中的那样完美！

老板们总是流露出不屑一顾的眼神，以企业年底业务繁忙为托词，婉转地回绝了老高。一天跑下来，只有一个企业答应提供少量礼品，一个老板答应赞助五百元钱。

五百元怎么行？根据预算，场地选择县里的影剧院，晚会头衔高，名气大，演出效果上档次，花费最少需要三五万元。选择民办的农家乐，好处是接地气，花费少，但位置偏僻，名头和演出效果就要大打折扣了。

“咱办的是民间公益春晚，钱多多办事，钱少少办事，没钱也要办成事，制订两套方案，穷富有别两步走，量力而行，尽力而为，追求现实条件的完美！”龙燕条分缕析，说得头头是道。

“活人不能叫尿憋死，就照你说的办，我还去筹钱！”老高完全被龙燕的话“俘虏”了。

可是，话虽这么说，钱从哪里来？在金钱物欲支配一切的现实世界里，老高真的为筹春晚的钱犯了愁！

晚饭时，老伴说：“愁什么愁？不吃饭就能愁出钱来？”

老高摇摇头，没有说话。

“现在这世道，办事得有钱，求人得花钱，你要办春晚，自己没有钱，想拿着人家的孩子赌咒，那是陈世美他爹的死尸——臭美。愁什么，不办得了！”

老高抬抬头，说：“不办？不办我还算什么尿性？那是尿净！”

“尿净就尿净，自己德不配位，就不要老雕戴皮帽——硬充鹰，出什么头？逞什么能？春晚不是你办的！”

“德不配位？”老高心里豁然开朗：不是企业没有钱，不是老板没时间，问题在于自己人微言轻，德不配位！

“好吧，吃了饭，我出底牌！”他忽然想起一个人来，笑了，顺手抄起了筷子，狼吞虎咽地吃起来。

“神经病！”老伴莫名其妙，白了他一眼。

晚饭后，老高拨通县里某领导的电话，一五一十说明了遇到的难题，对方回答说：“明天等我回话。”

这一夜，老高睡得很舒服——县里那领导，可是他几十年的“铁哥们”！

四

第二天是腊八。

俗话说：吃了腊八饭，就把年来办。生活在中原一带的人，自古就把腊八看作是年的序幕和开端。

腊八这天，家家户户都要宰鸡割肉做米饭，吃个痛快。过了这一天，就开始置办年货，富裕人家不惜拿出半年的积蓄筹办年货。

早饭后，老高直奔影视店等“铁哥们”的电话。

他与这“铁哥们”多年交谊，亲如兄弟，有什么心里话都能够开门见山地直说，从来不拐弯抹角，只要不触碰官方的“规则”，往往一个电话轻松搞定。

十点，龙燕来了，向他汇报联系节目的事。

“昨天我耽误了烤面包的生意，腿脚一会儿没闲着，跑了一个义工队、两个幼儿园、三个艺术班，好话说了八汽车，你猜咋着？嗐，不是撞墙碰壁就是吃了闭门羹，现在看那，春晚这事——玄乎！”

“喝杯茶，慢慢说。”老高冲了一杯热茶，递给龙燕，“人家都是咋说的？”

“咋说？说我一个烤面包的，你就好好烤面包得了，搞什么公益春晚？那春晚是你想搞就能搞的？”龙燕说着，甩掉了黄呢子军大衣，往沙发里一坐，继续发牢骚，“他们分明是瞧不起我这个烤面包的！”

“哦，别生气，你辛苦了！”老高安慰他。

“心苦命不苦，我龙燕走南闯北十几年，啥样儿的人没见过？会把这些麻虾水爬子放到眼里？”

“定下来几个节目？”

“节目？别提了，满打满算就定下来一个半！”

“一个就一个，两个就两个，怎么会是一个半？”

“有个舞蹈培训班答应出一个节目，有个幼儿园同意出节目，却要求我们给小朋友购买演出服装，咱们这是公益春晚，没钱购买服装，你让我怎么答应她们？”

“哦，那今天怎么办？”

“怎么办？不办了，没有钱，我们办什么春晚？”沙发里的龙燕像一个泄了气的皮球，发完牢骚就打退堂鼓。

“就你这尿性，吹牛逼万能，办真事孢熊，几个钱儿就能憋死人？”

“我是尿净了，要办你办，中午我还是烤面包去！”

“丁零零”电话铃响了。

“给两个企业说好了，你中午就过去拿钱。”电话是老高“铁哥们”打来的。

啥叫朋友？困难时肯出手帮助你，这才是真朋友，这才叫够朋友！

老高放下电话，微笑淹没了一脸愁云。

“走吧，我们一起去拿钱。”

“去哪里？”

“到了就知道。”

“多少？”

“给多少拿多少，你咋学会尿叽了？”

“只要有钱，春晚咱还办！”龙燕这才端起那杯茶，“咕噜噜”，一口气灌到肚子里，跟着老高就往外走。

他们先去一家钟情文化造势的房地产企业，老板就在茶室里等着。

“这台春晚，现场悬挂你们赞助的条幅，让企业职工表演一个节目，贵宾席再安排一个五十人的互动方阵，另外，结合你们热爱公益文化事业的特点，我们量身打造了一个小品，请你把把关。”老高边介绍，边把小品材料递过去。

其实，老高、龙燕跟这家企业老板并不熟悉。

“小品我就不看了，现场的事你们看着安排，就说财力上需要我们支持多少吧？”老板语气很温和，说话很爽快。

“五千怎么样？”老高看了看龙燕，鼓起勇气说出了要求。

“这是一万，你点点。”老板拉开抽屉，拿出一沓整齐的钞票，递给老高。

“谢谢你，谢谢企业的支持！”

“应该的，做公益就是做文化，企业赞助春晚几个钱，花的是地方，不心疼，不够的话，你们可以再来！”送他俩走出茶室时，老板的话还是这样舒心。

“没想到旗开得胜，走，我们去另一家企业！”出了企业大门，龙燕喜不自禁，立马向老高提议。

另一家企业是啤酒厂，老高和龙燕很快找到了管事的经理。经理热情地让烟让茶，说话慢条斯理，婉转优雅：“尽管企业困难，也很乐意支持你们办公益春晚，只是财务上没有现金，就给你们啤酒吧。”

看老高有点犹豫，龙燕接上了话茬子：“啤酒也行，你看给多少呢？”

“按批发价折算，领导安排给你们一百件，这样吧，我支持你们两百件，大过年的，亲戚朋友谁不喝几瓶啤酒？也是给我们做了宣传，下午就派车给你们送过去。”经理说得很爽快。

“烤面包先停了，集中精力组织节目，企业这样支持我们，公益春晚已没有退路，咋弄都得办好！”路上，龙燕精神抖擞，说话铿锵有力。

“呵呵，你呀，尿性来了？”老高喜忧参半，心里话脱口而出，“啤酒不是钱，你答应要啤酒咋处理呀？”

“你犯的什么愁？啤酒就是钱，春晚用啤酒颁奖，费用用啤酒顶账，看罢春晚还能抱一件啤酒回家，搁上你会不高兴吗？”

“龙燕，有你的！”老高豁然开朗，高兴得哼起了小曲：“我们走在大路上……”

五

腊月初九，一大早，龙燕就来找老高。

“我看干脆秤钩子砸钉，还是扯直吧，这春晚办不成！”龙燕两手一摊，愁眉苦脸地说。

“你就这尿性，又咋的了？”

“节目组织不上来，时间太短，还要演出费，公益的春晚，人家不乐意配合，总不能我自己上台跳独角舞吧？”

看样子，龙燕真是作难了！

其实，是老高对龙燕期望值太高，他唠嗑行，喷空行，烤面包行，搞春晚？不行。

其实，老高也知道，不是龙燕不行，春晚和烤面包是两码子事，龙燕手里没有文艺资源，让他组织节目，不是明摆着难为人吗？

“你不行，有人行！”老高想起了一个人。

“你说谁行？”龙燕目不转睛，盯着老高问。

“凤凰！”

“凤凰是谁？你断定她一准行？”

“她是我以前的一个房东，文体委职工，唱得忒好，多次参加市县组织的演出活动，请她组织节目，准行！”

“那还发哪门子愣怔，走哇，找她去！”龙燕如释重负，立马站起来，催促老高，像是一个溺水的孩子，突然抓住了一根稻草。

上午去时，凤凰家铁将军把门。

下午再去时，邻居说，凤凰开车刚出去。

三顾茅庐需要的是真诚和耐心。晚上两人还去，终于见到了凤凰。

凤凰个头高挑，身材修颀，相貌温和，未说先笑，两只丹凤眼让人喜爱，活脱脱一位影视界明星演员。

“我们请你做导演！”因为人熟悉，老高开门见山，直来直去地说明了来意。

“别的事我可能不答应，这个导演我应了！”凤凰回答得很爽快，“春晚，要办就办得高大上，如果四六不四六，三七不三七的，净是丢人现眼，还不如不办。”

高人就是高人，凤凰对公益春晚特感兴趣，立即以导演的视野，高屋建瓴，定下了春晚的基调。

“我们最愁的是没有好节目，担心愧对观看演出的父老乡亲。”龙燕把忧愁和盘托出。

“呵呵呵，你们找我就对了，我这里都是好节目，明天咱们一起去挑选，没什么水平的，真得让他靠边站！”凤凰说得不容置疑，自信满满，像是有一大堆好节目，就在她手里攥着似的。

“好啦，一块石头落了地，满天乌云风吹散，心里有底儿了，亮堂了！”龙燕看看老高说，“你还有啥事，兜底儿说出来，让凤凰帮你拿拿主意。”

“这两天我们筹了两百件啤酒、一万多元钱，能力有限，感觉春晚经费也是不能小觑的困难。”

“钱你们继续筹，既然一起办春晚，我也帮助问问，担当一点责任，明天八点，咱们先去看节目！”

凤凰说话推心置腹，诚无罅隙，两人就不再多谈，起身告辞往回走。

“吃点夜餐吧，今晚我埋单！”走到霓虹闪烁的大街上，龙燕爽快地说。

“好吧，今儿这一天，我还真没有好好吃顿饭呢！”

凉丝丝的夜风吹在身上，不仅带来了寒意，也提醒了饿意，老高干瘪的肚子真的“咕咕”地闹情绪了。

小城虽然不大，吃的人却出奇的多，两人转了几处花红酒绿的夜餐店，硬是没有找到空位子，看着别人在饕餮大餐前尽情尽兴地海吃山喝，老高越发感到食欲大开，饥饿的滋味盘桓在心头，挥之不去。

还好，一家千里香馄饨馆，满足了两人咕咕叫的肚子。

老高找位置坐下，龙燕点了两荤两素四个精美小菜，再要一瓶本地小烧（酒），笑咧咧地说：“来，整两杯！”

整就整！老高本来不喝酒，那天晚上却经不住龙燕三劝两让，“酒虫”当道，“喝兴”陡增，足足喝了二两多白酒，喝得头晕晕乎乎，肚里热热燥燥，说话无遮无拦，近乎发狂。

“龙燕，我可不是说醉话，我属猴，算卦的说是土命猴王。猴王，至尊啊！咱这猴年春晚，必须要办它个猴王开新宇，万猴福气来，让乡邻乡亲都笑开怀！”

“嘿嘿，哥，你属猴，我也属猴，算卦的说我是金命猴王，金命猴王办猴年春晚，那得办成猴山猴水间，金猴闹春潮！”

“好创意！”老高跷起拇指夸龙燕，“你金猴就是比我土猴强，咱春晚的开场锣鼓，就叫‘金猴闹春’，你想啊，幕希一拉开，呼啦啦跑上来一群金色猴娃，连耍带蹦又跳，嘿嘿，好不热闹！”

“嗯，你想办法整一套金猴闹春的3D动画，我明天整一群金色猴娃，到时候锣鼓家伙一敲，我敢说猴娃赢得满堂彩，乡亲们掌声雷动笑颜开，你信不信？”

“哗哗哗！”旁边有人鼓掌，不少人向这里张望。

“呵呵，一瓶小烧（酒）二位没有喝高吧？”馄饨馆女老板一托盘端着两碗馄饨，笑盈盈地走来问。

“高什么高？酒逢知己千杯少，俺弟兄俩办公益春晚，今晚上开心！”龙燕回答。

“公益春晚？能给俺安排个节目吗？我的歌唱得可好听了，不信，给你们来两句！”女老板贴上劲了。

“唱吧！我就是执行导演，正选演员选节目呢，这是俺老板，猴年春晚总策划，你要唱得好，咱现场办公，一锤定音！”龙燕说话时，高兴得两眼眯成了一条缝。

“我唱电影《西游记》主题歌，蒋大为的《敢问路在何方》，二位听好!

你挑着担，我牵着马，

迎来日出送走晚霞。

踏平坎坷成大道，

斗罢艰险又出发，又出发。

啦……啦……

一番番春秋冬夏，

一场场酸甜苦辣。

敢问路在何方，路在脚下——"

"好！好!"女老板雄浑的歌声，磁石一样吸引了满屋子食客，大家都停住碗筷，屏声静气地听，热烈的叫好声掺和着雷鸣般的掌声，撑满了不大的馄饨馆，响彻在寒冷的冬夜里。

"真是踏破铁鞋无处觅，原来高手在民间，你的节目，定了!"龙燕喜不自禁，伸开的两只手掌，瞬间转换成两只高翘的拇指。

"留个电话，到时候通知你去影视店做个人 MV!"老高说得板上钉钉，直来直去。

"谢谢两位，今晚上你俩的单，免了!"女老板的话说得更甜更爽快。

走出馄饨馆时，天色有些阴晦，老高嘱咐龙燕说："凤凰也很忙，答应帮助咱已经很不错了，我们也不能全依赖她，春晚节目咱们还是再准备一些，作两手准备，有备无患。"

龙燕说："明天看了凤凰的节目再说吧，我手里没什么资源了。"

"我明天看看宣传部备用的春晚节目，尽量筛选几个，民间那些大鼓、评弹、唢呐、魔术等曲艺形式，虽说节目品位有点低，但是接地气，可以瘸子里面挑将军啊!"

"呵呵，这类节目我闭上眼也能整出一大把，就担心挑出来的将军还是瘸子！”

“有米下锅不至于挨饿，我们最后还有个把关环节，到时候不行再撤。”

“得令！”龙燕拿腔捏调做了个鬼脸，表示道别。

“呵呵，尿性！”老高用指头点着龙燕的背影，笑笑说。

六

天不作美，夜里下了一场雪。

早晨，地上积雪足足有一虎口深，空中依然纷纷扬扬，雪花飞舞，天地混沌，白茫茫一片，看样子一时半会儿没有停下来的迹象。

老高有个小毛病，心里搁不住事，加上昨晚喝了点酒，休息晚，入睡迟，又闹失眠，偏偏天亮前睡得香香甜甜。八点了，老伴才喊他吃早饭，折身起床时，他感觉脖子痛，不好了，夜里睡落枕了！

他在床上把个脖子这扭那转，折腾了半天，疼痛丝毫不减，无奈，只好忍着疼痛穿衣起床；等洗漱完毕，刚想坐下来吧嗒几口饭，电话却来了。

“喂，老高哥，上午看节目还去吗？人家都等着咱们呢！”

电话是凤凰打来的，听话音，她是着急了。

老高抬头看看表，九点！他心里“咯噔”一下，唉，咋搞的？失约了！

他连忙把碗筷一推，打开房门，抬腿就往外走。

“尿性，又犯神经了这是，吃饭没有你那春晚当紧！”老伴看着风雪中的老高，自个儿嘟囔了一句。

老高边走边给龙燕联系：“喂，龙燕，你在哪里？”

“我在路上，不好走啊，咱是不是改天再去呀？”龙燕回答。

“你咋又尿叽啊，凤凰等着咱呐，你直接去她家吧，我也在路上。”

约摸十点光景，两人才先后赶到凤凰家，刚刚抖落身上的积雪，凤凰说话了：“你们俩多辛苦下，别休息了，我给单位领导请了一上午假，下午还要去上班，担心时间短，节目看不完。”

“不休息，不休息，咱们这就去！”老高连忙扭着脖子说。

“你脖子咋了？”凤凰问。

“没事，落枕了。”

“我开车，咱们走。”三个人出了门口，凤凰把停在路边的黄色小轿车打着火，预热了一会儿，挂挡上路。

雪地上的轿车声音沉闷，雨刮一刻不停地擦拭着挡风玻璃，车轱辘艰难地缓慢转动，每前进一步都要付出很大的努力，刚走了百十米的样子，驾驶室里凤凰的额角上就沁出了细微的汗粒。

“有多远呀，我们还是走着去吧？”老高建议。

“在老城区新华街几个胡同里，不算太远，风雪这么大，我担心你们俩受冻。”

“我们俩没事，新华街胡同道儿窄，车辆不好过，咱们还是下车抄近道走，一会儿就到了。”龙燕说。

于是，凤凰把车停靠在路边，龙燕前面领路，三人下车，吃力地在风雪中往前挪。

凤凰联系节目的地方，是几家民办舞美艺校，艺校的老师和练功的学生，都美滋滋地等待着“春晚剧组”挑选节目。

三人来到“东方韵”艺校时，差不多已经十一点了，一阵寒暄后，马上进入节目展示程序。

有钱就是任性。艺校多功能大厅装修得豪华气派，灯光、音响、舞美道具一应俱全，大型投影仪把合成画面打在乳白色的背景墙上，瞬间让人感觉进入了高雅别致的艺术殿堂。

艺校安排的第一个节目是精美的歌舞表演《凤舞中华》，美妙的音乐缓缓响起，舞台上五颜六色的灯光随着音乐忽明忽暗，红光如火，粉光像霞，黄光似电，似乎整个环境都安静下来，在寂静的花丛中，楚楚动人的两只凤凰翩翩起舞，慢慢靠近，互相被吸引，周围四五十位伴舞的演员婀娜多姿，优雅随心，整个舞美空灵梦幻，意境跌宕起伏……把老高、龙燕瞬间带入了快乐的世界。

第二个节目是《金猴闹春》，五六十个活泼可爱的小萌娃扮演的金猴，淋漓尽致地展现了青春活力，那一个个眼神、表情、动作融入舞蹈、音乐、喜庆情景的气氛中，活脱脱演绎了一场盛世欢歌，真是可爱极了，令人情不自禁拍手称快！

“好节目需要好场景，”艺校校长介绍说，“一个舞蹈节目上四五十位演员，要求舞台大，灯光要好，音效要高，关键是舞台要设置多角度 LED 大型屏幕，加上精准同步的控制播放和背景音美，才能收到强烈奔放的表演效果，为现场带来 360 度的全方位视觉震撼。”

艺校校长专业的水准令人仰视，龙燕自叹弗如。

“大舞台是演出活动必备的硬件，LED 显示屏是演艺效果的延伸，可以制造联想，活跃气氛，让观众摆脱单一、固定的传统视角，使视觉新鲜，实体感受能够成倍的强化。”凤凰从专业技术的角度进行了补充。

龙燕和老高侧耳恭听，连连点头。

“刚说的这些，你们公益春晚能做到吗？”艺校校长笑着问。

扭着脖子的老高这下胸口里面长杂草，心慌（荒）了：校长和凤凰说的都是阳春白雪，烧钱不带皱眉头的事，他毕竟才筹到一万元钱，囊中羞涩啊。

“这是小城第一台公益春晚，我们一定好好努力!”龙燕看老高没有言语，就顺口打了个圆场。

“不办则已，办就要办得最好，我们用县影剧院的舞台，租一百八十平方LED屏幕，让你们纵情表演，彰显富丽堂皇的效果，行了吧，我的校长?”凤凰接过话题，说得信誓旦旦，不容置疑。

“放心吧，凤凰，咱们是多年的闺蜜，老铁了，我们艺校一定拿出看家的才艺，上最优秀的节目，给你这个大导演脸上抹金粉!”

“我把丑话说头里，我这里可没有演出费!”凤凰笑着说。

“我们都是做公益，还要什么演出费?能给孩子们颁个奖就够了!”

“一言为定!”凤凰与校长紧紧拥抱，亲昵了一下。

在去第二个艺校的路上，凤凰说：“老高哥，节目我会一个一个地挑选，哪一个都得上档次、高质量，你还有啥不放心的?”

“你选的节目，我们一百个放心!”老高应道。

“你是不是发愁演出经费的事?放心吧，我找的都是闺蜜好友，铁姊妹，她们都得给面子，不收演出费!”

“凤凰，真得好好谢谢你啊!”老高扭着脖子激动地说。

“舞台场地我也会帮你考虑的，雪这么大，你脖子又痛，还是让龙燕陪你去医院看看医生吧!”

“是得看医生，我感觉这会儿比早晨痛得厉害了。”老高说。

“这么着吧，你们看医生，我自己去看节目!”凤凰说得很坦率。

“好的，那就全拜托你了!”龙燕说着，挥手与凤凰作别，跟老高去医院。

“龙燕啊，不是脖子痛的事，是我心里没底儿了，你想想，动用了铁哥们才筹到一万元钱，她们说得那一套，开销得多大?咱们再去哪里筹钱啊?”

“你昨天不是说做两手准备吗?你继续去筹钱,我再去找节目,真要是花费太多,咱们在西关农家乐演出得了!”

“对,着眼高标准,据实作裁定,你联系节目时,一定要给人家说公益春晚,是公益演出,收费的节目我们请不起!”

“龙燕明白!”

七

第三天,雪停了,天晴了。

大雪刚霁,艳阳火红,银装素裹的小城格外清新。

不少居民匆匆行走在道路上,或去单位上班,或去置办年货,各忙各的事;那些上了岁数的爷爷奶奶们,总爱找个向阳背风的地儿,边唠嗑,边晒太阳。最讨人喜欢的是那三五成群的小朋友,一个个鸟雀似的欢蹦乱跳,你堆雪人,我打雪仗,叽叽喳喳,笑语喧哗。

早饭后,老高在影视店接连接了几个电话。有原单位领导打来的,说是大力支持公益春晚,计划组织六十人的方阵观看演出;有食品企业朋友打来的,说是拿出三十件礼品食品,用于表彰优秀节目和演员;还有设计公司打来的,说是给公益春晚制作宣传条幅和门票,价格优惠多少多少;也还有一些无关痛痒的电话,基本上是说些恭维的、祝福的话语等。

让老高最开心的是凤凰打了个报喜的电话。

她说是节目齐备了,正在抓紧排练,计划腊月十六预审敲定,二十至二十二日三天彩排,趁二十三小年夜演出春晚;还有一个重磅消息,说是她与一个朋友谈妥,那朋友出资五万元赞助公益春晚,让老高抓紧落实演出舞台和 LED 屏幕,不用再发愁经费了。

好啊！老高的脸色一下子多云转晴天，窝在心里几天的愁疙瘩，马上烟消云散了。

“还有，整台春晚需要乐队串联节目，乐队你们有吗？”凤凰问。

“我们影视店只能提供音响设备，拍摄、制作个人MV、动画背景，乐队真没有。”

“县老干部艺术团有一个乐队，建议你们去联系，这个必须有！”

“嗯，我去办！”

老高马上给龙燕打个电话，说好十六日下午集中剧组人员，敲定春晚节目，他要龙燕联系LED显示屏，安排影视店员工抓紧干活，一切工作要赶在小年夜前做完。之后，他去县影剧院主管领导那里，预约场馆使用的时间。

“小城首届公益春晚，大力支持你们啊！”影剧院主管领导高喉咙大嗓门，说话响亮亮的，“只是这制度管人，规矩不能破，使用县影剧院要首先征得文化局领导批准，每天交纳五千元使用费，灯光、取暖，电费另算。”

“各项费用我们按规定交，局领导那里我们想办法协调。”老高回答说。

“还有，影剧院是公共设施，在院内举行大型活动，公安部门要求至少配备五十名安保人员，消防部门要求至少配备两辆消防车，卫生部门要求至少配备一辆救护车和三名救护人员。”

“三者缺一不可吗？”

“那是必须的，硬杠杠，谁也不能破这些规矩。”

“好，我们按规矩走，咱们还是先签一份场地使用合同吧？”

“不急，公事得公办，等你把上面几项都落实齐备了，咱们才能签合同。”

“明白了，谢谢你!”

没有捷径可走，说个鸟儿，老高只能一个一个地满足那些“硬杠杠”。

辞别了影剧院领导，老高给宣传部老领导打了个电话，央求老领导同文化局领导协调演出场地，然后才去安保公司落实安保人员。

“这个好说，安保公司是民营企业，每人每天二百元出警费；你们是做公益，彩排当天给你们优惠，就交一万五千元吧!”安保公司负责人坦诚地说。

“先交三千元押金，咱们签一份安保合同。”

“好的!”

付款，签合同，签字，盖章，安保这一项，老高算是吃了一颗定心丸。

他把安保合同装进贴身衣兜，就立马去县医院，谈救护车和救护人员的事。

真是出乎意料，事情办得出奇的顺!

县医院的救护车都是个人承包，服务态度忒好，出车是要收费的，只要费用说妥帖，车辆随时待命；救护人员也是拿钱说话，车主按人头代理收款，需要几人就去几人，交钱完事。

到了吃午饭的时候，老高才赶到消防队。待说明了来意，消防队领导爽快地回话说：“你不要再跑了，等你们把演出时间确定了，我们保证消防车准时到场，演出不结束，车辆不撤回!”

这话着实感动了老高，他紧紧拉住对方的手，表示中午请客，吃个便饭。

“你请回吧，消防官兵不拿群众一针一线，我们是有纪律的!”

“好人哪，消防官兵都是好人!”

“请回”的老高一步三回首，心里想：得赶紧通知龙燕，马上编排一个歌颂消防官兵的节目，坚决让这些“好人”上春晚！

午饭后，龙燕来到影视店。

“你真有尿性，雪这么大，路这么远，还这么难走，一上午你竟跑了仨地方，佩服啊，老高！”

“你别尿叽了，净说这些没用的，就说上午你都办了哪些事！”老高听不进龙燕的奉承话，都是该办的事，有啥值得恭维的？

“我就喜欢你这尿脾气！”龙燕龇着牙笑笑说，“中午我也是收获满满：跟天才幼儿园约定了一个节目，叫作《梦回大唐》；跟太极协会约定了一个节目，叫作《中华崛起》；还跟婚庆公司黄老师约定了四个主持人，你没想到吧？”

“辛苦你了，喝杯茶。”

“不辛苦，有事你再安排！”

“凤凰说她的节目已备齐，剧组十六日下午审核敲定，争取小年夜演出；她有个朋友答应赞助春晚五万元，经费的事不愁了，让我们落实舞台和LED显示屏。”

“好啊，凤凰真是小城艺术界深藏不露的高人，县里春晚要是交给她办，肯定年年拿大奖！”

“你又尿叽，光说题外话，咱到了惜时如金的时候，得说眼下急办的事！”

“你继续说，我听着呢。”

“下午我联系制作3D动画片头，设计春晚门票，去老干部艺术团联系乐队；你去落实三件事：租LED显示屏，指导排练房地产企业那个小品，还要考虑给县消防官兵安排一个赞颂节目，给观众提供满满的正能量！”

“没问题！”龙燕一口喝干了茶杯，抹一把嘴唇，自信地回答。

“呵呵，这次不尿叽，等春晚结束了，我敬你好酒！”

“好酒？茅台呀？先喝了好办事！”

“呵呵，想得美，是十年老泥池。”

“真是十年泥池，要比街面上的假茅台强一百倍！”

“你是酒罐子，品酒绝对行，放心，一定让你喝十年老泥池！”

八

十六日下午，审定春晚节目。

地点在县老干部艺术团排练大厅，老高特意请来了宣传部老领导坐镇指导。

春晚导演凤凰、老干部艺术团团长、乐队指挥和其他参加审定节目的剧组人员都如约而至，一切准备就绪，所有节目一个一个进入审核敲定环节。

宣传部老领导告诉大家，县影剧院场地协调好了，公益春晚可以随时使用，然后他对春晚中几个需要注意的问题，分别提出了指导性意见。

老高做了完整的记录，会议进展顺利。有龙燕组织，凤凰导演，老领导坐镇协调，老干部艺术团的大力支持，大家对这台首届公益春晚一致看好，充满期待。

会议就要结束时，凤凰特别说明了两件事：一是强调所选节目都是一流水平，必须与相应的舞台、灯光、音响、屏幕等高端设施配套，敲定的事情不能中途变卦。二是她与朋友约定的赞助费，因为其他原因，朋友只答应赞助两千元，经费保障问题需要大家另谋他策。

恰如当头一棒，老高一下子就懵了！

“什么？说没就没了？赞助费打了水漂，春晚彩屏、舞台一切都免谈!”龙燕惊诧地站了起来。

老领导啪嗒啪嗒眼皮，看了看老高，没说话。

时间凝固了约莫五分钟!

这五分钟，老高心里翻江倒海、五味杂陈!

“你说话啊，老高!”龙燕打破了沉寂。

“唉，牛不喝水不能强按头，旱路不通咱们走水路，执行第二方案吧。”好半天，老高才长出一口气，一个字一个字地崩出了这句话。

“只能这样了!”龙燕最理解老高的难处，他点点头表示同意。

“一分钱难倒英雄汉，老高也不用太作难，有多少钱办多少钱的事，一切从简，没钱不办。”老领导安慰老高说。

“什么是第二方案?”凤凰问。

“在西关农家乐举办春晚。”龙燕答道。

“是吗，老高哥?”

老高点头确认。

凤凰迟疑了，木然了。

她不相信这是事实，不相信老高会这样决定，真要是这样，你们也太尿叽了吧?好半天，她再次盯着老高问:“老高哥，真是这样吗?”

“唉，钱是硬头货，我真的很无奈，去西关农家乐也是个不错的选择，那里地处城郊，贴近居民，民间春晚会更接地气。”老高轻轻叹了口气，闪烁其词，回答得有气无力。

“我看行!这是个没有办法的办法，办就比不办强，只是委屈了那些追求时尚的演员。”老领导的意见中肯、真诚。

老干部艺术团团长等几位与会人员大都附和老领导的看法。

“那好，明天我就去西关农家乐，定演出时间!”龙燕马上又来了兴趣。

又是半天的迟疑和木然，凤凰才缓缓地、沉重地、很难为情地开口说话：“对你们这样的决定，我很无语，这样好了，我安排的节目全部不演，你们去农家乐举办吧。”

“为什么?”龙燕不解。

“我是凤凰，不是草鸡！凤凰从来登高枝，草鸡才去农家乐。要办，地点就定在县影剧院；去西关农家乐，我跟朋友的承诺就打了水漂，这春晚，她们的节目就都免了!”凤凰一字一顿地说。

大厅再次陷入沉寂，时间仿佛又凝固了!

“资金不到位，想得再好都是零!”又是龙燕快人快语，打破沉静。

“老高哥，不难为你了，把节目单上我组织的节目都删掉，你们爱咋办咋办吧!”凤凰违心地说出了非常不想说的话，然后扳着手指，一个一个清点节目的名字，让老高删除。

说心里话，老高这会儿想哭。但他知道这不是想哭就哭的场合，他看着凤凰，努了努嘴唇，极不情愿地拿起笔，沉重地一个一个删去凤凰点出的那些节目。

之后，凤凰没再说话，她站起身，走出门口，“咯吱咯吱”踏雪而去。

“尿性!”老领导望着凤凰远去的背影，又看了看老高，说道，“这样吧，具体怎么确定，你们看着办，我要去接孙子了。”说完站起身来，走出门外。

大家看看老高，他放下笔和记录本，胳膊肘支在桌子上，双手捧着脸颊，表情呆滞得像一尊木雕。

九

傍晚，小城的天空灰蒙蒙的。

是烟？是云？是雾？是霾？好像是，又好像都不是，是阴天。

“唉，办一台春晚，咋就这么难？”心事重重的老高拖着铅重的双腿回到了家，自言自语地说。

老伴走出厨房，用围裙擦着手，兴奋地告诉他说：“老头子，今晚给你做好吃的了！”

“哦，是什么？”

“葱爆羊肉，油煎茄夹，南瓜小米粥。”

“嗯，我没胃口，你先吃吧。”

“怎么了？哪里不舒服？”

“没有不舒服，是春晚。你别问了，头懵！”

“咋的？我说人都是作死的，你偏不信，现在信了吧？”

“在审定节目的节骨眼上，凤凰罢演了，春晚还怎么办下去？”

“凤凰？你真尿性，怎么找上她了？”

老高把龙燕组织节目能力不足，恳请凤凰做导演，一起筹划公益春晚，又因经费不足、演出地点意见分歧等等事情，竹筒子倒豆子，一五一十地说给老伴听。

“人家凤凰要品有品，要才有才，筹划春晚那是小菜一碟，你们请她就对了。”老伴说，“可是，那凤凰说一是一，说二是二，性情火辣执着，不论对错，有责任，有担当，咱在她家住几年，你又不是不知道？”

“我就是了解她、相信她，才请她出山，公益春晚，经费不足，她考虑得太少，越往好里办越作难啊！”

“这下好了吧，春晚办不成，你也把凤凰给得罪了，看以后还咋见面？”

老高没回答老伴的话，他呆呆地想了一会儿，说：“老婆子，这个时候也只能请你支持了。”

“有屁就放，我咋支持你们？”

“咱折子上还有多少钱?”

“怎么,没钱就打家里的主意?村里养猪借贷还不够你记一辈子?想想都让人生气!”

“这次春晚和养猪借贷是两码事,这是大张旗鼓给小城居民做公益,钱花在了明处,值!”

“少给我洗脑,别说没钱,有也不让你瞎折腾,趁早死了这份心!”

“钱是人挣的,你支持春晚,明年我打工挣钱,挣多挣少统统归你管,我保证,以后再也不折腾了!”说话时,老高乞求的双眼盯着老伴的脸,他两腿发软,一个膝盖已跪在了地上。

“去去去,尿性,看你那可怜吧唧的样子!折子上还有五万元钱,反正就那么点儿养老金,你不折腾完不死心!”

“嘿嘿,吃饭吧,我饿了!”老高猛地双手捧着老伴的头,飞快地在她前额上亲昵了一下。

“滚!你说说,我咋烧高香摊上你这个死鬼呢?”老伴嗔怒地说。

说归说,气归气,老伴跟了老高一辈子,还能不知道他那八条牛也拉不拐弯的倔脾气?

老高这会儿献上了殷勤。他洗洗手,到厨房端出来热气腾腾的葱爆羊肉、油煎茄夹,盛了两碗南瓜小米粥,恭恭敬敬放到老伴面前。

“老婆子,吃吧。嘿嘿,今晚我睡你那头!”

“滚!不吃,省下钱还叫你折腾!”

“向你保证:天灵灵,地灵灵,再折腾,让我变个老叫驴!”说话的老高瞪着大眼、张开大嘴,扮着鬼脸逗老伴开心。

老伴没有笑,她是既心疼那五万元的养老金,又不忍心让老高为春晚这事再作难。

晚饭后，老伴念经似的嘟哝起陈年旧事，目的是再说叨说叨老高，让他以后该干吗干吗，少做些不着边、不靠谱的事，却不知道这些天劳累过度的他，已经入了梦乡。

“丁零零”，突然，老高的电话响了。

老伴忙唤醒老高，看看墙上的钟表，嘴里又嘟哝起来：“这大半夜的，谁还打电话？”

电话是凤凰打来的！

老高折身坐起来，忙拿起手机说：“喂，凤凰，没休息吗？”

“老高哥，我睡不着！”

“都怪我，大冷天的，给你添了麻烦！”

“老高哥，你知道下午你用笔划掉的是什么吗？”

“知道，是你组织的节目。”

“你是在一刀一刀地割我的心呀！”话音刚落，电话那头就传来了呜呜咽咽的哭泣声。

这哭声，虽然不大，却极具穿透力，一下子刺穿了老高的心，他顿时茫然不知所措，无所适从。

“凤凰，别哭了，我已经责怪你老高哥了，都是他瞎逞能，也连累了你。”老伴接过手机劝凤凰。

“嫂子，我知道老高哥是一片好心，我真的很愿意帮助他，没想到事情会弄成这样！”

“凤凰，别哭了，都是你老高哥的错，明天，我俩一块去给你赔不是。”

“嫂子，你把手机给老高哥，我同他说几句话。”

“凤凰，你说，我听着呢！”老高接过手机说。

“老高哥，你划去的节目不算数，公益春晚我凤凰既然出面了，就不能半途而废，要做，还得做出个样子！”

“哦，谢谢你凤凰，没有经费，我们只能选择西关农家乐。”

虽然回了这句话，老高却不知道说得是对还是错。

“我是凤凰，凤凰就只做高档的选择！你放心老高哥，节目的事，我来管；花费的事，你别再多费心，有多少你就拿多少，缺口部分，我有办法，这春晚，我搞定了！”电话那端，凤凰说得铿锵有力，斩钉截铁。

“哦——”尽管迟疑了好大会儿，老高还是没想出回答的话。

“明天我盯着艺校排练节目，你继续去做外围工作，协调好演出时间；好了，不耽误你休息了，睡吧！”

“真是，尿性！”老高摇了摇头，他想不明白，凤凰怎么会变化这么快，葫芦里装的是什么药啊?!

十

老天爷也是尿性！

公益春晚紧锣密鼓，老高他们忙得马不停蹄，天公也不善解人意，积雪还没有融化，偏偏夜里又下起了冰雨，道路滑得让人没法子走，简直是帮倒忙、开倒车！

第二天中午，老高小心翼翼地走了一个多小时，还是摔了两跤，才走到影剧院，想着与主管领导敲定公益春晚演出时间。

对方告诉他，刚刚接到县领导电话，说是由于天气原因，宣传部组织的春晚由原定的腊月二十，推迟三天，改在小年夜演出，他们的公益春晚也要顺延。

顺延就顺延吧，这也是没办法的事，毕竟节目多排练一天，演出效果也会更好一些，老高这样想着，就马上与凤凰电话沟通。

“老高哥，咱们顺延几天?”凤凰问。

“你看三天行吗？两台晚会赶在一块，观众会产生审美疲劳的。”老高解释说。

“三天就三天吧，时间充裕了，我们正好可以把节目做得再精致一些。”凤凰回答。

一块石头落了地，这下老高心里有底了，他要求签约，交场地使用费，影剧院领导说：“不忙，等宣传部春晚结束，工作人员收拾场馆也需要一天时间，你就腊月二十五上午再来吧。”

“呵呵，可别再有什么变数啊？我们没有时间了！”老高提醒说。

“放心吧，不变不变，你们这么诚心做公益春晚，我这里是欢迎加支持啊！”

回去的路上，老高把演出前没做到位的工作过电影一样过了一遍，想安排龙燕进一步落实好，就去了影视店。

龙燕在影视店已经等他多时了。

“凤凰说的那些话，你真就相信了？”龙燕问。

“我知道凤凰的性格，没把握她是不会说的。”

“节目是没问题，经费让人放心不下，难道她会拿自家的钱办春晚？我看悬乎！我这边天才幼儿园的舞蹈《梦回大唐》，计划上午彩排，咱俩马上过去看看。”

“她既然说有办法，就一定有比较成熟的盘算，我虽然还不明白咋回事，却相信她是认真的，绝不是骗我，何况，我也想了一个补救的方案。”

“我不管你啥方案，反正出水才见两腿泥！咱俩先掰扯清，春晚花费的事与我没关系，我只负责组织节目！”

“看你那尿性！”

“嘿嘿，我不怕出力不讨好，就怕捉不住黄鼠狼，还惹了一身骚！”

“唉，春晚演出现场凤凰一定很忙，你要配合她，协调好方方面面的事，我负责全程录像和礼品发放那一揽子事。”

“好的！”

老高打电话确认了一下春晚门票和3D动画片头制作情况，就匆忙与龙燕一起，去天才幼儿园看排练《梦回大唐》节目了。

俗话说，人要是倒了霉，喝凉水会塞牙，买食盐能生蛆。

你别说，这话还真在老高身上应验了！

腊月二十五上午，踏着冰雪的老高再次来到影剧院见那位领导。

“真是说曹操，曹操就到，我正要同你联系呢！”那主管领导说。

“谢谢你啊，今天能签合同吗？”老高开门见山，毕竟为这事他跑了几次了。

“是这样，昨天小年夜，县宣传部的春晚你看了吧？”

“看了，大家反映还不错！”老高随口答道。

“那是嘛，县里有资源有实力，压场戏还从外地请了几个名角大腕，晚会确实是有一定水平的！”

“嗯，我们签明天使用影剧院的合同吧？”老高不想费口舌绕圈子，也无心对小年夜春晚作什么评论，只想马上签合同，搞定春晚演出场地，手边还有一大堆事等待他处理呢！

“签合同好说，不过，这事你得找局领导批一下。”

“前几天找人协调过了，局领导同意了啊！”

“你咋就想不开，前几天不是过去了吗？”

“你说的安保、救护、消防那几件事，我们都办好了呀？”

“这真不是我为难你，那些都办好了也不行，现在必须局领导明确同意，影剧院才能出租使用，明白了吧？”

毕竟是求人办事，胳膊扭不过大腿，再争执也是无聊的扯淡，老高只好掏出手机，给宣传部老领导说明了情况，恳请他再给局领导协调协调。

约莫一根烟的工夫，老领导才回话说，公安局收回了县影剧院使用权，局领导现在说不上话了；他与公安局主要领导联系不上，让老高再想想别的办法。

公安局？公安局没熟人，这关系找谁协调？此时的老高一筹莫展。

他想不通，不就是使用一次场地吗？有什么大不了的事呀？值得这样推来推去的吗？他忽然想起了牛群相声《小偷公司》里的一句台词：官僚主义害死人啊！

官僚归官僚，老高还是不忍心就此走开。

他给影剧院领导软磨硬泡，死缠烂打，好话说了一汽车，影剧院领导仍然摇头，不开尊口，弄得人家最后两手一摊说："给你说句掏心窝子的话吧，这事我做不了主，真的是爱莫能助啊！"

"做不了主还给我净扯没用的？"老高火气攻心，气得差点骂人。

这时，宣传部老领导又回话说，同公安局领导联系上了，他们说接上级主管部门通知，春节来临，安全生产、社会治安等问题进入高发时期，公共场所严禁聚众集会，县影剧院暂时封闭。

又是当头一棒，老高顿时神情沮丧，失望至极！

别赖在这里不走了，就是铁嘴磨明也办不成事了，他自己心里劝说自己。

离开了影剧院领导办公室，老高拨通了凤凰的电话，无可奈何地通报了影剧院这边的情况。

"老高哥，没事，你放心好了，我县里省里都有人，这事好协调！"凤凰说得很干脆，也很自信。

老高没理由不相信，只是一颗心还悬在半空，瑟瑟发抖。

十一

老高心情抑郁，回到家就一屁股窝在沙发里，把头靠在沙发背上，像瘫了一样，一句话不说，中午没吃饭，晚上也没吃饭。

老伴却慌了神了。

她一会摸摸老高的脑门，一会摸摸老高的手指，一会又问长问短的，急得她就差出门寻医生了。老伴独自纳闷：这是咋的了？早晨出门时好好的，上午回来就成植物人了，中了哪门子邪了？

晚饭后，老高才有气无力地睁开眼皮，终于开口说话了："老婆子，我刚才做了一个梦。"

"老东西，你想吓死我吧，做了啥鬼梦呀？"

"不是鬼，我梦见神仙了。"

"梦见谁你也成不了仙！"

"那神仙会算命，他说我能活 108 岁。"

"你活 180 岁，不就更能折腾事了？"

"原来我是个大命人！什么冰雪路滑，什么车流如潮，什么黄灯红灯，哼，这一生都不用怕了，我头也不回地就跑回来，要把这好消息告诉给你。"

"就这些呀？"

"我在前面跑，那神仙在后面追，边追还边大声喊：'小伙子，自己作死的不算数啊！'"

"哈哈哈哈，我就说啊，这人不作不死，看看，连神仙都帮着我说话！"老高的话，逗得老伴笑弯了腰。

"老伴啊，这梦是不是告诉我，人老了就要少折腾，不作不会死呀？"

"别扯犊子了，锅里的饭给你留着呢，快趁热去吃点吧。"

“山珍海味也没心吃，今天，我算是想通了。”

“就一个屁梦，你想通什么了？”

“这春晚呀，我不搞了！”

“哈哈哈哈，你想逗死我啊？真的不搞了？”老高的话，乐得老伴笑出了泪。

“不搞了，一波三折九连环，处处碰壁处处难，我把春晚想得那么完美，那么简单，唉，太天真了呀！”

“这就是教训，啥春晚不春晚、公益不公益的？没你一毛钱的事，听我这个神仙的话，五六十岁的人了，还折腾个啥？好好滋养身体吧！”

“凤凰说晚上给我回话，不知道她那边怎么样了？”

“看看，你就是一把贱骨头，刚才还说不搞了，这不又扯上春晚了！你就作践吧！”

“唉，不贱了，睡觉，说不准，又会梦见哪位神仙了！”老高说着，起身去了趟卫生间，然后洗漱洗漱，脱吧脱吧睡下了。

“丁零零——”

呼呼酣睡的老高突然被一阵急促的电话铃声惊醒。

“谁呀？半夜三更也不让人睡安生？”老伴也醒了。

老高拿起手机看，是凤凰的电话。

“你睡觉爱不关机，别讲是谁的，不接得了！”老伴絮叨着。

虽然迟疑了一会，老高还是按下了接听键，问道：“喂，凤凰呀？”

“大伯，是我，你快来救救我妈吧！”电话那端传来凤凰女儿急促的求救声。

“宝儿，怎么了？你妈在哪里？”老高一下子绷紧了神经，突然感到很不妙。

“我们在新区，我妈她疯了！”

“啊——别着急，宝儿，我马上就到！”老高连忙开灯，披衣下床。

“咋啦?”老伴问。

“凤凰出事了，你也起来，咱俩一块去！”

两人急三火四地穿好衣服，打开房门，趟着冰雪，小步快跑，以最快的速度向新区冲去。

小城新区是政府机关所在地，有广场、公园、高端住宅、单位办公楼，还有宽阔的马路、明亮的路灯、豪华的雕塑，县影剧院就矗立在不远处花木浓郁的掩映中。

“春晚不演了，凤凰不活了，你们别难为人了，都安安生生地过年吧！”

凤凰声嘶力竭的呐喊声撕裂夜空，像波涛，像爆竹，像雷鸣，更像古战场进军的号角，一声接一声，一声比一声嘶哑！

老高老远就听到了凤凰的怒吼声，他心里像有十五只吊桶打水，七上八下，扑通扑通，狂跳不停；他不知道发生了什么事，也不知道是谁惹恼了火辣的凤凰。

“谁想过公益，谁想过小民，都拿着鸡毛当令箭，好事不敢担责任，这春晚不演了，姑奶奶我也不活了！”

寒风凄凉的呜呜声，卷杂着凤凰一阵阵悲愤的叫骂声，飘散在冰天雪地的冬夜里，有几颗胆小的流星，吓得拖着尾巴扬长而去。

广场北边的马路上，老高隐约看见了一辆黄色轿车，直觉告诉他，那是凤凰的车，声音就是从那里传出来的。

稍微走近一点，老高看见车子前后，有几个人在窃窃私语，一位老太太和一个女孩扒着车门，一句接一句地劝说车里的凤凰。

“大伯，你救救我妈吧！”那女孩看见老高走来，倏地跑上前，“扑通”一声跪在冰凉的雪地上，哭着祈求。

“宝儿，你妈怎么了?”老高老伴上前拉起宝儿问。

“大妈，我妈她…… 她说不活了呀!”说着，宝儿趴在老伴怀里，“呜呜”地放声哭起来，那绝望的哭声，撕裂了所有人的心肺。

老伴的鼻子顿时酸楚得膨胀，终于忍不住掉下了眼泪。她拉着宝儿走近车门，想问个究竟，看看凤凰到底是怎么了。

“春晚不演了，凤凰不活了，你们都高高兴兴过年吧!”披头散发的凤凰，悲恸得像一头发了疯的母狮，依然在那辆黄色轿车里，呼天抢地地号叫着。

突然，一只大手伸向老高的前胸，狠狠地抓住老高的衣领，老高一个趔趄险些摔倒，那人不管三七二十一，硬是把老高推搡到一边的空旷处，压低声音，沉重地问：“你就是老高?”

“是的，我就是老高，请松开手，你是谁?”老高说。

“别问我是谁，我告诉你，今夜，凤凰死，你也死!听清楚没?”那人一字一顿地说。

“听清楚了，凤凰死，我也死，我想问凤凰为什么死?”

这时，凤凰妈妈走过来，说：“老高，我问你，办春晚你是啥责任?你上面有几个领导?领导都是啥责任?你们可不能眼睁睁地看着我闺女死啊!”

“大妈，你别生气，慢慢说是咋回事?”

“咋回事，你心里还不明白?为办春晚，凤凰花自己五六千元，跑到省城给猴娃买服装。要在影剧院里演出，她托县里熟人说情，没成事，又求省里熟人说情，还是没成，脸面都丢尽了。她在省城医院刚做了大手术，出院还没有二十天，这要是气死了，我可咋办呀?”凤凰妈妈声泪俱下，说着说着就泣不成声了。

“哦——原来如此!”老高无可奈何，仰天长叹，“大妈，你放心，是我给凤凰招了麻烦，她不活，我也死!”

那人抓着老高衣领的手用力晃了晃，咬牙切齿地说：“光你死还不行，得给我找出几个陪死的，说，你领导都是谁？我让他们吃不上年三十的饺子！”

此时，老高完全崩溃了！

他慢慢合上眼，轻轻摇摇头，心里暗暗地想：领导是谁？我没有领导，办春晚是我的主意，找凤凰是我作的孽，我压根就没有领导，跟其他人没有一分钱的关系！说透了，不就是一个死吗？我老高快六十的人了，也真的该死了…… 凤凰死，我陪死，跳楼、触电、喝毒药，哪一样不能死一回？反正，我是自己作死的！

“发什么愣怔？快说，不管你领导是谁，凤凰死了，我都让他吃不上年三十的饺子！”那人不依不饶，声音依然凶狠无比。

“这位大兄弟，你松手，老高跑不了。”听见这边放狠话，老高老伴走过来求情说。

“你松开他，有话好好说。”凤凰妈妈也劝说那人。

那人松开手的一刹那，老高忽然想起了县里他的“铁哥们”，忙掏出手机拨电话，一阵铃声没反应，再拨，还拨，那端终于有人应声了。

老高简明扼要地说明了使用影剧院遇到的难题，对方回话说：“乔哥，你真尿性，看看时间，都大半夜了，让我这时候找谁去呀？”

“哥求你这一次，找吧兄弟，要是找不着，天明你就见不到哥了！”说实话，那一刻，老高嘴角抽搐，眼角里流出了两颗滚烫的热泪。

十二

这一夜，老高没再回家睡，就一直守在县影剧院门岗老李的座椅上。

他在等候前来安装 LED 显示屏的师傅。

昨晚，凤凰的发疯，那人的粗野，老高的无奈，换来了“铁哥们”危难之时显身手。“铁哥们”在乡镇工作时，认识一位市公安部门管事的副局长，拜托这位副局长帮忙，疏通了小城公安局的关系，县影剧院才为公益春晚开绿灯。

公益春晚九死一生，老高必须抓住这得来不易的机会，联系 LED 公司的老板，连夜运送设备，加班安装灯阵和显示屏，千万不能耽误演出前的最后一次彩排，也好让公益春晚完备登场，完美亮相。

上午，凤凰、龙燕盯着舞台和演员，一个节目一个节目地彩排；老高给影剧院领导签合同，交场地使用费，又去打印条幅、悬挂会标，再去购置贵宾胸卡、颁奖礼品，安排两个店员分头送发春晚门票，约定企业组织的贵宾互动方阵。

午饭时，在影剧院彩排现场，老高巧遇了前来送饭的凤凰妈妈和昨晚凶他的那个人。

“凤凰就是那个尿性，长着一副热心肠，又有一个火爆脾气，我们家从来都是惯着她，顺着她，昨晚的事，老高别生气！”凤凰妈妈解释说。

“没什么，大妈，都过去了，也让你老人家为春晚操心了！”老高回答说。

“老高哥，不打不成交，昨晚我有点冲动，你别往心里去！”凶他的那人笑了笑，主动上前打招呼。

“这是凤凰她表弟，成天说话没深没浅，莽莽撞撞的！”凤凰妈妈介绍说。

“老弟，谢谢你呀，不是你要找领导，这台春晚真吹了！”

“好说好说，老弟无大才，以后有啥难事，就跟我言一声，没有摆不平的!”

嘿嘿，这人吧，真有意思，昨晚上还剑拔弩张，生死一旦，今天说话那个热乎劲儿，俨然就是一家人似的。

下午，导演凤凰与主持人他们，在影视店做个人MV，合成背景音响。舞台指挥龙燕忙着调试演出现场的灯光音响、安排摇臂摄影位置等等。一千多张门票发光了，老高仍担心春晚捧场的人少，忙着打电话约领导、约朋友、约企业、约颁奖嘉宾。

傍晚六点三十分，消防车、救护车、安保人员准时到位，男男女女、老老少少持票欢欢喜喜陆续进场，大大小小、花红柳绿的一百多位演员装扮就绪，影剧院一千多个位子座无虚席，场内场外所有的人在静静期待小城首届大型公益春晚的正式演出。

晚上七点，激动人心的时刻终于来到了!

随着舞台银幕的徐徐拉开，灯柱交织的五光十色，把影剧院大厅照耀得如同白昼，老干部艺术团乐队喜悦欢庆的开场锣鼓敲响，六十多个闹春的金色猴娃，踩着3D动画的雄浑旋律，蹦蹦跳跳地要上了舞台……

舞台前的老高如释重负，缓缓地向会场中间走去。他想找个位子坐下来，好静静心欣赏这台精心编排的节目。

“老高，怎么没通知我们彩排?我们的节目咋安排?”一个凌厉的女声响在老高身后。

老高心里倏然打了个激灵，回头一看，是赞助一万元钱的那家房地产企业办公室梨主任。

“梨主任好，你们的节目安排了，你看看春晚门票。”老高说。

“尿性，安排了我还问你?去问问你们导演咋说的?”

老高看着龙燕，摆手招呼他过来。

龙燕走过来，遗憾地说中午彩排时，梨主任企业的节目忘记通知了。

“老高，老板特意安排，我们精心准备，演员现在都来了，他们不上台表演，我回去咋向老板交代？”

“对不起，实在对不起，都怪我，是我忘记了！”老高想起企业老板说话时的慷慨，拿赞助费时的大方，送他走出茶室时的嘱咐，追悔莫及，亲口承诺企业的节目却没有安排，这疏忽，是不可原谅的天大玩笑！

此时的老高百口难辩，只有赔情道歉的份儿！

是的，他怪不得龙燕，也怪不得凤凰，他们实在太忙了，太累了！要怪，只能怪自己，怪自己没有把需要感恩的企业放心上！

“你同凤凰说一下，她们的节目一定安排上！”他看着龙燕坚定地说。

龙燕走上舞台一角，贴着凤凰的耳朵说话，只见凤凰两眼紧紧盯着舞台上的演员，摆动着两只手，传递着手语信息。

龙燕没有回来，只是站在舞台上，隔空看着老高，两手一摊，又摇了摇头。

不言而喻，龙燕碰了一鼻子灰。老高知道，节目是凤凰彩排时串烧好的，有十分严格的舞台演出逻辑，是不容分割的艺术整体，并且，她已给四个主持人编好了台词，中途变通，一般很难。

“老高，怎么办？不安排我们演出，你去给我们老板汇报吧。”

梨主任得理不饶人，一茬接一茬，数落得老高羞愧难当，好想找个地缝钻进去。

“梨主任，你消消气，这是我的错，我去跟导演沟通。”

老高走上舞台，认真给凤凰说明了情况，恳请她把节目安排上。

“目前是非常完美的一台春晚，一个节目也插不进，你确定他们的节目能上吗？演砸了我凤凰丢不起人！”凤凰说得斩钉截铁，不容更改。

“能上，她们的节目我看过，十几个标致的姑娘，清一色的新款工装，表演的是传统经典文化背诵，跟我们的公益春晚既合拍，又接地气！”老高肯定地说。

“你安排她们走走场，我看看再确定。”

趁天才幼儿园师生表演《梦回大唐》舞蹈时，凤凰走下舞台，在大厅一角观看梨主任带来的节目，确认后给予了适当的安排，弥补了老高对赞助企业的愧疚和遗憾。

公益春晚取得了令人预想不到的圆满，场馆观众爆满，演出时掌声爆满，安排的拜年、抽签、颁奖等互动环节，丰富了内容，活跃了现场。演出结束时，观众纷纷跑上舞台，同凤凰和演员们合影留念，不少人提出要求，今后每年都要编排这样的春晚节目。

第二天，凤凰在“欧洲风”茶室，约请老高和龙燕一起品茶，其间拿出三万元现金，让老高了结春晚花费。老高好说歹说，再三推让，才留下一万元，他说差额部分自己补上。

龙燕把茶盅猛地一放，茶水飞花四溅。他站起身吹胡子瞪眼说：“尿性，你们小瞧我龙燕，春晚花费，咱们三一三十一，孬孬好好，我也参与了全过程，花几个钱，心里舒坦！”

“你不是跟我有言在先，不出钱吗？”

“尿性，我就想试试你老高的深浅，咱们朋友一场，值！”

龙燕话题一转，继续说：“不过，今天凤凰这壶茶，省了老高一瓶十年老泥池，我给你记到账簿上！”

“老高哥的十年泥池，再存放一年，咱们明年喝！”凤凰说。

“嗯，我看行！你们且听龙燕吟诗一首：

公益春晚铁三角，
泥池佳酿明年喝；
千折百回不改志，
多少尿性心里搁！”

“哈哈哈，好诗!”随着一阵爽朗的笑声，六只大手层层叠叠，摞在了一起。

三人分手走出茶室，老高不解地问：“龙燕，尿性这个词，到底啥意思?”

“笨蛋！啥意思？网上找百度去啊!”

老高摇摇头，苦笑道：“呵呵，你呀，也是尿性!”

铁匠老乔

“铁匠老乔”，普普通通的称呼，却是豫皖边界的人们对某镇铁匠乔东海的一种尊称。

铁匠老乔生于1914年4月10日，卒于2000年2月1日。他没有文化，打铁的技艺却叫响方圆几十里。他平凡坎坷的一生，弘扬并传承了我国优秀传统工艺文化，存留了动荡发展时期豫皖边界民间艺人生活的缩影。

打铁，是我国一门古老的传统锻造工艺，盛行于二十世纪八十年代以前的农村及城镇。这种独特的民间技艺形式，是劳动人民长期的智慧结晶和艺术创造，体现了民间艺人高度的技术成就。每一件简单随性的铁制品都诠释着手工艺人的勤劳与智慧，演绎着一个个精美绝伦的故事，承载着许多历史文化信息，对于研究社会发展和民俗风情等具有重要参考价值。

手工打铁的技术与工艺，虽然原始，但很实用；看似简单，却并不容易学。社会上真正有造诣的师傅并不多见，老乔就是大家“并不多见”中的一个。

打铁是个苦力活，要在1300摄氏度左右的高温中把小块铁锻为一体，变成进一步制作铁器的材料，一般人不会去做。我国过去的三百六十行中，人们通常用“世上有三苦，撑船、打铁、卖豆腐”这句民谣，来形容社会上最苦的三个行当。

且不说撑船人长年风吹日晒雨淋，穿行在风浪间，逆水上行，帆不能张，橹摇不动，生活孤单寂寞之苦。也不说磨豆腐的人三更睡五更起，泡豆、磨浆、过滤、点化、凝固、轧榨、分割，赶早游乡或集市叫卖的艰辛。只说打铁的人日夜在烘炉旁忍受炎热，炼狱一样抡一辈子大铁锤，劳力费神，又脏又累。特别是夏季，天气炎热，农民趁空闲时把需要修理的铁件农具、家具送到打铁铺，打铁师傅只能凑着炉火和烧红的铁件作业，用“行话”说，他们不光出汗多，一年不知道身上要“秃噜掉几层的皮”。

铁匠老乔出身贫寒。他家只有一间茅草屋，二分老坟地，四岁时父亲为躲避官府抓差离家出走，从此终身未归。童年、少年时期老乔的生活，是每天跟母亲一起沿村乞讨度过的。十五岁时被人介绍到某镇街上一家靳姓打铁铺，先是做三年学徒，学成后给师傅帮工，再后来领班带徒，继续在师傅家以打铁为生，一干就是十三年。

那时候社会生产力落后，靠手工把铁打成一件理想中的器物或得心应手的工具，并非易事。打铁铺也称“铁匠炉”。传统的打铁工具有烘炉、风箱、铁砧、砧腿、手锤、大锤、磨石、戗子、钢锉、各种铁钳（即尖嘴钳、鸭嘴钳、平口钳、筒口钳）及遮火裙、遮脚布等，铁件原料是各种钢材、熟铁、生铁等，烧火用的原料是煤炭。

屋子正中放个大烘炉，炉子左边架一大风箱，风箱一拉一推，风进火炉，炉膛内炭火直蹿。要锻打的铁料先在火炉中烧红，然后拿手锤的师傅用铁钳夹着，移动到大铁砧子上，由师傅掌主锤，下手（即工人或徒弟，可一人，或二人）抡起大锤进行锻打。在锻打过程中，师傅右手握小锤，左手握铁钳，凭目测经验不断翻动铁料，将通红的铁料锻打成圆铁棒，经过反复修正锻打，把坚硬的铁块变成方的、圆的、长的、扁的、尖的、弯的等形态，制作成所需要的铁件工具。

老乔给人做学徒要每天起早睡晚，辛苦劳累。他清晨早早起床，用铁砂和泥维修烘炉膛口、隔山，准备好各种工具和煤炭、铁块等物料；收工时再收拾炉具，清点成品、半成品铁器等物品。吃的饭与师傅及其家人两个样，基本上是糠菜黑窝头，喝白开水。

打铁手艺行规严格，外出干活都是看师傅眼色行事，学徒不能随便插嘴说话。有一次给一家财主修理太平车，锻打轮瓦（木车轮周边的防护瓦）和车簪箍需要用大块铁料，打下手很吃力，财主家破例蒸了一笼大个的白面馍。穷苦出身的老乔从没有见识过那样的派头，禁不住吃惊地说了一句："好家伙，这么大!"师傅听到后，顺手朝他头上狠狠地拍了一巴掌，呵斥道："没你说的话!"

师傅脾气暴戾，徒弟要是活儿干不好，时常会挨打受气的。刚开始跟师傅学干活，老乔是在师傅的侧身做帮工，一千多度的炉子，上百斤的锻件，手背烤出了大水泡。有一次给人打砍刀，一个硕大的铁块从炉膛里夹出来，放到砧子上，师傅用手锤指示老乔用力打。大铁锤有六七斤重，抡起来"嗖嗖"带风，很耗费力气。大铁块要反复回火打制，才能变成需要的形状。老乔既要拉风箱，看火上炭，又要抡锤打铁，几个回合下来，累得汗流浃背，大口喘气。忽然一锤抡偏，把铁块砸到了地上，把师傅气得横眉竖目，用铁钳夹起地上的铁块就朝老乔肚皮上戳，把遮火裙烧了个大窟窿，肚皮烫得红肿一片，疼痛难忍。

手工艺人大多数是有保守思想的，学徒工干上两年三年，学到的多是一些常见的流程和常用的工艺，如果不是有血缘关系的嫡亲，关键性的核心技术师傅几乎不传授，要靠自己的悟性。比如锻打刀具的关键环节淬火，是一种使钢铁制品快速冷却过程的热处理工艺。为了使刀具保持更久的坚硬度，不容易被磨损，要把锻造成型的刀具放入水或油中蘸一下，进行良好的冷却，保证刀具有一定的坚硬度和合格的耐磨性，防止使用时变形和开裂。老乔为学习这一技艺花费了很多的精力。

老乔知道打铁淬火用的介质有清水、盐水、泥水和油（如动物油、植物油、矿物油、合成油或半合成油）等，不同介质有不同的用法。淬火与不同温度的回火相配合，能够不同程度提高铁制品的强度、韧性及抗疲劳强度，获得综合机械性能，以满足不同的使用要求。淬火介质的好坏直接影响淬火器具的质量，必须具备良好的冷却性能、高闪点和燃点，介质的温度一般保持在60~80℃，过低或过高都会不同程度地影响产品的质量。其工艺分为单介质淬火、双介质淬火、分级次淬火等等。

镰刀是过去的主要农用工具，也是打铁铺的主导产品。当时沙颍河两岸从槐店到界首一带，最著名的铁匠师傅有靳、韩两家。

靳家是打铁世家，其成品镰刀能够吹毛立刃，非常锋利，缺点是钢火硬，不好打磨，使用时易掰豁口。韩家的成品镰刀制作精巧，使用省力，缺点是硬度低，磨损快，易卷刃，使用寿命短。主要原因是两家淬火处理工艺不相同，靳家淬火先蘸刃口，韩家淬火先蘸刃背。

师傅不肯传授淬火技术，镰刀淬火时特意把徒弟支使开。老乔都是趁师傅外出时偷偷地练习淬火，反复看火口（炉火颜色）、试水温、变换淬火介质，多次请教师母，还主动与韩家师徒沟通交流，用心留意淬火工艺技术，取长补短，才省悟真谛，克服了靳、韩两家各自的淬火工艺缺陷，最终创造性地独家掌握了打铁淬火的绝技。

那时，沙颍河南岸的徐湾、刘集一带种植了很多芦苇、荻草和荆条，收获时需要有上好的镰刀。当地人买了靳家和韩家的镰刀收割荆条，使用不久，靳家镰刀刃口上多处掰了豁口，韩家的镰刀老是卷刃，不出效率。有人拿来几十把不能用的镰刀到靳家打铁铺质问师傅是怎么回事，纷纷要求退货，弄得师傅理屈词穷，无言以对。

老乔知道后，连忙出来给师傅解围，让来人用坏镰刀换他的好镰刀，承诺再出现塌钢卷刃的事，保证随时以旧换新，有几把换几把，互不找补。他在镰刀上做有不同的标记，要求专镰刀专用，收割淮草的镰刀不能用作收割荆条。来人带着满腹疑问回去了，按照老乔的吩咐收割淮草与荆条，再没出现上门退货的现象，那些退回的镰刀经过他回炉淬火处理后，也成了市场上的抢手货。“铁匠老乔”也因此誉满沙颍河两岸。

在师傅家老乔一干就是十三年，精通了打铁的各种工艺，如取材、锻打、裁剪、定型、镶钢、淬火、冷却、铲磨、抛光等等，凡是与传统农业生产相配套的大小件农具，如犁、耙、锄、镐、铲、镰、锛、镢等，部分铁件生活用品，如菜刀、刨刀、砍刀、剪刀、锅铲、斧头等，还有如门环、门挂、耙钩、铁链、帽钉等，无不精通，一块块坚硬的铁料融合着他的智慧，演变成多种多样的农具、器具，满足了使用者的不同需求。

老乔 28 岁那年，母亲因丈夫杳无音信、儿子娶不上媳妇抑郁成疾，卧床不起，老乔只得辞别师傅回到家里侍奉母亲。同时，他与邻村的一位韩姓师傅合伙，架一个草棚子，支起小烘炉，叮叮当当，小打小闹，挣几个养家糊口的小钱。

民间有戏言：木匠师傅“光”哄人，铁匠师傅“明”哄人。意思是说木匠、铁匠的产品光洁度好，有卖相。戏言其实是实言，下面的掌故可以佐证。

锄头是农家必备的生产工具，当地流传着这样的顺口溜：“韩家的（锄）板，靳家的（锄）钩，老乔的锄头光溜溜，拿到地里自家搂。”其实，这句顺口溜里蕴含着一个故事。老乔的锄头不仅板面刃口锋利，边锋立柱硬朗，可以剔除庄稼周围的杂草，而且整个锄头明亮放光，再配上香椿木锄柄，锄地时椿香扑鼻，起锄轻快，得心应手效率高。有村民拿着老乔的锄头下地干活时，在树下乘凉睡着了，几位行路的庄稼人走到这里，看见锄头光华闪亮，就手心痒痒，纷纷拿起锄头每人锄了一阵子地。那村民乘凉醒来，看见锄头立在地中间，庄稼地已锄了好大一片，不知道怎么回事，误以为是锄头发的“神功”，就哼起了上面的顺口溜。

与朋友合伙的小烘炉收入微薄，老乔虽然衣食无忧，可仍是光棍一条。1946 年 11 月母亲去世后，他想外出找点别的事做，小烘炉就无心再经营下去了。此时抗日战争已经胜利，中国共产党领导的人民革命力量迅速壮大，全国解放战争正式拉开序幕，国民党以 30 万军队围攻中原解放区，向解放区发动了全面进攻。国共两党在沈丘等地你争我夺地展开“拉锯战”。12 月，中共豫皖苏边区行政工作委员会和豫皖苏军区决定，建立中共豫皖苏边区第二地委，豫皖苏边区第二区督查专员公署和豫皖苏军区第二分区，扩充队伍，增强实力，分别在纸店、刘腰庄、贾寨设立兵工厂（修械所），生产手榴弹、地雷、大片刀和修理枪支器械。在友人的引荐下，铁匠老乔在石槽集乡刘腰庄村报名，被批准为修械所职工，从此参加了革命队伍。

当时，刘腰庄兵工厂共有干部战士 120 余人，全部穿土染粗棉布黄军装。五个车间各有明确分工：翻砂车间主要铸造手榴弹、地雷弹壳，木工车间生产步枪底托和手榴弹柄，爆捻车间生产火药引线，火药车间配制各种爆炸药物，组装车间生产成品地雷和手榴弹。铁匠老乔刚开始分配到翻砂车间，整理磨具，烧炼铁汁，铸造弹壳，成品检测是在村外的小河沟或坑塘里进行；后来他领班修理枪支器械，参与制造“拐子”手枪。

1947 年 8 月，刘邓大军经过周口挺进大别山，横扫沿途敌军，解放了淮阳、沈丘、项城、商水、周口等城镇，豫皖苏军区第二分区部队积极配合刘邓大军，东起安徽省界首市西至项城强渡沙颍河，铁匠老乔及兵工厂战士在新安集、下溜亲自迎送大军渡河，见到了刘伯承等部队首长。10月20日，根据中共豫皖苏边区委员会指示，在沈丘县莲池建立了中共豫皖苏第四地委、专署和军分区。兵工厂领导了解到铁匠老乔的技术过硬，就把他调整到贾寨兵工厂修理枪支、大片刀等器械。

1948年7月，沈丘县城第五次解放（前四次为：1947年5月、1947年9月、1947年10月、11月）。10月以后，淮海战役转入紧张相持时期，铁匠老乔所在的贾寨兵工厂，点燃马灯和大汽灯，昼夜不停，全负荷生产，一批批武器弹药支援了前线，为解放战争胜利作出了极大的贡献。

1949年春节，兵工厂战士与贾寨村民共庆新年，厂里安排老乔用厂里的火药制作上百个铁桶烟花，在贾寨村高高的寨墙上燃放。其间，他还给乡亲们表演了拎铁鞭、打铁花等民间杂耍，表现了军民鱼水深情。3月，经热心人说合，老乔与莲池西北大王庄村王秀荣结为夫妻。在中共沈丘县委领导下，农村相继开展了轰轰烈烈土地改革运动。此时，豫皖苏军区第二分区兵工厂（修械所）奉命撤销，人员转移至开封、南阳等地。领导征求老乔意见时，他以没有文化为由，自愿解甲归田，回乡务农。

于是他重操旧业，在高山店街上支起烘炉，与崔姓、韩姓几个伙计打铁度日。

那时广大穷苦农民分得了自己的土地，生产积极性高涨，翻地、除草、收获等农活需要大量农具，钉耙、锄头、镰刀、菜刀等用品销售活跃。由于老乔打铁技艺精湛，又赢得了“老乔的镰杀荆条、割淮草，一晌只磨一次刀”的声誉，产品畅销槐店、白集、鲁台、钱店、秋渠、石槽、新安集、北杨集、光武庙、倪邱等周边集市，远销到沙南莲池、虎头、老城、南杨集、增福庙、刘庄店、鲖城等地，方圆上百里口口相传“铁匠老乔”，生意做得非常红火。

老乔打铁不保守，徒弟们只要愿意学，他都会手把手地传授。打制“三刀”（即菜刀、剪刀、镰刀），是打铁行当技术性最强的工艺，常常被铁匠师傅当作秘而不授的“看家本领”。老乔一反常态，总是毫无保留地教诲他的徒弟们。1951 年至 1954 年间，市场上热销各种刀具，老乔先后收了几个徒弟，从选材、锻打、夹钢、造型、淬火到冷锻、戗磨、抛光、制鞘等环节，一一讲解、示范、陪练、指导，直到每一个徒弟都能够熟练掌握步骤、要领、精髓，独立打制出锋利、坚韧、青光闪亮的成品刀具为止，用情感的烘炉培育出一批优秀的打铁技艺传承人。

手艺人的好声誉还在于时刻为客户着想，老乔就是这样的人。他说：“生意做的是真诚，买卖就是心换心。”客户到打铁铺买菜刀，他总是不厌其烦地问清楚做什么用，切菜、割肉还是砍骨头，并且告诉客户由于用途不同，刀具淬火的硬度也不同，使用不当会出现塌钢、卷刃、寿命短等现象，砸了“铁匠老乔”的招牌不说，关键是花钱买了个不愉快。遇到没有挑拣好刀经验的客户时，他会传授给客户挑拣刀具的经验，比如刀刃对刀刃滑动，有生涩感的说明夹钢不匀。他甚至指导客户用牙齿试着“嗑”刀刃，“嗑”得动的硬度小，容易卷刃；“嗑”掉块的硬度大，容易掰豁口。

1955 年底，新安集成立了铁业社，后改为新安集机械厂（即后来的沈丘县第三机械厂），政府领导点名要铁匠老乔进铁业社，老乔当了社长，入了党，再当监事厂长、厂长。后来厂里成立了党支部，政府派来了支部书记，他这个厂长实际上是厂里的“二把手”，有机会参加了县里统一组织到南京、杭州、上海等地的行业观摩，学习了一些先进的打铁、铸造和简单的机械技术。

1957 年 11 月的一天夜里，有人悄悄在打铁的炉膛里用盖瓦压了三十元钱，老乔知道这是“道上”的“朋友”丢的“蝎子”

(暗钱)，意思是要他打制一把“挖耳刀”(江湖人专用的刀具)。做吧，等于帮助盗贼偷窃；不做吧，“蝎子”是会蜇人的，盗贼什么坏事都干得出来，况且他老婆孩子都在厂里。他揣度再三，还是没做。

打铁是一种精神。老乔常说：一块好铁在炉火上和大锤下能屈能伸，打铁人要坚守人生底线，才能把自己打成一块真正的好铁。

老乔的烘炉作为村队集体副业，断断续续干到二十世纪八十年代初的土地承包责任制时期，为周边群众的生产和生活提供了力所能及的服务。

几十年坚守打铁岁月，留下的标记是他腿、脚、手、臂膀上的一个个烫疤，还有留在人们记忆中“铁匠老乔”的声誉。

乔东海口述　乔木整理

长门长

“槐豆!”“槐花!”

一大早，“老国槐”就在病床上喋喋不休呼唤他的一双儿女，好像有什么心事或什么急事似的，喊得老屋里的红木太师椅、八仙桌子直晃荡。

人到了这把年纪，再加上着床不起，正是儿女们尽孝道的时候。其实，槐花陪他上半夜，槐豆陪他下半夜，兄妹俩是分工轮陪的。只是槐豆看他睡得正香，刚刚到前屋洗漱去了。

听见老爸喊叫，兄妹俩忙不迭地跑过来：“爸，有事吗?”

“有事！来，爸给你们讲大槐树的故事。”

“问我祖先在何处，山西洪洞大槐树；祖先故居叫什么？大槐树下老鹳窝。爸，这故事你讲一千遍了，我们都会背了!”兄妹俩同时应和说。

“哦，那爸给你们讲老槐店的故事。”

“我们先祖洪武年间从山西洪洞县迁移到这里，在河岸码头栽下一棵槐树，南来北往的客商在槐树下的槐坊乘凉小憩，品茶交易，把这里当作落脚店，就有了槐坊店的名字，后来改称为槐店。”槐豆认真地说。

“再后来呢?”

“再后来，人们就称呼这里为‘老槐店’了!”槐花抢过话头说。

“再后来呢?”

“再后来槐树长大了，人们称呼‘大国槐’；槐树长老了，人们就称呼‘老国槐’；再再后来，‘老国槐’就成了人们对你的尊称了。”槐豆像背天书似的滚瓜烂熟。

“嗯，你们俩是爸的好儿子、好闺女！”“老国槐”满意地抹了抹下巴上的胡茬子，追问说：“还有吗？”

槐豆看看槐花，槐花看看槐豆，兄妹俩竟被老爸问愣了，只好摇头表示不知道。

“嘿嘿，你俩呀，朝那里看！”“老国槐”用右手食指指了指房屋东山墙。

兄妹俩看过去，东山墙中上方有一个青瓦砌成的通风窗，窗口下边挂着一幅陈年旧画，画面上隐约能够看出一条小河，河边有一棵老态龙钟的古槐树，树下画着七八个藏猫猫的孩子。

兄妹俩知道这幅画是老爸的心肝宝贝，就是不知道啥时候挂上去的。画虽然破旧，老爸却不让任何人去碰它。

“槐豆去搬梯子，把画取下来。”爸说。

槐豆找来梯子，爬上去取下画，递给妹妹槐花，正要下梯子，爸又说：“把画后面的那几块砖头撬下来。”

槐豆这才看见挂画的地方，是斗子砖砌的墙，约莫有一平方尺那么大。他眉头皱了一下，疑惑不解地看着老爸：好好的墙，撬砖干什么？老爸是不是犯糊涂了？

“槐花，我枕头下有瓦刀，递给你哥。”

槐花也觉得老爸犯了糊涂，心想：上了年纪的人都这样，不但糊涂还倔，要办的事，谁也违逆不得。她从爸枕头下找出瓦刀，递给哥哥。

“爸，这好好的墙，不撬了吧？”槐豆没有同爸反抗的意思，只是用商量的口吻求老爸。

“真费劲！你下来吧，老爸上去撬！”很明显，老爸愠怒了，说话时吃力地挪动身子，槐花慌忙扶着他。

“好好好，我撬，我撬！”槐豆是个孝顺儿子，不至于为撬墙这点事，惹老爸生气。

槐花和老爸瞪大眼睛看着槐豆把斗子砖一块一块地撬下来，砖后面现出一个洞，洞里面放着一个精致的朱漆匣子，匣子上方是一组牡丹、石榴的刻图雕花；下方是一个长方形的托底，镌刻着花卉、树冠、祥云、鸟兽、龙凤的合成图，因年代久远的缘故，尘土覆盖的朱漆有些脱落了！

槐豆惊诧不已：这是老爸的什么宝贝？几十年了，我怎么不知道？甚至就没有人提起过这事！

槐豆小心翼翼地取下朱漆匣子，下了梯子，两只手捧着来到老爸面前。

槐花搀扶老爸坐起来，吃惊地看着哥哥手上的朱漆匣子，心里七上八下地猜测着：匣子里一定是老爸存放了一辈子的宝贝，黄金？珠宝？首饰？契约？

槐豆把朱漆匣子放到八仙桌上，急不可耐地去开启匣扣，却被老爸伸手挡住了。

“慢！这可是咱老槐家的传家宝，爸八十六岁了，没多少好时候了，今天就正式把它交给你们兄妹俩。”“老国槐”一字一顿地说，“槐花，快扶爸下床净手，你们俩也净净手！”

“老国槐”吃力地下床坐到太师椅上，轻轻吹去朱漆匣子上浮着的尘土，用干净毛巾一点一点拂拭掉污垢，捧在手里转动着，仔仔细细地看个够，才把匣子郑重地放在八仙桌上，在槐花端来的水盆里反复搓洗双手，连指甲盖里的一点点污物也不肯放过。

槐豆、槐花学着老爸的样子净了手，静静地侍立在两旁，等待着出现“奇迹”的那一刻。

“这是咱老槐家祖辈门庭的守护神，它每天都在看着我们的一日三餐，掌管着家家长幼的生存迁居，福佑着大家一代一代地成长。”“老国槐”说。

“究竟是什么呀爸？快点让我们一睹尊容吧！”兄妹俩着急地说。

“这东西太珍贵了，做长辈的不同意，小孩子们是不能随便开启或倒腾的！”“老国槐”说，“以前每年到了冬至日，老辈人都要请出它来庄重祭拜，虔诚地给它敬香、叩头、祷告、祈福。”

说话时，“老国槐”慢慢拨开朱漆匣子的扣手，缓缓打开匣子，露出一块用黄绸子紧紧包裹着的东西，兄妹俩目不转睛地盯着看，巴不得一下子解开里面的谜。

“老国槐”一层层缠开黄绸子，眼前呈现出一本蓝绢封面的《槐氏族谱》，他青筋裸露的双手有些颤抖，轻轻抚摸着那本《槐氏族谱》。

“咱们家一百三十年来都是长门长，整整六辈人了，这《槐氏族谱》都在咱家存放着。那些年动乱时，我把它封存在山墙里，用那张画遮掩起来，才躲过了那场劫难。”

兄妹俩神情专注地看着《槐氏族谱》，聆听着老爸讲述的故事，仿佛走进了六辈人一百三十年的岁月。

“常言说得好，乱世修坟，盛世修谱，如今世道好了，《槐氏族谱》也该接续接续了。老爸不中用了，槐豆你有文化，是咱老槐家的长门长子，虽然六十多岁，却是老爸的希望，是老槐家六代人的希望，也是老槐店上万口槐姓族人的希望，续家谱这事，你要团结族人，用心担当，把它修好啊！”

“放心吧爸，槐豆是长门长子，修家谱这事，我记下了！”

“还有我呢，槐花也姓槐！”

“姓槐，姓槐，老槐家姑娘都姓槐，爸这老屋就是三槐堂。这次修撰家谱，你们要与时俱进，把老槐家的姑娘全写上！”“老国槐”一本正经地说，“槐豆、槐花接谱，你们要好生研读，把它修好续好，我要看看新修的《槐氏族谱》再上路！”

槐豆、槐花深情地看着老爸，说：“请爸放心，老槐家长门长，决不愧对列祖列宗！”

爷儿仨把手覆盖在《槐氏族谱》上面，好久好久没有散开……

写于2018年9月

写在后面

这个集子的出版，源于一种深深的爱。

其实爱，原本谁都有。这个集子裸露的多数是目击他人的经历，也有听来的成分，还有本人及朋友的故事，也不排除合理的延展与加工，请诸君理解并包容。

清楚记得有一年金秋，趁去北方办事的机会，我应约见到了一个陌生的老乡。老乡是本地瓜乡人，他父母是当地出名的“瓜匠”。见面后老乡给我推荐一个发财的机会，先培训、后体验，再自己发挥能量，老乡滔滔不绝描绘着财源滚滚的诱人前景，仿佛金山已然抱在怀中。

我默默听着，没有打断老乡的话。这分明是传销、是洗脑、是想拉我入伙做下线。我对发财路子木讷，对传销类事情敏感，曾放弃过先前几次诸如此类的机会。老乡见我摇头不识相，就搬出了背后的学长或大咖，结果自然未能奏效。爱莫能助的我还是力荐老乡回家种西瓜，做更甜蜜更实际的事业，老乡依然故我，哪里听得进我的“撺掇”。后来鸡飞蛋打，自食苦果，“发财”之事再不提起。

施爱与被爱都是快乐的事。太过重情是人生缺漏，我也如此。后生童澔、长者狗蛋、好友海山，还有凤凰、老高、龙燕、老国槐，他们的生活、他们的爱与很多人相似。他们的所作所为要么历历在目，要么多次聆听；他们的境况留给我深深的轧痕或烙印，时时感动着、呼唤着、催促着我忠实记述他们的故事。屈指算来，耗时三年，终于能够给他们以慰藉了。

空间这家伙大到无外小到无内，古人称之为宇；时间这玩意无起点也无终点，古人称之为宙。情爱这东西算是什么鸟？竟让金代诗人元问好捉摸不透：问人间情为何物，直教（人）生死相许？古人也是的，不就是目睹了两只殉情的飞雁吗？怎么就能一时心绪难平，还花钱买下来葬在汾河岸边，垒上石头做标记号曰“雁邱”？不会是吃饱了撑的吧？

以我愚见，元老先生也是太过重情！在贤者眼里，友人之爱，当然是淡淡的好，长长的路慢慢地走，浓浓的情渐渐地爱，深深的话浅浅地说。可是空间阻隔耐不住时间的打磨，“天下有情人终成眷属”，那只是大家憧憬的美好而已。童潞口中的“我等你”实在是淡淡的爱，狗蛋的一次邂逅就牵挂不舍比茅台酒还香醇浓烈，胡海山想着变虚拟为现实终归一厢情愿。这早被宋代才女李清照一览无余且长叹一声道：怎一个愁字了得？

钟情也是一种爱，也许需要另当别论。钟情，曾被西方文学大家视作妄想，不屑一顾曰“钟情妄想症”，一度成为中世纪盛行的宫廷抒情诗题材。这格局比之东方传统文化，岂不令人笑掉大牙？凤凰钟情于艺术，老乔钟情于事业，奔目的而去，老国槐钟情于家谱的传承，拿结果说话，那担当作为，像极了李清照《声声慢》的词作，怎一个“美”字概括得尽？“钟情妄想症”诸君是否也曾体验过？写他们，于我，是一种自我加压和挑战。

世界上真正的爱都难忘。重情也好，钟情也罢，体验也罢，大凡是谁扯上了一个情字，思念之病就不会绕过你，哪怕长年累月，抑或还要亲历或翻越三重境界：怎一个忙字了得，怎一个累字了得，怎一个乐字了得！有一种情在心里，总会如鲠在喉，总会如同负债，总会不吐不快，忙也？累也？乐也？除了鲠、还了债，就会一身爽快，就如同爱写作的朋友码字，码完了，岂无放松乐哉之感？

中国人讲究“天人合一”，倾向结局圆满，好像不圆满就亏欠了人家似的。现在成稿了，结集了，问世了，集子中的主人公朋友，应该都被释然了。他们的故事，作者的拙笔，诸君的分享，应该是爱的合唱；奢望得以口笔传颂，引发更多朋友关注的兴趣，我当心存感激再三拱手拜谢诸君。

始终感谢为这个集子出版耗费了心血的朋友，感谢对集子收纳的每一个作品给予过不同支持和赐教的朋友，感谢每一位读者朋友茶余饭后耗时费心的分享。

祈愿朋友们岁月静好，安享快乐，人生圆满！谢谢你们！

乔　木

2020 年 5 月 20 日